Kelly Bowen

Kelly Bowen est diplômée d'une école de vétérinaire et a travaillé plusieurs années dans la recherche scientifique. Passionnée d'histoire et de romance depuis son plus jeune âge, elle s'est reconvertie dans l'écriture et est aujourd'hui auteure de plusieurs séries de romances historiques. Elle a été récompensée du prestigieux RITA Award en 2018 pour *Diaboliquement séduisant*, troisième tome de la série *Une saison de scandale*, dans la catégorie « Meilleure romance historique ».

L'amour en contrebande

Du même auteur
aux Éditions J'ai lu

UNE SAISON DE SCANDALE

1 – Ivory
N° 12571
2 – À la recherche d'un duc
N° 12666
3 – Diaboliquement séduisant
N° 12744

LES NUITS DE DOUVRES

1 – Une valse à deux temps
N° 13002
2 – Rose et le revenant
N° 12979

KELLY

BOWEN

LES NUITS DE DOUVRES – 3

L'amour en contrebande

Traduit de l'anglais (États-Unis)
par Viviane Ascain

J'AI LU

POUR elle

Si vous souhaitez être informée en avant-première
de nos parutions et tout savoir sur vos auteures préférées,
retrouvez-nous ici :

www.jailu.com

Abonnez-vous à notre newsletter
et rejoignez-nous sur Facebook !

Titre original
A ROGUE BY NIGHT

Éditeur original
Forever, an imprint of Grand Central Publishing,
Hachette Book Group.

Pour Jhet et Lincoln

1

Douvres, Angleterre, 1820

Ce n'était pas trop grave pour une blessure par balle. Le projectile était entré en haut de l'épaule, ouvrant une vilaine cavité dans la chair et le muscle, quoique sans atteindre l'os. Le froid glacial de la mer avait ralenti les saignements et, comme le blessé était à moitié nu et ne portait pas de chemise, aucun débris de tissu n'avait pénétré dans les chairs. Plus préoccupante était la longue balafre qui, juste sous l'impact, déchirait le muscle en haut du dos. Ses bords sanguinolents demanderaient un nombre considérable de points de suture et, contrairement à l'impact de la balle, ni le froid ni l'eau de mer n'avaient ralenti l'hémorragie.

— Bon Dieu, Kate, tu veux me tuer pour de bon, cette fois ?

Réprimant sa fureur, Katherine Wright appuya plus fort sur la blessure le linge immaculé qui se teintait rapidement de pourpre.

— C'est peut-être ce que j'aurais de mieux à faire, répliqua-t-elle d'une voix posée, Ne serait-ce que pour priver les soldats de la satisfaction de s'en charger eux-mêmes.

De son coin près de l'âtre où les braises mourantes éclairaient à peine son visage ridé, le père laissa échapper un rire sifflant.

— Cesse de geindre, mon garçon, sinon ta sœur risque de s'énerver avec sa petite lame.

Quelques ricanements s'élevèrent du groupe de garçons qui avait ramené son frère. Si Katherine connaissait la plupart d'entre eux, il y en avait deux ou trois qu'elle n'avait jamais vus. Un coup d'œil suffit à les faire taire. Elle regrettait de ne pas avoir tiré le lourd rideau qu'elle avait installé au milieu de la pièce pour avoir un peu d'intimité avec ses patients.

— Dehors ! ordonna-t-elle.

Pour toute réponse, ils se dandinèrent d'un pied sur l'autre, leurs regards passant alternativement de son patient à elle.

De la table où il était allongé sur le ventre, son frère s'efforça de tourner la tête vers elle.

— Il n'y a aucune raison de...

— Cesse de t'agiter, Matthew, si tu ne veux pas que je demande à un de ces abrutis de te recoudre. Cela te ferait une belle cicatrice.

— Il paraît que les cicatrices plaisent aux femmes, marmonna Matthew en reprenant sa position initiale, ses mèches blondes collées par l'eau de mer retombant sur son visage.

— Ce qui plaît aux femmes, c'est que leurs hommes se tiennent tranquilles et n'aillent pas se faire tirer dessus pour un oui ou pour un non, rétorqua Katherine avec un regard noir au petit groupe.

— Enfin, Kate...

— C'est bon, les garçons, rentrez chez vous à présent, lança leur père de sa voix rocailleuse. Laissez-la travailler et que les soldats courent après leur chapeau toute la nuit si ça les amuse. Demain matin, Matthew sera comme neuf, vous verrez.

Les hommes obéirent en grommelant et disparurent un à un dans les ténèbres. Ils allaient s'égailler dans des directions différentes, Katherine le savait, et se fondraient dans la nuit tels des fantômes pour échapper aux patrouilles qui écumaient la côte. Depuis sa plus tendre enfance, elle avait vu les contrebandiers disparaître dans l'obscurité, comme tant de générations avant eux. Elle avait vu son père, elle avait vu son frère. Et quand elle avait grandi, elle en avait fait autant.

De temps en temps cependant, ils n'étaient pas aussi invisibles qu'ils le pensaient. Et la meilleure des preuves perdait son sang sur la table de la maison.

— Les soldats ne t'ont pas suivi jusqu'ici, j'espère ?

— Pour qui tu me prends ? Ne sois pas ridicule !

— Je ne suis pas ridicule, je suis prudente. Et tu ferais bien d'en prendre de la graine.

Elle retira le linge trempé et fit la grimace devant la plaie béante. L'hémorragie avait ralenti, mais elle n'aimait pas ce genre de blessure. Indépendamment des lésions musculaires qu'elles causaient, elles avaient une fâcheuse tendance à s'infecter.

— Nous les avons semés dans les tunnels, expliqua Matthew d'une voix étouffée.

— Tu en es sûr ? Tu saignais comme un bœuf, tu as dû laisser des traces...

— Je te dis que j'en suis sûr !

— Comment ont-ils su que vous seriez dans la baie cette nuit ?

— Quelqu'un les a renseignés, c'est certain, intervint leur père.

Katherine lui jeta un coup d'œil. Il avait quitté son fauteuil pour écarter le lourd rideau qui obturait la petite fenêtre en façade et scrutait l'obscurité. Enveloppé dans une épaisse couverture, il avait presque retrouvé sa silhouette d'antan, d'avant sa blessure, avant que ses poumons ne se détériorent.

— Qu'est-ce que c'était, cette nuit ? demanda-t-elle à son frère. De la soie ? Du thé ?

— Du cognac. Il arrivait de Boulogne. Les soldats s'étaient cachés sur la grève, et ils attendaient qu'on le débarque. Quand on les a vus, il était presque trop tard pour repartir vers le large.

— Presque ? Tu as vu à quoi ressemble ton dos ? s'insurgea Katherine.

— Si tu crois que c'était facile de courir dans les vagues jusqu'à ce que je puisse nager ! Enfin, ils ne pouvaient pas courir non plus, et je les ai détournés. Les autres ont pu s'échapper facilement, et c'est tout ce qui compte.

— C'est toi qui comptes ! C'est ta vie qui compte, et tu as bien failli la perdre.

— C'est mon équipe, Kate. Ces hommes, ces garçons sont sous ma responsabilité. Quel genre de chef je serais si je ne prenais pas le risque ?

— Tu m'avais promis d'arrêter, Matt. Tu me l'avais promis !

Son frère grommela quelques mots inintelligibles pendant qu'elle rapprochait le chandelier pour enfiler une aiguille.

— Qu'est-ce que tu dis ?

— Il demande comment tu veux qu'on mange s'il arrête, répondit leur père. Comment veux-tu qu'on garde un toit sur la tête et du charbon dans la cheminée ? Comment veux-tu qu'on achète les médicaments que tu me fais avaler à toute heure ? Ça coûte, mon petit.

— Je gagne…

— Tu gagnes de quoi s'offrir un poulet ou une botte de carottes de temps en temps, ou un pot de harengs séchés avec un peu de chance.

— Je ne peux pas refuser d'aider ceux qui ont besoin de soins, s'enflamma-t-elle.

— Je sais, mon petit. Tu as le don de soigner et de guérir, et les gens d'ici en ont bien besoin, surtout en ce moment. Mais comme ils n'ont rien, ils ne peuvent rien te donner non plus.

— Toi aussi, tu as failli mourir à cause des soldats, papa. Et ce soir, il s'en est fallu de peu pour que Matthew disparaisse à tout jamais sous leurs balles. Tu dis que nous n'avons rien, observa-t-elle en s'efforçant de garder son calme, mais si vous mourriez tous les deux pour une caisse de tabac ou de cognac, pour le coup, je n'aurais plus rien.

— Je ne suis pas si facile à abattre, objecta son père sans cesser de scruter la nuit.

— Et moi non plus, renchérit Matthew, agacé. Les fusils et les canons français s'y sont cassé les dents, alors ce n'est pas une poignée de blancs-becs mal armés, montés sur des chevaux mal dressés, qui va réussir ce que les Français n'ont pas pu faire.

— Bonté divine, tu comprends ce que j'essaie de te dire ? Je...

— Éteins la lumière ! lui intima son père. On a de la visite.

Katherine souffla les chandelles qui entouraient la table et décrocha la lanterne suspendue au-dessus de sa tête.

— Des soldats ?

— Je n'en sais rien.

À tâtons dans l'obscurité, le père gagna la fenêtre de l'autre côté de la porte et écarta discrètement le rideau.

Katherine tira lentement la tenture qui séparait la pièce en deux. Si l'épais tissu dissimulait le fond de la pièce depuis la porte, il constituerait une bien piètre protection face à une escouade de soldats à la recherche d'un contrebandier.

Il y avait bien une cache accessible par une trappe sous le plancher et suffisamment grande pour abriter un homme, mais il aurait fallu tirer le lit que partageaient son père et son frère, et rouler le vieux tapis usé jusqu'à la corde.

— Il faut te cacher, chuchota-t-elle à l'oreille de son frère.

— On n'a pas le temps. Passe-moi le fusil !

Matthew se leva tant bien que mal. Il vacilla, s'accrocha à la table, le souffle laborieux.

Le fusil dissimulé à côté de la porte était toujours chargé avec de la poudre fraîche, Katherine doutait cependant que son frère parvienne à soulever une arme aussi lourde. Et son père n'en était plus capable depuis longtemps, elle le savait.

Sans prendre la peine de réfléchir, elle passa de l'autre côté du rideau et saisit le fusil.

— Un seul cheval et son cavalier, annonça leur père.

Heureusement, ce n'était pas une escouade. Pour autant, cela n'augurait rien de bon.

— Apporte-moi ce fichu fusil ! chuchota son frère derrière le rideau, qui s'agita doucement.

Le bruit caractéristique d'une paire de bottes martelant la terre piétinée leur parvint.

Serrant les dents, Katherine cala le fusil au creux de son épaule et dirigea le canon vers la porte.

— Bon sang, Kate, éloigne-toi de la porte et donne-moi ce fusil, implora Matthew d'une voix faible.

— Fais ce qu'il te dit, mon petit, plaida le père.

— Assieds-toi avant de tomber, Matthew, murmura-t-elle d'une voix étonnamment ferme. Tu as perdu beaucoup de sang, reste derrière le rideau. Et toi, ne bouge pas, papa.

On frappa doucement à la porte, et le loquet se souleva. La porte s'entrouvrit tandis que le doigt de la jeune fille se crispait sur la détente. Un soldat n'aurait pas frappé. Pas aussi doucement, en tout cas.

— Monsieur Wright ? chuchota une voix masculine.

La porte s'ouvrit davantage et une haute silhouette chargée d'une volumineuse sacoche s'introduisit avec précaution dans la chaumière.

— Monsieur Wri...

Il s'interrompit, probablement parce qu'il avait aperçu la silhouette de Katherine devant les braises de l'âtre. Sa silhouette et le fusil qu'elle braquait sur lui.

Son père marmonna entre ses dents avant de quitter la fenêtre. Passant devant l'inconnu, il alla fermer la porte non sans avoir au préalable scruté l'obscurité du dehors.

— Bienvenue, docteur Hayward.

— Je ne suis pas si sûr de l'être, répliqua le nouveau venu en regardant Katherine et son fusil.

Elle baissa son arme et l'appuya contre le mur. Elle dut s'y appuyer elle aussi, les jambes soudain flageolantes, le cœur battant à tout rompre.

Il ne s'agissait donc pas d'un soldat, mais d'un médecin. Un médecin qui passait ses étés à Douvres avec sa famille et proposait ses services dans le comté. Si Katherine, de retour au pays depuis peu, n'avait pas encore fait sa connaissance, elle avait eu l'occasion de le voir de loin, généralement accompagné de jolies jeunes femmes qui paraissaient boire ses paroles. Ce qui n'avait rien d'étonnant, puisque le Dr Hayward était baron, en plus d'exercer la médecine. Un riche baron, veuf de surcroît. Ce qui était plus surprenant en revanche, et constituait une véritable énigme aux yeux de Katherine, car les aristocrates fortunés ne s'abaissaient pas à exercer ce genre de profession. Ils ne se frottaient pas à la maladie, au sang et à la souffrance. Ils ne perdaient pas leur temps à se soucier de gens qui n'habitaient pas les beaux quartiers de la capitale, à l'ouest de Haymarket. Et surtout, ils ne couraient pas les routes de campagne par une nuit où la pluie menaçait.

Toutes ces considérations rendaient la soudaine apparition du baron éminemment suspecte. Elle ne tenait pas à mettre à l'épreuve la discrétion de ce lord médecin. Comment savoir si Harland Hayward, baron Strathmore, était au courant de ce qui se passait sur les rivages du Kent ? Comment savoir de quel côté irait sa loyauté ? À la Couronne, ou aux paysans et aux pêcheurs qui se battaient pour survivre ? Strathmore appartenait à l'aristocratie, après tout.

Il n'était pas l'un des leurs en tout cas.

— Que voulez-vous ? s'enquit-elle sans s'embarrasser de formules de politesse et, surtout, sans regarder du côté du rideau qui cachait son frère.

Matthew saignait encore, il fallait que le baron décampe très vite.

— Mademoiselle Wright, je suppose ? Votre père m'a beaucoup parlé de vous, répondit-il, apparemment indifférent à la rudesse de son ton.

Katherine fronça les sourcils. Eh bien, son père n'avait pas fait de même à son sujet. Jusqu'à cet instant, elle ignorait même que l'auteur de ses jours connaissait le baron. Le peu qu'elle savait de Strathmore, elle l'avait appris par ouï-dire. La sœur cadette de Strathmore venait d'épouser le comte de Rivers, et sa sœur aînée était duchesse. Ils habitaient tous Avondale House, l'imposant manoir perché sur les falaises dominant la mer aux environs de Douvres. Un nid à l'image de tous ces titres ronflants et de ces personnages sans aucun doute gonflés de vanité.

Elle jeta un regard à son père, qui l'ignora superbement, occupé qu'il était à rallumer les chandelles, pas assez rapidement au goût de sa fille. Elle voulait – devait – voir les traits de ce lord médecin, observer son visage et déchiffrer ses expressions afin de savoir à qui elle avait affaire.

— Oui, finit-elle par répondre. Encore une fois, j'aimerais savoir ce que vous voulez.

— Il est venu nous aider, mon petit, expliqua son père en rallumant la lanterne.

— Si vous avez besoin de moi, bien sûr, précisa Strathmore.

Katherine n'avait pas eu le temps de mettre au point une explication plausible à la blessure de Matthew, et elle n'était pas disposée à faire confiance au nouveau venu.

— Je ne vois vraiment pas de quoi vous parlez.

Un fracas inattendu ponctua ses paroles, et elle fit volte-face. La table derrière le rideau s'était renversée, arrachant la tenture de ses anneaux, et dévoilant Matthew fort peu élégamment étalé sur le sol entre les pieds de la table.

— C'était justement de cela que je parlais, déclara le baron avec un calme horripilant.

Jurant entre ses dents, Katherine se rua vers son frère et se laissa tomber à genoux près de lui. Il était livide, et ses yeux étaient clos. Une longue traînée brune maculait le rideau qu'il avait entraîné dans sa chute. Jurant de nouveau, elle repoussa le tissu froissé tandis que, de l'autre côté de la table renversée, son père se penchait en levant la lanterne.

— Il va bien ? s'inquiéta-t-il.

— Il s'est évanoui parce qu'il a perdu autant de sang qu'un cochon qu'on égorge. C'est pour ça que je lui avais dit de s'asseoir, expliqua-t-elle posant deux doigts sous le menton de son frère pour chercher son pouls.

À son grand soulagement, il battait régulièrement.

— Les frères écoutent rarement ce qu'on leur dit. C'est en tout cas ce que me serinent mes sœurs.

Katherine sursauta. Elle n'avait pas entendu le baron s'accroupir près d'elle.

— Balle ou couteau ? questionna-t-il sur le ton de la conversation.

— Les deux.

Le baron se pencha et ses longs doigts palpèrent délicatement le crâne de Matthew à la recherche d'une éventuelle bosse causée par sa chute.

« Il a des mains magnifiques », songea Katherine. Pas les mains d'un aristocrate oisif, mais celles d'un homme habitué à s'en servir. Des mains accoutumées à apaiser, diagnostiquer, soigner. Elle détourna les yeux. Elle avait mieux à faire qu'à admirer les mains du baron alors que son frère, inconscient, se vidait de son sang à ses pieds.

Lesquelles mains du baron avaient cessé leur palpation pour découvrir un peu plus l'épaule de Matthew.

— Ah, oui, je vois où la balle est sortie ! Il a eu de la chance, elle n'a pas fait trop de dégâts. C'est surtout le muscle qui a souffert, j'ai l'impression. C'est la seule blessure par balle ?

— Oui.

— Et cette blessure au couteau ? Elle est dans le dos, alors ?

— Oui.

Katherine ne voyait pas vraiment les traits de Strathmore, ses cheveux épais qui tombaient en désordre lui dissimulant son visage, en revanche, elle était suffisamment près de lui pour percevoir la chaleur de son corps. Elle fit de son mieux pour ne pas y prêter attention.

— Elle a été suturée ?

— Pas encore.

Étonnamment, le baron ne posait pas les questions qui allaient pourtant de soi. Comment son frère s'était-il fait tirer dessus, par exemple. Ou pourquoi lui avait-elle souhaité la bienvenue en braquant un fusil sur lui. Il s'était limité à des questions cliniques, n'exprimant ni surprise, ni malaise, ni réprobation. C'était à n'y rien comprendre.

— Alors remettons-le sur la table pour recoudre cette blessure, voulez-vous ? suggéra-t-il en se redressant.

Eh bien, si le baron ne posait pas les questions attendues, il donnait à coup sûr les ordres auxquels on s'attendait.

— Ce n'est pas nécessaire, milord. Je suis capable de donner à mon frère les soins nécessaires, et il est entre de bonnes mains, je vous assure.

Elle avait renoncé à compter le nombre de fois où un médecin ou un chirurgien – toujours des hommes – s'était imposé sans qu'on lui ait demandé quoi que ce soit et l'avait renvoyée, elle et son savoir-faire, avec une autorité empreinte de condescendance. Cette fois, elle n'était pas disposée à se laisser faire. Pas quand il s'agissait de son frère.

Elle se redressa à son tour et, pour la première fois, vit le baron en pleine lumière.

Elle en eut le souffle coupé.

De loin, il lui avait paru séduisant. De près, une fois éclairé, elle réalisa qu'il était non seulement séduisant, mais saisissant. Il était grand et mince, les membres déliés, et ses vêtements très simples ne permettaient pas d'ignorer son corps vigoureux. Une fois repoussée en arrière, sa chevelure de sombre acajou révélait un visage aux pommettes saillantes, au nez droit, à la mâchoire ferme. Et des yeux sombres qui la dévisageaient sans ciller.

Une rougeur malvenue lui enflamma les joues tandis que son cœur s'emballait. Elle comprenait pourquoi il y avait toujours des grappes de femmes suspendues à ses lèvres. À une autre époque, dans un passé lointain, peut-être aurait-elle fait de même.

— Docteur suffira.

— Je vous demande pardon ?

— Mon titre de baron est plus un inconvénient qu'une aide pour m'occuper de mes patients.

— Ce n'est pas votre patient, milord, c'est le mien, répliqua-t-elle, l'agacement étouffant aussitôt toute autre réaction indésirable.

— Bien sûr.

Katherine tressaillit. Il ne discutait pas ?

— Cela dit, vous aurez peut-être besoin d'aide pour le soulever.

Ce lord médecin était trop poli pour être honnête, cela dit, il avait raison. Son père, qui tenait toujours la lanterne, n'aurait pas la force de soulever un pareil poids mort. Et seule, elle n'y arriverait jamais. Matthew n'avait rien d'un frêle roseau.

— Oui, s'il vous plaît, admit-elle, faisant de son mieux pour se montrer aimable.

Tandis que Strathmore entreprenait de relever la table, Matthew ouvrit les yeux en gémissant, le regard perdu, jusqu'à ce qu'il croise celui de sa sœur.

— Tu es tombé, expliqua-t-elle.

— Vous auriez mieux fait d'écouter votre sœur, intervint Strathmore.

— Pas la peine de prendre son parti, Hayward, grommela Matthew. J'ai eu une nuit éprouvante, vous pourriez compatir.

De l'autre côté de la table, leur père laissa échapper un rire sonore et la lanterne projeta des ombres fantasmagoriques sur les murs.

Katherine se renfrogna. Elle ne voyait pas ce que la situation avait de drôle. Et si toute sa famille entretenait des relations amicales avec ce baron médecin, on s'était bien gardé de le lui dire.

— Comment vous sentez-vous ? s'enquit le baron.

— Comme quelqu'un qui s'est fait tirer dessus, riposta Matthew. Aidez-moi à me lever.

Strathmore regarda Katherine.

— Prenez-le sous un bras, je prends l'autre, proposa-t-il. Et essayons de ne pas faire de dégâts supplémentaires.

Katherine soupira et s'exécuta. Discuter pour le plaisir aurait été aussi ridicule que mesquin. À eux deux, ils remirent Matthew debout, puis le hissèrent sur la table, à plat ventre, lui arrachant une plainte.

— Eh bien, ce n'est pas joli à voir, commenta Strathmore en examinant le dos de Matthew.

— C'est ce qu'on m'a dit, acquiesça le blessé.

— Un mari jaloux, c'est ça ? Vous n'avez pas sauté par la fenêtre suffisamment vite ?

— Quelque chose d'approchant, grommela Matthew.

Cette non-réponse parut satisfaire Strathmore, ce qui ne manqua pas d'intriguer Katherine.

— Alors, ma fille, tu vas te décider à le soigner, ou tu comptes passer la nuit à regarder le docteur ? s'esclaffa son père, dont le rire se termina en quinte de toux.

Elle serait montée sur ses grands chevaux si cette toux caverneuse ne l'avait pas autant inquiétée.

— Pourquoi ne pas vous asseoir près de la cheminée, monsieur Wright ? suggéra le baron.

Il interrogea du regard la jeune femme, qui hocha la tête avec reconnaissance.

Tout en surveillant Strathmore du coin de l'œil, elle récupéra la bassine d'eau et les linges propres qu'elle avait cachés un peu plus tôt. Le lord docteur prit la lanterne des mains de son père et la suspendit à son crochet, avant d'aider le vieil homme à s'asseoir. Il drapa ensuite la couverture sur lui avec une douceur qui émut Katherine. Il murmura quelque chose à son père, mais elle était trop loin pour entendre ce qu'il disait. Elle vit juste son père hocher la tête plusieurs fois.

Tu comptes passer la nuit à regarder le docteur ?

Non, elle n'allait plus le regarder du tout, décida-t-elle en prenant ses instruments. Ce baron médecin n'avait absolument rien d'attirant, et il était tout simplement indésirable.

Elle nettoya le sang qui avait coulé après la chute de Matthew, puis alla chercher la bouteille de cognac sur le buffet derrière elle. Du cognac français de contrebande. L'utiliser pour nettoyer des blessures occasionnées par son acquisition avait quelque chose d'ironique.

De retour à la table, elle entoura de linges le torse de son frère et ouvrit la bouteille.

— Ça va piquer un peu, prévint-elle avant de verser la moitié de la bouteille sur la blessure.

Matthew sursauta et agrippa le bord de la table en débitant un flot de jurons.

— Vous auriez peut-être pu le mettre davantage en garde.

Katherine faillit lâcher la bouteille. Elle n'avait pas entendu Strathmore approcher. Une fois de plus.

— Mieux vaut en finir au plus vite. Et ç'aurait été encore mieux s'il ne s'était pas mis en situation d'avoir besoin de mes soins.

Elle versa du cognac dans une tasse et y plongea ses aiguilles avant de s'essuyer les mains avec les linges trempés d'alcool.

— Vous n'êtes pas obligé de rester, dit-elle au baron sans le regarder.

— Je n'ai nulle part où aller et rien d'autre à faire, répliqua-t-il.

Il prit la bouteille, en huma le contenu.

— Qualité supérieure, commenta-t-il, approbateur. Une caisse de cet alcool se vend une petite fortune à Londres.

C'était bien là le problème. Et c'était pour cette raison qu'elle ne pouvait pas trouver Strathmore attirant. Ce genre de remarque encourageait son frère et son père, et les confortait dans leur conviction qu'ils pouvaient faire fortune dans la contrebande.

Le cognac, pas plus que le tabac, le thé ou la soie, ne trouvait grâce aux yeux de Katherine.

Parce qu'un jour ou l'autre, il causerait la mort de tous les siens.

2

Un verre de cognac à la main, Harland Hayward s'adossa au mur et regarda Mlle Katherine Wright recoudre la blessure de son frère. Ses gestes étaient calmes et assurés, et ses points de suture nets et précis. Une guérisseuse, c'était ainsi que l'avait décrite son père, cela dit, Harland avait déjà vu des chirurgiens confirmés faire beaucoup moins bien. Il serait intervenu si elle ne s'était pas montrée à la hauteur, mais, en l'occurrence, elle l'impressionnait.

Et pas uniquement par ses prouesses chirurgicales. Elle semblait n'avoir peur de rien, telle une Walkyrie des temps modernes, capable de manier le fusil aussi bien que l'aiguille chirurgicale. Une femme qui, face au malheur ou à une menace, s'attachait à faire ce qui devait être fait. Les hommes n'étaient apparemment pas les seuls à posséder des nerfs d'acier dans la famille Wright, ce qui n'avait après tout rien de surprenant, puisqu'elle était la fille d'un des plus intrépides contrebandiers de tout le Kent.

Comme Harland changeait de position, elle lui jeta un coup d'œil. Ses yeux étaient cernés par la fatigue et l'inquiétude, son expression, méfiante et empreinte de ressentiment. Sans mot dire, il avala une gorgée de cognac, tandis qu'une sensation qu'il avait fini par oublier, une sensation qu'il pensait ne plus jamais éprouver, enflammait son sang.

Mlle Wright reporta son attention sur sa tâche, et Harland continua de l'étudier. Ses cheveux, rassemblés en une queue-de-cheval sans grâce, étaient blonds, comme ceux de son frère, leur teinte évoquait cependant davantage le champagne que le miel. Elle avait une bouche généreuse qui devait sourire facilement en d'autres circonstances, et une pincée de taches de rousseur sur son nez droit. Ses yeux, d'un bleu étonnant qui évoquait les mers du Sud, étaient magnifiques. Ils pétillaient d'une intelligence indéniable.

En robe de bal, sa blonde chevelure ornée de perles, un sourire plaqué sur son joli visage, Mlle Wright serait qualifiée de beauté classique. Les dames de l'aristocratie, qui jugeaient une personne sur son apparence, lui manifesteraient leur approbation d'un hochement de tête. Les hommes, qui jugeaient les gens selon les mêmes critères, feraient bien plus que simplement hocher la tête.

Pour l'heure toutefois, habillée comme elle l'était d'une robe grise informe, les cheveux en désordre, les lèvres pincées, une aiguille de chirurgie à la main, elle n'avait rien d'une beauté classique. Ni même d'une jolie fille.

Elle était tout simplement éblouissante.

De nouveau, cette sensation oubliée s'empara de Harland, qui avala d'un trait le reste de son cognac. La brûlure de l'alcool le réconforta. Il avait déjà éprouvé ce genre de sensation, quand il était jeune et naïf, et elles ne lui avaient rien valu d'autre qu'une souffrance silencieuse et une bruyante humiliation. Étant maintenant plus âgé et plus avisé, il savait reconnaître le danger quand il pointait le bout de son nez, et surtout, il savait l'éviter.

Il posa son verre avec plus d'énergie qu'il n'était nécessaire, ce qui lui valut un autre regard soupçonneux de la part de Katherine Wright. Harland se demanda ce qu'on lui avait dit des événements de la nuit. Vu ses blessures, son frère avait dû lui donner une version à peu près exacte des faits. Il avait tout de même reçu une balle dans l'épaule, et ce n'était pas parce qu'il avait sauté par la fenêtre de sa maîtresse.

C'était cependant rassurant que, depuis son arrivée, aussi bien Matthew que Paul Wright soient restés remarquablement discrets sur les circonstances dans lesquelles le jeune homme avait été blessé. Cela signifiait qu'ils prenaient toujours Harland pour ce qu'il prétendait être, à savoir un médecin soucieux de la santé de ses patients. Un médecin qu'on appelait souvent dans des endroits étranges à des heures tout aussi étranges et qui ne posait jamais de questions. Un médecin qui pouvait se déplacer facilement, et sans se faire remarquer, sur la côte, sur les quais, et à bord des navires entrant dans le port, car les soins médicaux sont une marchandise recherchée.

En un mot, une couverture parfaite pour dissimuler son rôle dans le réseau de contrebandiers qui officiait sur toute la côte du Kent.

Harland ne mettait pas en doute la discrétion de Matthew et de Paul, mais même sous la pression la plus extrême, on ne pouvait pas révéler ce qu'on ignorait. Il comptait également sur le fait que Katherine Wright ne connaissait pas non plus son implication. Si elle avait certes grandi au milieu de contrebandiers, elle avait été longtemps absente de Douvres, il le savait, suffisamment longtemps pour que ses sympathies aient pu changer de camp. Elle ferait certainement preuve de loyauté s'agissant de ses proches ; pour autant, présumer qu'au cas où Harland se verrait accusé d'être autre chose qu'un simple médecin, sa loyauté pourrait s'étendre au-delà du cercle familial serait pure folie.

Heureusement, la cargaison de ce soir n'était constituée que de cognac et non pas…

— Ce que je ne comprends pas, milord, c'est comment vous avez appris que Matthew était blessé, lança soudain Mlle Wright.

Elle ne s'était pas donné la peine de le regarder, mais sa méfiance était telle qu'elle en devenait presque palpable.

— J'ai croisé Hervey Baker sur la route, répliqua Harland.

Il était étonné qu'elle ne lui ait pas posé la question plus tôt. Sa réponse n'avait rien d'un mensonge, du reste. Hervey Baker était l'un de ceux qui avaient ramené Matthew chez lui et, chaque fois que c'était possible, il était préférable de donner une version le plus proche possible de la vérité.

— Sur la route ? Vous faisiez une promenade à cheval au beau milieu de la nuit ? Alors que l'orage menace ?

— Kate, intervint Matthew, visiblement agacé.

— Ce n'est rien. Votre sœur ne fait que poser des questions parfaitement raisonnables.

— Grossières, pas raisonnables, riposta Matthew.

— Je m'en moque, Matthew, dit-elle en s'emparant d'une paire de ciseaux. Que faisiez-vous dehors en plein milieu de la nuit, milord ?

— Le croup[1].

C'était sa réponse habituelle. Un médecin pouvait se voir appelé pour toutes sortes de maladies quel que soit le temps, après tout. Et personne ne demandait jamais de précisions sur le croup, ni sur aucune maladie infantile.

1. Affection respiratoire généralement mortelle qui affectait les jeunes enfants, très répandue aux XVIIIe et XIXe siècles. *(N.d.T.)*

— Qui ?

Personne excepté Katherine Wright, apparemment.

— Qui quoi ?

— Qui a le croup ? insista-t-elle en coupant le fil avant de ranger son aiguille.

— La fille du chaudronnier. Ils campent de l'autre côté de la ville.

Il n'y avait bien entendu aucun chaudronnier, il avait toutefois besoin d'un patient de passage dont l'existence ne pouvait être ni confirmée ni infirmée.

— Je vois.

Penchée en avant, elle examinait sa suture, et Harland n'avait aucun moyen de savoir si elle le croyait ou non.

— Tu as fini de me torturer, Kate ? souffla Matthew, visiblement épuisé.

— Oui. Comment te sens-tu ?

— Comme si j'avais le dos en feu, rétorqua-t-il en se redressant gauchement pour s'asseoir au bord de la table. Passez-moi ce fichu cognac, Hayward, ajouta-t-il, la main tendue.

Harland s'exécuta, sous l'œil réprobateur de Mlle Wright.

— Vous avez besoin de repos. Pas de cheval, pas de natation, pas d'efforts physiques pendant au moins une semaine, deux probablement, ordonna Harland tandis que Matthew prenait une bonne lampée d'alcool.

Au loin, le tonnerre gronda.

— Je ne suis pas une vieille femme, objecta Matthew avec une véhémence qui se termina par une grimace douloureuse.

— Certes, mais vous avez une blessure par balle et quatre douzaines de fort jolis points de suture. Si vous voulez vous rétablir, il ne faut pas gâcher le dur travail de votre sœur.

Harland jeta un coup d'œil à Mlle Wright qui le regardait. Elle détourna aussitôt les yeux et entreprit de ranger les linges souillés de sang. Les premières gouttes de pluie martelèrent la fenêtre de la chaumière et les roulements de tonnerre gagnèrent en volume sonore.

— Il faudra vous mettre le bras en écharpe afin que cela ne tire pas sur les points de suture...

— Silence ! intima Katherine Wright. Écoutez !

Le sang de Harland se figea dans ses veines. Le grondement qui accompagnait le bruit de la pluie n'était pas un roulement de tonnerre, c'était un bruit de sabots.

— Nom de Dieu ! jura Matthew avec un regard affolé autour de lui.

Harland suivit la direction de son regard, vit l'eau rougie des bassines, les linges souillés et le rideau taché de sang oublié à terre. Le fracas des chevaux s'accompagnait maintenant de cris et de vociférations. Des soldats, à n'en pas douter, et Harland s'en voulut de ne pas s'être montré plus vigilant.

À en juger par les vibrations du sol, il ne leur faudrait pas une minute avant de faire irruption au nom du roi, pressés qu'ils étaient de faire un exemple et d'arrêter un contrebandier.

— Il faut le cacher, chuchota Mlle Wright d'une voix fébrile. Il y a une trappe sous le lit. Aidez-moi à le déplacer, milord. Vite !

— Non, nous n'avons pas le temps !

Harland ramassa le rideau.

— Descendez de la table et allongez-vous dessous, ordonna-t-il à Matthew. Et pour l'amour du ciel, quoi qu'il arrive, quoi que vous entendiez, ne bougez pas.

Après une légère hésitation, le jeune homme obéit et, avec l'aide de Harland, se coucha à plat ventre sous la table.

— Parfait, approuva le baron qui recouvrit la table du rideau, dissimulant Matthew à la vue. À présent, montez sur la table, mademoiselle Wright.

— Pardon ?

— Il faut bien expliquer tout ce sang alors que ni vous ni moi n'avons la moindre blessure apparente. J'ai besoin d'un patient. Montez sur cette satanée table, vite !

Kate avait compris. Elle releva ses jupes prestement et grimpa sur la table. Les torches des cavaliers scintillaient entre les rideaux tirés, menaçantes.

— Allongez-vous.

Elle obéit sans discuter. Harland prit un peu d'eau dans une des bassines et lui en aspergea le front et les cheveux pour qu'elle apparaisse fiévreuse. Il s'efforça de ne pas prêter attention à la douceur de sa peau et de sa chevelure.

Les voix étaient proches à présent et, à l'autre bout de la pièce, le vieux Wright désigna la porte du menton. Il fit un petit signe à Harland, qui approuva d'un signe de tête. Vu la vie qu'il avait menée, Paul Wright n'aurait pas survécu s'il n'avait pas eu l'esprit vif.

Les cavaliers s'étaient arrêtés, et des bruits de bottes et d'épées qu'on tirait claquaient au-dehors.

Remontant les jupes de Mlle Wright jusqu'au-dessus de ses genoux, Harland drapa sur ses jambes et son vêtement les linges les plus ensanglantés. Elle poussa un petit cri au contact de l'eau glacée.

— Désolé, murmura-t-il, nous n'avons pas le choix.

— Ça ira, murmura-t-elle tandis qu'il lui écartait doucement les genoux pour glisser d'autres linges souillés sous ses jambes.

Des traînées rouges maculaient maintenant la peau pâle de ses membres, donnant véritablement l'impression qu'elle se vidait de son sang. Il espérait juste…

La porte grinça sur ses gonds comme quelqu'un frappait à coups redoublés. Ce fut le seul avertissement qu'ils reçurent avant qu'elle ne s'ouvre à la volée, heurtant brutalement le mur. Mlle Wright sursauta, et Harland posa une main apaisante sur sa cheville pour lui signifier de ne pas bouger, avant de passer à l'offensive.

— Bon sang, qu'est-ce que cela signifie ? aboya-t-il, sans avoir à feindre la colère.

Un officier se tenait dans l'encadrement de la porte, l'épée à la main, clignant les yeux à la lumière des chandelles. Harland aurait dû s'en douter. Il s'agissait du capitaine Buhler, une espèce de bouledogue qui s'était donné pour mission d'amener à la potence quiconque, homme, femme ou enfant, qui survivait un peu en marge de la loi. Un homme impitoyable, enivré par le pouvoir qu'il brandissait au nom de la Couronne. Un homme pour qui Harland n'éprouvait que du mépris.

Deux soldats se pressèrent derrière leur capitaine, essayant de voir ce qui se passait dans la chaumière.

— Je vous ai demandé ce que cette irruption signifiait, capitaine ! répéta Harland.

Les yeux du capitaine étaient rivés sur les jambes découvertes de Mlle Wright.

— Eh bien, vous savez vous occuper !

Derrière lui, les deux soldats regardaient, effarés, les chevilles ensanglantées de la jeune femme et les linges souillés.

— Qu'est-ce qu'elle a ? questionna l'un d'eux d'une voix étranglée.

— Elle saigne ! rétorqua Harland. Cela ne se voit pas ?

— Où ça ? insista le soldat, blanc comme un linge.

— Dans ses parties féminines. Maintenant débarrassez le plancher et laissez-moi soigner ma patiente !

Les soldats reculèrent machinalement. L'un des deux disparut sans demander son reste.

— Docteur Hayward, commença le capitaine, retrouvant ses esprits et un ton plus autoritaire que conciliant, je dois vous demander de quitter les lieux. Nous devons fouiller cette chaumière.

— Je vous demande pardon ? articula Harland en crispant la main sur la cheville de Mlle Wright, qui s'était raidie.

— Qu'est-ce qui se passe ? Qu'est-ce qu'ils veulent ? chevrota Paul d'une voix d'outre-tombe depuis son fauteuil près de la cheminée.

— Le capitaine Buhler me présentait ses excuses pour ne pas avoir la décence de me laisser soigner votre fille, gronda Harland, sans quitter l'officier des yeux. Il s'apprête à partir.

Paul se hissa péniblement sur ses pieds et alla se planter devant les soldats.

— Ma fille, elle est très malade, dit-il plaintivement.

— Nous avons été informés qu'un dangereux criminel se cache chez vous, déclara le capitaine, s'adressant directement à Harland.

— Un dangereux criminel ? s'esclaffa celui-ci en regardant ostensiblement autour de lui. Et lequel d'entre nous considérez-vous comme le plus dangereux, je vous prie ?

— Docteur Hayward, encore une fois, je vous demande de partir.

— Mais enfin, qu'est-ce qui cloche chez vous, capitaine ? De là où vous êtes, vous pouvez voir toute la maison. Il n'y a aucun dangereux criminel ici.

— J'ai des ordres du roi en personne.

— Quels ordres ? Celui de regarder une femme se vider de son sang ?

— Ma fille est en train de mourir ? Ne la laissez pas mourir ! implora Paul dans un gémissement qui s'acheva en quinte de toux.

— Elle ne va pas mourir, déclara Harland en s'emparant d'un des scalpels de Katherine dont il examina soigneusement la lame à la lumière de la lanterne. Pas si on me laisse inciser la source de l'infection qui provoque les saignements.

— J'ai pour ordre d'éradiquer ce comté du fléau qui le ravage : les contrebandiers, s'impatienta le capitaine. Des hommes qui volent à leur roi ce qui lui revient.

Les yeux fermés, Mlle Wright poussa une plainte à fendre l'âme, tandis que sa tête ballottait d'un côté à l'autre. Elle semblait sur le point de faire une attaque.

— Nom de Dieu ! s'emporta Harland en appuyant sur le ventre de la jeune fille.

— Qu'est-ce qui se passe ? geignit Paul, plus pitoyable que jamais.

— Il faut absolument arrêter l'hémorragie avant qu'il ne soit trop tard !

— Docteur Hayward..., commença Buhler, l'air dégoûté et refusant toujours de bouger.

— Fouillez les granges, fouillez le jardin, faites ce que bon vous semble, capitaine, mais si vous ne voulez pas avoir la mort de cette jeune fille sur la conscience, je vous conseille de sortir et d'emmener vos hommes !

— Pas tout de suite ! Où est votre fils, monsieur Wright ?

Visiblement peu satisfait du manque de coopération de Harland, Buhler concentrait maintenant son attention sur Paul.

— Mon fils ? Je... Je ne... Qui..., balbutia le vieil homme d'un air égaré en resserrant la couverture autour de ses maigres épaules.

— Matthew Wright est bien votre fils ?

— Oui...

La réponse du vieillard sonnait davantage comme une question.

— Où est-il ?

— Il est parti à la guerre, gémit Paul, hagard.

— À la guerre ?

— Il est parti se battre contre le diable français. Il est dans l'artillerie. Mon fils, pas Napoléon.

— Où est-il en ce moment ? s'agaça Buhler.

— À la guerre, je vous dis.

— La guerre est finie, monsieur. Depuis des années.

— Ce n'est pas possible, marmonna Paul.

— Qu'a fait votre fils depuis qu'il est rentré ?

— Il n'est pas rentré.

— Je vous assure que si !

Comme s'il perdait l'équilibre, Paul posa une main mal assurée sur le bras de l'officier, qui recula vivement, l'air dégoûté.

— Il allait à la pêche, bredouilla Paul, le regard perdu. Oui, il aimait la pêche, mon petit Matty. Vous croyez qu'il s'est noyé ? Dites-moi qu'il ne s'est pas noyé !

— Quoi ? Mais non, il...

— Les korrigans sont de sortie les nuits comme celles-ci, murmura Paul en regardant autour de lui, comme si l'une de ces créatures fantastiques allait surgir de la pénombre. Ils viennent se venger des hommes qui ont tué un des leurs. Je les ai vus, vous savez. Ils attirent les hommes dans la lande et ils les jettent du haut des falaises ! J'ai toujours dit à Matthew de faire attention à eux.

Si Harland ne prêtait qu'une attention distraite aux divagations du vieil homme, le soldat, lui, commençait à s'agiter derrière Buhler. Le baron savait d'expérience que les hommes du rang étaient aussi superstitieux que les marins. Paul le savait aussi, apparemment.

Le capitaine n'était toutefois pas prêt à s'en laisser conter.

— Écartez-vous de mon chemin, vieux fou, jappa-t-il en contournant Wright pour s'approcher de la table.

Un cri à glacer les sangs s'éleva soudain.

— Faites quelque chose ! hurla Mlle Wright en remuant la tête de plus belle. Que ça s'arrête !

Le soldat qui était resté derrière Buhler blêmit et battit en retraite à son tour, tandis que la main du capitaine se crispait sur le pommeau de son sabre.

— Faites que ça s'arrête, sanglota de nouveau Katherine, avec un talent digne des plus grandes tragédiennes.

Paul se remit à gémir en se balançant d'un pied sur l'autre et à marmonner des paroles inintelligibles qui pouvaient passer pour des prières.

— Sauvez-la ! implorait-il chaque fois qu'il s'arrêtait pour reprendre haleine.

Un coup de tonnerre encore lointain – un véritable coup de tonnerre cette fois – retentit, affolant les chevaux.

Grand Dieu, si Harland fermait les yeux, il pourrait se croire revenu dans le chaos d'un hôpital de campagne, au milieu des cris des blessés et du fracas de la canonnade.

— Mes devoirs envers la Couronne…, commença Buhler, les yeux fixés sur le visage grimaçant de Mlle Wright.

— Moi aussi, j'ai servi la Couronne, capitaine. Comme chirurgien sur les champs de bataille de France et des Flandres. J'ai soigné, et je continue de soigner les soldats du roi – vos soldats – jusque dans vos casernes !

— J'ai parfaitement conscience…

— Dans ce cas, je me permettrai de vous rappeler que je ne suis pas un simple médecin, mais que je suis également pair du royaume, et qu'en tant que tel, je porte un intérêt particulier à ce pays et aux hommes qui défendent son honneur. Si vous vous imaginez que je cache un ennemi du roi dans ma sacoche, libre à vous de m'arrêter dès que j'aurai terminé ce que j'ai à faire ici. En attendant, je vous conseille de faire attention à vos accusations, conclut-il, glacial.

Buhler fit encore un pas en avant, ses petits yeux porcins passant de Harland aux jambes dénudées de Mlle Wright qui se tordait toujours en gémissant. La pointe de sa botte était maintenant à quelques pouces de l'endroit où se cachait Matthew.

— Vous pouvez disposer, capitaine, lança Harland avec une hauteur que n'aurait pas reniée son ducal beau-frère.

— Fouillez la grange dans ses moindres recoins ! hurla Buhler à ses hommes en rengainant son sabre. Et ensuite, brûlez-la !

— Vous n'avez pas le droit ! s'indigna Harland. Ces gens n'ont rien.

— Alors, ils n'ont rien à perdre, ricana Buhler.

— Capitaine…

— J'agis au nom du roi, coupa Buhler en tournant les talons. Vous pourrez le dire à Matthew Wright si vous le voyez, *milord*.

Paul referma la porte derrière lui et reprit son poste derrière la fenêtre.

— Foutues vermines !

Harland poussa un soupir de soulagement. Il ne s'éloigna pas de la table pour autant. Les soldats pouvaient revenir sans prévenir. Dehors, ils entendirent les portes de la grange s'ouvrir brutalement. Ils distinguèrent les lueurs des torches, puis un fracas de barils et de caisses renversés. Mieux valait perdre la grange que la maison. On pouvait reconstruire une grange, pas une vie.

Mlle Wright avait cessé de geindre et de s'agiter. Elle tendait l'oreille, mais c'était Harland qu'elle regardait.

— Que vont-ils trouver dans la grange avant de la brûler, papa ? s'enquit-elle d'une voix posée.

Si Harland n'avait pas vu tout ce qui s'était passé, il aurait pu croire qu'elle s'inquiétait de caisses de carottes et de navets.

— De la poussière et des crottes de souris.

Harland savait Paul et Matthew beaucoup trop malins pour laisser quoi que ce soit de dangereux à portée de main des soldats.

La jeune fille leva la tête et, non sans embarras, Harland réalisa qu'il avait toujours la main posée sur sa cheville nue. Il la retira aussi nonchalamment que possible, soudain très troublé, ce qui était ridicule. Il avait touché des centaines de chevilles et de jambes, des jambes d'hommes, de femmes, d'enfants. Il les avait recousues, bandées, il avait réduit leurs fractures et, de temps en temps, il les avait écartées pour mettre au monde des enfants. Et comme toutes ces fois-là, s'il avait posé la main sur la jambe de Katherine Wright, c'était par nécessité, et non pas par...

— Je suis désolé pour la grange, papa, dit Matthew de dessous la table.

— Elle tient à peine debout, grommela Paul. Ne t'inquiète pas, ce ne sera pas une grosse perte.

— Je suis heureux que vous soyez toujours avec nous, monsieur Wright, murmura Harland, s'efforçant de revenir à l'essentiel.

— La question, c'est de savoir si Kate est avec nous, répliqua Matthew d'une voix faible. Je suis sûr que même l'Inquisition n'aurait pas prise sur vous, Hayward.

— On m'a toujours dit que je savais m'y prendre avec les dames, rétorqua Harland d'un ton léger pour cacher son inquiétude. Votre intervention était vraiment très impressionnante, mademoiselle Wright.

Le blessé ne pouvait pas rester sur le sol, mais il était encore trop tôt pour l'installer plus confortablement. Derrière les fenêtres, les torches s'agitaient toujours tandis qu'un autre roulement de tonnerre, plus rapproché que les précédents, venait couvrir les vociférations des soldats.

— Vous auriez dû jouer les barons plus tôt, remarqua la jeune femme. Un titre se révèle parfois utile, après tout.

— Peut-être.

Un nouveau coup de tonnerre retentit et, une seconde après, une pluie torrentielle s'abattit sur le toit de chaume et sur les vitres. Le ciel se zébra d'éclairs, le fracas du tonnerre se fit assourdissant et les chevaux, affolés, se cabrèrent en hennissant malgré les tentatives de leurs cavaliers pour les retenir. La pluie redoubla d'intensité, et de petits filets d'eau commencèrent à s'infiltrer à travers le toit. Les torches s'éteignirent brusquement et, quelques minutes plus tard, le tumulte de cris et de hennissements laissa place au martèlement des sabots, qui ne tarda pas à s'évanouir dans le lointain.

— Pas facile de brûler une grange sous l'orage, hein, sales crevures ! croassa Paul. Bon débarras, conclut-il en refermant le rideau.

— Ils sont partis ?

— Jusqu'au dernier.

— Vous êtes sûr ? insista Harland, qui ne voulait surtout pas prendre le moindre risque.

— Certain.

Harland se retourna vers Mlle Wright, toujours étendue sur la table, les linges ensanglantés entre ses jambes écartées. Elle aussi paraissait soucieuse. Une vision de la jeune fille étendue nue devant lui, le regard provocant, s'imposa soudain à son esprit et il tressaillit, horrifié. Que diable lui arrivait-il ? Il n'en était quand même pas à être émoustillé par une paire de jambes.

Il se hâta de jeter les linges souillés dans la bassine et de rabattre ses jupes sur les chevilles de la jeune femme avant de lui tendre la main avec toute la courtoisie et le naturel dont il était capable.

— Je suis désolé pour vos vêtements, dit-il.

— Je me moque bien de mes vêtements, lord Strathmore.

Mlle Wright ne l'avait pas quitté des yeux un seul instant. Elle affichait toujours la même expression méfiante, mais elle accepta cependant la main qu'il lui tendait.

Harland s'interdit de remarquer comme cette gracieuse petite main s'emboîtait parfaitement dans la sienne. Il s'interdit de s'émerveiller sur l'énergie qui s'en dégageait. Il s'interdit également de s'abandonner au désir de garder indéfiniment cette main dans la sienne. Il s'interdit surtout de s'imaginer pressant les lèvres sur ce frêle poignet et...

— Pardonnez-moi de vous avoir mise dans une situation embarrassante.

Au moins se montrait-il courtois et respectueux des convenances en paroles, sinon en pensées.

— Il n'y a vraiment pas de quoi, assura-t-elle.

Dès qu'elle fut assise, il lâcha sa main.

— Bien. Très bien, dit-il en se raclant la gorge. Nous pouvons peut-être installer votre frère un peu plus confortablement, maintenant ?

— Absolument.

Harland releva le lourd rideau et, au prix d'un grand effort et avec l'aide de Mlle Wright, il parvint à mettre le blessé au lit.

— Je vais m'occuper de lui, décréta Paul en les écartant.

« J'ai besoin de parler seul à seul avec Matthew », traduisit Harland. Le père et le fils avaient des décisions urgentes à prendre. Des décisions auxquelles Paul ne voulait pas associer sa fille, et encore moins un étranger.

Harland ne pouvait avouer à Paul qu'il savait qu'une douzaine de barils de cognac était restée immergée à la pointe nord de la baie après leur tentative avortée de les débarquer. Il ne pouvait pas non plus ajouter que c'étaient justement ces barils qui empêchaient le reste du chargement, déjà prêt à partir, d'être acheminé jusqu'à Londres. Et encore moins que le client ne paierait rien tant que la livraison ne serait pas complète.

Personne ne pouvait révéler ce qu'il ignorait.

Il retourna nettoyer les instruments chirurgicaux de Mlle Wright, toujours disposés sur la tablette contre le mur. Sur la longue trousse qui se roulait une fois les instruments rangés, il lut les initiales K.W. gravées sur le cuir. Scies, bistouris, scalpels, pinces, forceps, sondes, la jeune fille possédait la panoplie du chirurgien. Il avait pratiquement la même trousse, mais celle de Mlle Wright était plus complète, et il se demanda si elle maniait aussi habilement la scie que l'aiguille.

— Pourquoi avez-vous fait cela ? demanda-t-elle.

— Je vous demande pardon ? dit-il, feignant de ne pas comprendre.

— Pourquoi nous avez-vous aidés à cacher Matthew ?

« Parce que c'est un brave garçon et un excellent contrebandier. Parce que j'ai confiance en lui, même s'il ne le sait pas », aurait-il pu répondre.

Il n'en fit rien, bien entendu.

— Sauter par la fenêtre d'une maîtresse ne me paraît pas une raison suffisante pour être pendu.

— Vous me prenez pour une imbécile, milord ?

— Certainement pas.

— Dans ce cas, ayez le bon goût de répondre franchement à ma question.

— Quelle importance cela a-t-il ?

— Vous êtes baron. Vous devriez être du côté de la Couronne et de la loi, or vous avez choisi de protéger mon frère. Pourquoi ?

Sa méfiance était palpable.

— Parce que votre père a besoin de lui, répondit-il, parce qu'il fallait bien trouver une réponse plausible.

Son expression ne changea pas.

— Mon métier est de soigner les gens, pas de les juger, mademoiselle Wright. Je suis médecin avant tout.

— Je n'en doute pas.

Tout en elle démentait ses paroles, et cela le contrariait bien plus qu'il ne l'aurait voulu.

— « Ses parties féminines »...

— Pardon ?

— Il ne s'agissait pas exactement de termes médicaux.

— Je ne m'adressais pas à des étudiants en médecine.

— Heureusement. On vous aurait demandé de quitter l'amphithéâtre.

— J'ai employé un langage que ces soldats étaient susceptibles de comprendre. D'après mon expérience, toute référence aux parties féminines impressionne les hommes, surtout quand ils voient une grande quantité de sang.

— Mais pas vous.

— Je suis médecin. Il en faudrait plus pour m'impressionner.

— Bien sûr.

Là encore, son scepticisme était patent. Il avait souvent été confronté au doute, et avait appris depuis longtemps à demeurer impavide. Alors pourquoi le manque de confiance en ses compétences de la part de Mlle Wright le vexait-il autant ?

— Il ne peut pas rester ici.

— Non, acquiesça Harland, comprenant qu'elle parlait de son frère.

— Les soldats vont revenir. L'orage va les tenir éloignés un moment, et les empêchera de brûler la grange, mais ils reviendront le chercher.

— C'est certain.

— Ils savent qui il est, remarqua-t-elle, inquiète.

— Il a sans doute été reconnu.

Ou dénoncé. Cette possibilité lui glaçait le sang. Si quelqu'un avait renseigné les soldats sur la cargaison de la soirée, si quelqu'un connaissait les activités de Matthew Wright et était au courant pour la cargaison de cognac, ce quelqu'un pouvait savoir encore d'autres choses.

Il sentait le regard de Katherine Wright sur lui et avait l'impression d'être mesuré, évalué, jaugé, d'une certaine façon.

— Matthew n'est pas en état de monter à cheval, déclara-t-elle abruptement.

— En effet. J'espère que votre famille a une charrette ou un moyen de transport quelconque.

Harland savait pertinemment que les Wright possédaient une longue charrette dotée d'un double fond, suffisamment grand pour abriter des barils de cognac ou des ballots de soie. Ou un blessé.

— Je préférerais ne pas le déplacer, je pense toutefois qu'il vaut mieux que je l'emmène.

— L'emmener ? répéta Katherine, alarmée. Où cela ?

Même après ce qu'il venait de faire, elle refusait toujours de lui accorder la moindre confiance.

— À Avondale.

— À Avondale ? Chez le comte de Rivers ?

— Oui. C'est là que je loge durant l'été. Cela me permettra de suivre l'évolution de ses blessures, et il sera en sécurité.

— Pourquoi ?

— Il se trouve que le comte de Rivers est le mari de ma sœur cadette…

— Non, ce que je veux dire, c'est pourquoi voudriez-vous cacher mon frère ?

Elle fit un pas vers lui. Il perçut la chaleur de son corps et, sous l'odeur forte de sang et d'alcool, le parfum discret de son savon. Elle était si près qu'il distinguait le cercle d'un bleu plus foncé qui entourait ses iris et les paillettes d'or dansant dans cet océan turquoise. Tout à coup, il eut du mal à respirer, et il se demanda combien d'hommes s'étaient perdus dans les profondeurs de ce regard ensorcelant.

— Parce que j'en ai la possibilité.

Il n'avait pas trouvé mieux comme explication. Ce n'était pas fameux, mais il avait du mal à réfléchir. S'il était d'ordinaire un menteur accompli, pour l'heure, son esprit généralement agile se montrait étrangement paresseux.

— Je ne vous crois pas.

Cette réponse avait au moins le mérite d'être franche.

Harland considéra le tas de linges ensanglantés. Il ne pouvait pas laisser Matthew Wright ici parce que les soldats allaient revenir. Et si Matthew était encore là quand ils reviendraient, ils le menotteraient et le jetteraient dans une cellule humide. Ils le tortureraient et le priveraient de nourriture jusqu'à ce qu'il succombe ou qu'il leur dise ce qu'ils voulaient entendre. Des aveux qui mettraient d'autres gens en danger. Des aveux qui pouvaient en dernier ressort le mettre en danger, lui aussi.

Et aucune de ces deux possibilités n'était acceptable.

— Tout ce que je sais, commença-t-il, choisissant ses mots avec soin, c'est que votre frère est un homme bien, qui ne mérite pas d'être puni pour avoir fait ce qu'il faut afin de nourrir sa famille.

Il ne s'agissait pas d'un mensonge, mais de la vérité vraie. Harland le savait mieux que quiconque parce que cela faisait trop longtemps qu'il vivait avec cette vérité.

Et qu'il continuait de vivre avec elle.

3

Le père de Katherine avait aussitôt accepté la proposition du docteur de transporter Matthew à Avondale, et il avait tout de suite proposé à Strathmore la vieille charrette rangée derrière la grange qui, grâce à la pluie, avait échappé à l'attention des soldats. Il lui avait montré le double fond et l'avait aidé à le tapisser de couvertures pour y installer son fils, avant de le refermer. Il avait tenu son cheval pendant que le baron le dessellait, puis avait aidé ce dernier à atteler sa monture à la lueur d'une unique chandelle.

Katherine ne savait quoi penser. Un pair du royaume aurait au moins dû s'étonner que la charrette d'un fermier possède un double fond. Un aristocrate londonien n'aurait pas dû être capable de harnacher et d'atteler un cheval avec autant d'aisance, surtout dans l'obscurité. Cela dit, un baron n'aurait jamais dû être médecin, et un médecin n'aurait jamais dû être baron. Rien ne s'était passé normalement durant cette nuit, et cela bien avant que Harland Hayward ne jette sa sacoche sur le siège d'une charrette avant de s'y hisser pour transporter un contrebandier blessé dans un manoir de campagne.

Elle n'y comprenait rien, cela lui déplaisait, et la situation entière lui inspirait une profonde méfiance.

Elle n'avait pas confiance en lui. Hayward. Ou Strathmore. Ou quel que soit son fichu nom.

Le lord médecin prit la lanterne des mains de son père et l'accrocha à la tête de la charrette. Il jeta un coup d'œil au ciel. Même si la pluie avait cessé, elle menaçait toujours, et les nuages cachaient encore la lune et les étoiles.

— Je vais faire aussi vite que possible et l'installer confortablement, promit-il à Paul Wright. Il vaut mieux que vous ne veniez pas à Avondale dans les prochains jours. Ce n'est pas la peine de guider le capitaine et ses hommes jusqu'à votre fils au cas très probable où ils vous surveilleraient.

— Entendu.

— Je vous accompagne, lança Katherine.

Il n'était pas question qu'elle laisse son frère seul, à la merci d'un baron à l'expérience médicale douteuse. D'un baron en qui elle n'avait pas la moindre confiance, même si leur père paraissait se fier à lui.

— Ce n'est pas nécessaire, rétorqua le lord médecin.

— Ah non ? Et si on vous arrête ? Si les soldats n'ont pas battu en retraite aussi loin que vous le pensez, qu'allez-vous leur dire ? Ils ont vu votre cheval quand ils sont arrivés, et il n'était pas attelé à une charrette. Il vous faut un patient.

— Ce n'est pas la peine de vous mettre en danger.

— Parce que vous croyez que me mettre sur le dos, les jupes relevées, devant une troupe d'hommes armés ne me mettait pas en danger ?

Elle se montrait non seulement injuste, mais insultante. Quoi qu'elle pense du baron, ses initiatives, aussi inexplicables soient-elles, avaient sans doute sauvé la vie de son frère.

— Nous devons être reconnaissants au Dr Hayward, Kate, la tança son père.

— Ce n'est rien, assura le baron.

Il ne paraissait pas le moins du monde offensé et Katherine se demanda ce qu'il fallait pour lui faire perdre son calme apparemment à toute épreuve.

— Ma présence vous permettra d'emmener Matthew en toute sécurité jusqu'à Avondale si on nous arrête, plaida-t-elle d'un ton plus conciliant. Je pourrai rentrer ici demain matin, une fois miraculeusement guérie, bien sûr.

Et une fois qu'elle aurait vu comment les blessures de Matthew étaient prises en charge. En effet, un titre de noblesse ne constituait en rien une garantie de compétence médicale.

— À votre guise, concéda Strathmore.

Elle s'attendait à davantage de réticences.

Son père tendit la couverture qu'il avait sur les épaules.

— Prends ça, tu vas en avoir besoin.

— Et toi, est-ce que tu…

— Ne t'inquiète pas. Ce n'est pas moi qu'on a recousu ce soir, je n'ai pas besoin que tu me couves comme un poussin malade. Tout va bien. Pars avec le Dr Hayward.

— Venez, mademoiselle Wright, avant que la pluie ne recommence, conseilla le baron en lui tendant la main.

Elle prit la couverture que son père lui offrait et, pour la seconde fois de la nuit, saisit la main du baron.

Katherine étudiait du coin de l'œil le lord médecin, son profil de médaille se découpait dans le halo de la lanterne bringuebalante. Les nuages ne crevaient toujours pas, mais le sol boueux était semé de flaques où se reflétait la lumière de ladite lanterne. À leur droite, les vagues venaient se fracasser au pied des falaises en contrebas tandis que la brise marine apportait jusqu'à eux une odeur d'embruns ainsi qu'une fraîcheur caractéristique.

Elle lui avait proposé de s'allonger à l'arrière, afin de rendre plus convaincant son rôle de malade s'ils étaient arrêtés par les soldats. Il avait écarté sa suggestion.

— J'ai eu l'occasion d'admirer vos talents de comédienne, mademoiselle Wright, et je vous fais confiance pour prendre l'air mourante contre mon épaule secourable en cas de besoin. En attendant, je pense que le banc sera plus confortable et que vous aurez moins froid.

Il n'avait pas tort. Mais il n'avait pas entièrement raison non plus. Assise près de lui, elle avait bel et bien chaud. Très chaud, même. Et c'était très, très inconfortable.

Parce qu'elle avait par moments le souffle coupé. Et lorsqu'elle recommençait à respirer, elle respirait son odeur – celle de son manteau humide de pluie mêlée à l'arôme du cognac, et à un autre plus puissant, qui avait le don de faire battre son cœur à un rythme étrange. Assise près de lui, elle n'avait que trop conscience de sa cuisse et de sa hanche pressées contre les siennes à chaque cahot de la charrette. Et elle ne pouvait détacher les yeux de ses mains.

À la lumière ambrée de la lanterne, elle admirait la calme efficacité de chacun de ses gestes tandis qu'il guidait le cheval dans la nuit. Des gestes doux, calmes, encourageants. Il ne corrigeait l'animal que lorsque c'était nécessaire, et lui laissait le temps de trouver son chemin dans l'obscurité.

Elle s'efforçait de ne pas se rappeler la sensation de sa main sur sa cheville nue, la tranquille assurance qu'elle lui avait communiquée. Katherine n'avait pas tremblé quand le capitaine avait fait irruption dans la chaumière, ni quand le lord médecin s'était dressé entre elle et la troupe prête à l'arrêter, ne serait-ce que parce qu'elle appartenait à la famille Wright.

— Je suis désolée, lâcha-t-elle à brûle-pourpoint.

— De quoi ?

— De vous avoir parlé comme je l'ai fait quand nous sommes partis. Je me suis montrée vraiment fort ingrate.

Elle avait beau ne pas lui faire confiance, cela ne devait pas l'empêcher de se montrer aimable. À moins qu'il ne lui donne de bonnes raisons de ne pas l'être, bien sûr.

— Inutile de vous excuser, mademoiselle Wright.

— Si, c'est utile. C'est grâce à votre vivacité d'esprit que mon frère est en sécurité dans cette charrette, et pas en train de se balancer au bout d'une corde ou de pourrir dans un cachot.

— Ma vivacité d'esprit vous a mise dans une situation extrêmement embarrassante, et vous vous en êtes tirée avec un courage hors du commun, mademoiselle Wright.

Pour une raison incompréhensible, Katherine s'empourpra. Elle n'aimait pas les compliments, surtout quand ils la faisaient rougir.

— Depuis combien de temps êtes-vous médecin ? s'enquit-elle pour changer de sujet.

— Dix ans.

— Vous avez étudié dans une école de médecine ?

— Oui, à Londres.

— Mmm.

— Cela non plus, vous ne le croyez pas ?

— Je n'ai pas dit cela. Vous avez déclaré au capitaine que vous aviez servi comme chirurgien des armées en France et dans les Flandres. Vous êtes vraiment allé sur les champs de bataille, ou vous avez tout inventé ?

Malgré ses bonnes résolutions, elle avait employé un ton plus agressif qu'elle ne l'aurait souhaité. Mais servir dans l'armée était une question sérieuse, et on n'avait pas le droit de s'en vanter à mauvais escient. Exercer dans l'armée impliquait des souffrances et des horreurs inimaginables, dont peu de gens avaient fait l'expérience.

— Et si je l'avais inventé, cela vous importerait-il ? répliqua-t-il, sur la défensive, quoique le visage toujours aussi impénétrable.

— Oui.

— Pourquoi ?

Pourquoi poursuivre cette conversation ? Ils pouvaient trouver une foule d'autres sujets pour meubler le silence, comme le temps qu'il faisait ou la marée. Ou ne pas parler du tout.

— Je veux connaître la vérité.

— Et vous me croirez ?

— Que je vous croie ou pas vous importe ?

— Oui.

Une douce chaleur se déploya dans la poitrine de Katherine. Qu'il attache ou non de l'importance à son opinion devrait la laisser indifférente. Elle ne permettrait pas qu'il en aille autrement. Parce que ce genre de chose allait dans les deux sens. Et qu'elle n'avait aucun intérêt à se soucier de ce lord médecin. Ce qu'il avait fait de sa vie jusqu'ici ne la concernait en rien.

— Oui, j'y étais, déclara-t-il posément. Jusqu'à la fin.

Elle tourna la tête en direction de la mer – un gouffre béant d'un noir d'encre.

Elle devait admettre qu'elle s'était peut-être méprise sur cet homme. Et qu'elle l'avait grandement sous-estimé, après tout.

— Pourquoi avez-vous servi avec...

— Pourquoi êtes-vous devenue chirurgienne ? l'interrompit-il.

Katherine baissa les yeux sur ses mains et se rappela qu'elle se moquait de savoir pour quelles raisons il avait abandonné sa vie dorée sur tranche pour devenir médecin militaire. Et peu importait qu'il ait évité de répondre à sa question en lui en posant une à son tour.

Il lui avait demandé pourquoi elle était devenue chirurgienne. Pas sage-femme ou guérisseuse. Chirurgienne, très précisément, comme s'il savait déjà ce qu'elle avait fait de sa vie jusqu'ici. Et comme s'il l'approuvait.

— Je ne suis pas chirurgienne. Ni même médecin, d'ailleurs. Je suis sage-femme. Ou peut-être une guérisseuse, à qui on fait appel quand il n'y a aucun véritable médecin disponible. Ou quand on n'a pas les moyens de le payer.

— Ce n'est pas une sage-femme que j'ai vue soigner son frère dans cette chaumière ce soir.

Katherine se demandait s'il ne se moquait pas d'elle.

— Je ne suis pas chirurgienne, répéta-t-elle. Je ne pourrai jamais l'être parce que, comme vous l'avez fait si adroitement remarquer tout à l'heure, j'ai des parties féminines.

Son ton à elle était à coup sûr moqueur.

— Ah, oui, vos parties féminines ! Celles qui rendent toutes les femmes hystériques et incapables de comprendre les choses sérieuses comme la médecine.

— Ce n'est pas drôle !

— Non, en effet. Mes sœurs seraient les premières à vous dire la même chose.

— Je ne pense pas que vous compreniez vraiment.

— Il se pourrait que je comprenne mieux que vous ne l'imaginez.

— J'en doute.

— Dites-moi, mademoiselle Wright, quand nous nous sommes rencontrés, vous doutiez de mes compétences médicales. J'ai l'impression que c'est toujours le cas. Pourquoi ?

Ni accusateur ni agressif, son ton était juste empreint d'une calme résignation.

À cette question toute rhétorique, tous deux connaissaient la réponse.

Un baron ne devrait pas être médecin, et un médecin ne devrait pas être baron.

— C'est parce que vous doutez de mes compétences que vous avez insisté pour accompagner votre frère à Avondale, reprit-il.

Katherine ne se donna même pas la peine de le nier.

— Même si je ne peux prétendre savoir exactement ce qu'il en coûte à une femme de se battre contre les préjugés de la société, je peux vous dire ce qu'il en coûte à un homme né au sein de l'aristocratie de ne se voir reconnu aucune vocation en dehors du jeu, des chevaux, des maîtresses et de l'argent. Dans un certain sens, nous ne sommes pas si différents, mademoiselle Wright.

Si, ils étaient différents. Ils ne pouvaient pas se ressembler parce qu'elle ne voulait rien avoir de commun avec ce lord médecin. Elle ne voulait pas le trouver sympathique. Surtout quand son cœur s'emballait simplement parce qu'il était assis à côté d'elle.

Elle ne se berçait pas d'illusions au point de se croire une femme hors du commun. Ce baron médecin savait sans aucun doute parler aux femmes, les amadouer avec ses belles paroles, histoire qu'elles ressentent ce qu'elle-même ressentait en cet instant. Comme s'il la comprenait, comme si elle pouvait lui confier ses secrets les plus intimes.

Elle tourna les yeux vers le trou noir de l'océan. Ces sentiments étaient le résultat d'une trop grande solitude. Une solitude chronique, aggravée par les tensions de cette nuit. Qui n'aurait pas envie de croire, ne serait-ce qu'un instant, que quelqu'un vous comprenait ? Que quelqu'un se souciait de vous ?

— Nous sommes encore loin d'Avondale ? s'enquit-elle.

— Nous sommes arrivés.

4

Elle eut un vague aperçu de la masse blanche d'un imposant manoir qui se découpait sur le ciel sombre. La faible lueur de leur lanterne se reflétait sur des rangées de fenêtres obscures tandis qu'ils longeaient la façade. Le lord docteur contourna la demeure et s'arrêta à l'arrière. Ils descendirent de la charrette et sortirent du double fond un Matthew à bout de forces. Un palefrenier surgi comme par enchantement, et emmena sans un mot le cheval et le véhicule aux écuries, comme si ce genre d'arrivée inopinée au beau milieu de la nuit était chose courante.

Ils entrèrent par les cuisines, les traversèrent, puis Strathmore leur fit emprunter l'escalier de service jusqu'au quartier des domestiques avec une assurance qui indiquait que ce n'était pas la première fois qu'il faisait cela. Elle s'efforça de ne pas tirer de conclusions hâtives quant aux raisons pour lesquelles un aristocrate pouvait être à ce point familier avec les logements des servantes. Elle s'interdit tout jugement, ne serait-ce que parce que le baron médecin prenait des risques considérables pour secourir Matthew. En cachant un contrebandier dans son aristocratique demeure, il en faisait également courir à toute sa famille, sans la moindre compensation.

« Pourquoi voudriez-vous cacher mon frère ? » lui avait-elle demandé.

« Parce que j'en ai la possibilité », lui avait-il répondu, ce qui n'était pas une véritable réponse.

Elle s'apercevait trop tard qu'il n'avait pas évoqué le prix qu'il demanderait. Et, trop tard encore, elle comprenait qu'il finirait par le faire. Personne ne prenait de tels risques sans rien attendre en retour.

Strathmore les conduisit dans une chambre uniquement meublée d'un lit et d'une minuscule table de toilette. Elle était mansardée, ce qui la faisait paraître encore plus exiguë, et Katherine dut se pencher pour aider Matthew à se coucher. Le lord médecin revint avec un broc d'eau fraîche, des serviettes propres et un oreiller supplémentaire qu'il cala adroitement sous le bras du jeune homme pour soulager son épaule blessée. Son frère, qui s'était déjà endormi, remua à peine.

— Suivez-moi, ordonna Strathmore à Katherine après avoir remonté les couvertures sur leur patient.

— Je vais rester ici.

Il n'était pas question d'aller où que ce soit avec ce lord médecin et de laisser Matthew seul. Elle devrait dormir par terre, puisqu'il n'y avait même pas de chaise, mais elle s'en moquait. Elle avait connu bien pire.

— C'est inutile. Votre frère se repose, et tout va bien, plaida le baron dont la haute silhouette semblait emplir la chambre.

— Je ne le quitterai pas.

Il la prit par le coude.

— Venez, nous allons nous coucher, nous aussi.

Et voilà, on y était ! Il lui présentait la facture. Elle aurait dû s'en douter. Le baron ne valait pas mieux que tous les autres aristocrates.

— De la part d'un homme dans votre position, on s'attend généralement à une proposition plus élégante !

— Ce n'était pas une proposition, mademoiselle Wright.

Il la lâcha, mais son visage demeura impassible. Bien sûr que non ! Il ne faisait que réclamer son dû.

— Je trouverai l'argent, déclara Katherine.

— L'argent pour quoi ?

— Pour tout cela ! Cette chambre, votre discrétion.

— Vous n'avez pas compris, je le crains, mademoiselle Wright.

— Non, c'est vous qui n'avez pas compris, milord. Il n'est pas question d'un échange de services. Quoi que vous pensiez de moi, je ne fais pas la putain.

Une expression indéfinissable passa sur le visage du baron, si fugitive qu'elle aurait été bien en peine de l'identifier.

— Je sais. Et je n'ai jamais pensé une chose pareille.

Katherine se figea.

— Que voulez-vous de moi ?

— Pour le moment, vous conduire dans une chambre afin que je puisse me retirer dans la mienne. La nuit a été longue.

Il paraissait sincère, et Katherine rougit, en proie à un mélange de honte et d'humiliation.

Elle l'avait, semblait-il, mal jugé. Une fois de plus. Et une fois de plus, elle s'était montrée injuste et blessante.

— Je suis désolée, s'excusa-t-elle pour la seconde fois, en s'obligeant à le regarder en face.

— Vous êtes épuisée.

— Ce n'est pas une excuse.

Qu'il se donne la peine de lui en trouver une ne faisait qu'ajouter à sa honte.

Les mains prudemment croisées derrière le dos, il demanda :

— Me permettrez-vous de vous emmener dans une chambre confortable dotée d'un lit confortable ?

— Et si Matthew a besoin de moi ?

— S'il a besoin de vous, je vous enverrai chercher. Votre frère n'est pas le premier patient que je soigne ici. Le personnel d'Avondale n'est pas seulement discret, il est habitué à ce genre de situation.

— Discret jusqu'à quel point ?

Combien de paires d'yeux et d'oreilles un manoir comme celui-ci abritait-il ?

— Matthew est en sécurité ici. Personne ne s'adressera jamais à lui par son nom, comme on l'a toujours fait avec les parents des employés de la maison qui ont eu un jour besoin de soins... ou d'un hébergement temporaire. Tous les domestiques d'Avondale ont une bonne raison de se montrer discrets, parce que tous ont dû compter sur cette discrétion à un moment ou à un autre.

— Et le comte de Rivers est au courant ? Il ne risque pas de rapporter tous ces... dérangements aux soldats ?

— Il n'a aucune estime ni aucun respect pour le capitaine.

— Pourquoi ?

— Il a de bonnes raisons de voir le monde en différentes nuances de gris plutôt qu'en noir et blanc, répliqua Strathmore après une hésitation.

Katherine n'avait pas la moindre idée de ce qu'il voulait dire par là, et cela n'avait pas grande importance. Elle n'était pas en position d'exiger une explication, surtout après s'être montrée aussi injuste et désagréable envers lui.

— En attendant, si vous tombez de fatigue demain, cela ne fera aucun bien à votre frère, observa le lord médecin, plus raisonnable que jamais.

Katherine commença à fléchir.

Et Matthew se mit à ronfler.

Le baron lui tendit la main.

— Merci, dit-elle en la saisissant.

Une fois de plus.

Le soleil, un parfum de savon et un peu de vapeur réveillèrent Katherine.

Peut-être était-elle plus fatiguée qu'elle ne le pensait, peut-être était-ce ce lit confortable, avec son matelas moelleux et ses draps propres, ou peut-être les deux, mais elle avait dormi comme un bébé. Telle n'était pourtant pas son intention. Elle avait pensé se reposer quelques heures tout au plus, or la matinée semblait bien avancée. Rejetant drap et courtepointe, elle sauta à bas du lit et chercha frénétiquement sa robe.

Elle aurait dû être debout depuis longtemps. Et si Matthew avait la fièvre ? Et si…

Elle se figea, interdite. Sa robe était drapée sur le dossier d'une chaise près de la petite garde-robe attenante à la chambre, son tablier soigneusement plié à côté. Tous deux avaient été visiblement lavés et repassés, et débarrassés de la plus petite trace de sang. À côté, dans la garde-robe, quelqu'un avait rempli la baignoire sabot, à en juger par les volutes de vapeur qui s'en échappaient. Près de la baignoire, posé sur un guéridon, un plateau avec une théière, des biscuits et un pot de confiture.

Ainsi qu'un billet.

Grand Dieu, cela ne l'avait même pas réveillée ?

Ignorant son estomac qui criait famine, Katherine s'approcha du plateau et s'empara du mot. Si la grande écriture penchée, tracée d'une main énergique, ne lui était pas familière, le signataire ne lui était pas inconnu. *Dr Hayward.*

Votre frère m'a dit que vous préfériez la confiture de fraises.

Comme si elle était disposée à se goinfrer de thé et de confiture alors que son frère brûlait peut-être de…

Il n'a pas de fièvre. Comme attendu, des ecchymoses, un léger œdème et une raideur dans l'épaule et le bras gauche. Pas de rougeur suspecte autour des tissus endommagés. Les points de suture sont nets et propres. Le patient se plaint de l'ennui, et j'ai pris la liberté de lui prescrire une liste de livres de notre bibliothèque. Je ne prévois aucun changement de son état au cours de la matinée.

Pour toutes ces raisons, vous n'avez aucun motif pour ne pas profiter du bain et des confitures qui vous sont prescrits. À toutes fins utiles, votre frère partage mon avis.

Avec effroi, Katherine s'aperçut que les mots se brouillaient devant ses yeux, qu'elle dut essuyer du dos de la main. Elle ne pleurerait pas. Elle ferait mieux d'en vouloir au lord médecin et de s'irriter de sa suffisance et de ses manières autoritaires. Elle ferait mieux de lui en vouloir de ne pas l'avoir réveillée, alors qu'il aurait dû savoir qu'elle s'inquiéterait et qu'elle tiendrait à se rendre compte par elle-même de l'état de Matthew. Elle ferait également bien de se demander pourquoi, vu la façon dont elle l'avait traité, il se montrait aussi gentil.

Elle jeta un coup d'œil à la baignoire. Puis, posant le billet, elle tâta l'eau du bout des doigts, suivit le bord de la cuvette et effleura le savon parfumé posé sur une serviette. La tentation était trop forte…

Elle se débarrassa de sa chemise, qu'elle jeta négligemment sur le sol, et se glissa dans l'eau chaude en veillant à ne pas éclabousser le sol. Elle ne savait trop si elle avait envie de rire ou de pleurer. Si elle n'y prenait garde, elle allait se mettre à rêver d'être châtelaine, tout cela pour un peu d'eau chaude.

Et si elle n'y prenait garde, elle allait finir par s'attacher plus qu'il n'était raisonnable à ce charismatique baron médecin si prévenant.

Vêtue de ses habits fraîchement repassés, ses cheveux humides tressés en une natte qui se balançait dans son dos, l'estomac délicieusement plein, Katherine s'aventura hors de sa chambre pour se retrouver dans un grand corridor. Comme la chambre où elle avait dormi, il était meublé avec goût. Un épais tapis dans les tons de bleu et vert étouffait ses pas. À intervalles réguliers, les cadres dorés de portraits accrochés aux boiseries – probablement ceux d'ancêtres et de parents des comtes de Rivers – accrochaient la lumière qui entrait à flots par les hautes fenêtres à chaque extrémité du corridor. Une agréable odeur de cire et de pain chaud flottait dans l'air.

— Bonjour, mademoiselle.

Katherine fit volte-face. Une dame d'un certain âge sortait d'une pièce juste derrière elle. Plus petite qu'elle d'une bonne demi-tête, sa chevelure grise attachée en chignon sur la nuque, elle avait le teint vif de ceux qui passent le plus clair de leur temps au grand air. Ses yeux gris chaleureux pétillaient de curiosité.

— Bonjour, madame, répondit Katherine machinalement.

Elle jeta un coup d'œil au grand panier que la nouvelle venue avait au bras et à l'élégant châle vert, quoique un peu fané, qui lui enveloppait les épaules.

— Vous devez être Mlle Wright. Bienvenue à Avondale. Je suis Théo, la tante du comte. Enfin, lady Théodosia, si l'on veut faire les présentations dans les formes, mais tout le monde m'appelle Théo. Vous allez également faire la connaissance de ma sœur Tabitha, que tout le monde appelle Tabby. Vous devriez en faire autant pendant votre séjour avec nous. Avez-vous passé une bonne nuit, mon petit ?

— J'ai très bien dormi, je vous remercie, répondit Katherine, un peu étourdie par ce flot de paroles.

— Vous cherchez sans doute votre frère ? Harland nous a dit qu'il l'avait installé dans les mansardes. Voulez-vous que je vous y emmène ?

— C'est inutile, je vous remercie. Je connais le chemin, j'ai aidé à l'installer hier soir.

Le lord médecin ne lui avait visiblement pas menti. Que des inconnus prennent possession d'une chambre en plein milieu de la nuit semblait monnaie courante à Avondale.

— Parfait ! Ah, voici justement Tabby ! Tabby, viens, que je te présente Mlle Wright.

Une version un peu plus grande de lady Théodosia les rejoignit. Elle avait les mêmes cheveux gris, les mêmes joues vermeilles, et le même regard de ciel d'hiver empreint de bonté. Elle aussi avait un grand panier au bras et un châle, rose celui-ci, sur les épaules.

— Je suis heureuse de rencontrer une jeune femme aussi compétente, déclara lady Tabitha. J'espère que vous avez bien dormi.

— Compétente ? répéta Katherine.

— Harland nous a dit que vous faisiez des points de suture exceptionnels, précisa lady Tabitha.

— Vous l'avez impressionné, renchérit lady Théodosia. Et ce n'est pas facile, croyez-moi.

— Non, en effet, confirma lady Tabitha. Surtout s'agissant des points de suture. Ou de tout ce qui touche à la médecine, du reste.

— Il est très pointilleux sur ce chapitre.

— Un peu trop peut-être.

— Mais c'est ce qui fait de lui un médecin aussi compétent.

— Et un excellent professeur.

— Tu as raison.

— Dites-moi, mademoiselle Wright, où avez-vous étudié ?

Katherine, qui s'efforçait de suivre cette curieuse conversation, se retrouva la cible de deux paires d'yeux scrutateurs.

— Euh... ici et là, balbutia-t-elle.

Elle ne s'attendait pas à devoir répondre à des questions personnelles posées par deux dames dont elle venait tout juste de faire la connaissance.

Théodosia et Tabitha échangèrent un regard entendu, comme si cette réponse pitoyable pouvait expliquer tout ce qui était arrivé à Katherine au cours des sept dernières années.

— Ma foi, nous n'allons pas vous retarder plus longtemps, mon petit, conclut lady Théodosia. Vous avez certainement hâte de monter voir votre frère.

— Et nous, nous devons nous dépêcher si nous ne voulons pas manquer la marée. Nous allons ramasser des coquillages sur la plage, expliqua lady Tabitha.

— Nous avons fait une excellente récolte de bivalves hier matin. Qui sait ce que nous allons trouver aujourd'hui ? s'enthousiasma lady Théodosia.

— Bonne journée, mademoiselle Wright. Nos domestiques sont à votre disposition si vous avez besoin de quoi que ce soit. N'hésitez pas à faire appel à eux. Nous sommes ravies de vous avoir comme invitée, assura Tabitha avec un grand sourire.

— Je vous remercie, mesdames. Bonne journée à vous aussi.

Katherine commençait à se demander si elle ne s'était pas réveillée dans un autre monde, où la conversation ne demandait aucune participation de sa part. Et où son habileté chirurgicale avait visiblement impressionné un certain Harland Hayward.

Katherine regarda les deux sœurs disparaître dans le grand escalier central qui coupait le corridor en deux. Elle s'interdit de s'appesantir sur ce que le baron médecin pensait d'elle ou de son habileté à suturer une blessure. Parce que si elle se le permettait, son pouls commencerait à s'emballer et une rougeur indésirable lui enflammerait les joues.

Elle ne s'appesantirait pas là-dessus non plus, ni sur l'étrangeté de cette journée. Mieux valait se concentrer sur la raison qui lui avait valu de vivre une telle journée. Et cette raison était couchée à l'étage des domestiques.

Elle gagna l'escalier de service d'un pas résolu, tous les sens en alerte, à l'affût du moindre bruit, mais seul le silence régnait. Elle passa la tête dans l'entrebâillement de la porte de la chambre de Matthew. Torse nu, les cheveux en désordre, le bras en écharpe, son frère lisait, les sourcils froncés.

L'espace d'un instant, elle se crut transportée dans le passé, à une époque où, assis à côté d'elle, un petit Matthew de neuf ans était penché sur une ardoise avec la même expression.

Il leva les yeux et son visage s'éclaira.

— Kate !

Katherine le rejoignit et examina la blessure par balle en haut de l'épaule. La plaie ne suppurait pas et les tissus autour ne présentaient aucune rougeur, même si d'impressionnantes ecchymoses avaient fait leur apparition un peu partout. Le baron médecin ne s'était pas trompé dans son diagnostic.

— Quel dommage que maman ne puisse pas te voir avec un livre entre les mains !

— Si seulement elle m'avait appris à lire avec ce genre de livre ! répliqua Matthew. Tu connais l'histoire du cheval de Troie ?

— Oui.

— Tu imagines quelqu'un d'assez idiot pour ne pas se méfier quand un ennemi lui fait un cadeau extraordinaire en pleine guerre ?

— J'ignorais que tu t'intéressais à la mythologie grecque.

— Moi aussi, mais le Dr Hayward m'a suggéré de m'y intéresser, alors c'est ce que j'ai fait. Ton bain t'a plu ?

— C'était très agréable, merci.

— Ce n'est pas moi qu'il faut remercier, s'amusa Matthew, c'est une idée du Dr Hayward. Il m'a aussi demandé ce qui te ferait plaisir pour le petit déjeuner.

Les joues de Katherine s'empourprèrent à l'idée que le lord médecin s'était soucié de ses besoins et de ses préférences. Une fois de plus, cependant, elle refusa de s'appesantir sur le sujet.

— C'est très gentil de sa part.

— Tu le méritais, déclara Matthew avec satisfaction.

— Comment te sens-tu ?

— Endolori. Je me fais l'effet d'une pelote d'épingles. Et je m'ennuie.

— Je croyais que tu prenais plaisir à lire tes histoires guerrières. Penche-toi en avant.

— Le livre est très bien, mais j'en ai assez d'être au lit, soupira Matthew. Et le Dr Hayward m'a déjà examiné, tu sais. Il a fait exactement la même chose. Deux fois. C'est vraiment indispensable ?

— Fais-moi plaisir.

Les sutures étaient nettes et propres, le baron médecin avait également raison sur ce point.

— Crois-le ou pas, le Dr Hayward est très compétent.

— Tu veux dire lord Strathmore.

— Il préfère qu'on l'appelle Dr Hayward.

— Ah oui ?

— Tu ne l'aimes toujours pas, devina Matthew. Même après tout ce qu'il a fait.

— Je n'ai pas dit cela. Je ne le connais pas.

— Il a pris beaucoup de risques pour nous.

— J'en ai bien conscience.

— Et ça ne compte pas pour toi ?

— Je lui suis reconnaissante de tout ce qu'il a fait pour nous la nuit dernière. Vraiment. Il n'empêche qu'il reste un aristocrate. Quand la situation tournera au vinaigre, il fera passer ses intérêts avant tout.

— Parce que la nuit dernière n'a pas tourné au vinaigre, selon toi ?

Katherine ouvrit la bouche pour répondre, et la referma. Elle n'avait rien à répondre à cela.

— Le Dr Hayward n'est pas idiot, Kate. Il sait parfaitement comment j'ai été blessé.

— Parfaitement ?

— Pas les circonstances exactes, bien sûr, mais il sait très bien que ce n'est pas en sautant d'une fenêtre. Il n'a jamais posé de questions et n'a jamais cherché à savoir. Il s'est contenté de soigner ceux d'entre nous qui en avaient besoin sans piper mot. Tout le monde. Et toujours.

— Il n'est pas des nôtres, Matt, s'entêta-t-elle. Ne fais pas la sottise de t'imaginer le contraire. C'est un aristo…

— Arrête, Kate ! Tu juges tout à l'aune de ce qui t'est arrivé. Le Dr Hayward est différent. Il ne fuira pas. Il ne nous trahira…

— Ce n'est pas la peine de discuter du passé, coupa Katherine. Le passé n'a rien à voir avec lord Strathmore.

Elle n'avait aucune envie de se lancer dans une discussion sur les aristocrates, leurs promesses, leurs serments, et la légèreté avec laquelle ils s'en acquittaient.

— Précisément, insista Matthew en tambourinant sur son livre.

Pour toute réponse, Katherine détourna les yeux.

— Merci, Kate, soupira son frère.

— Pour quoi ?

— Pour ce que tu as fait pour moi cette nuit.

— Ne dis pas de bêtises. Je ferais n'importe quoi pour toi, tu le sais bien.

Il jeta un coup d'œil par-dessus l'épaule de sa sœur, puis :

— Ferme la porte.

Bien qu'intriguée, Katherine s'exécuta.

— J'ai encore un service à te demander. Il faut que tu m'aides.

— Que je t'aide ? répéta-t-elle, soudain inquiète.

— Je voudrais... Il faut que tu me remplaces.

— Pour faire quoi ? demanda-t-elle, mais elle craignait de connaître déjà la réponse.

— Il nous faut un plongeur. Rien que tu n'aies déjà fait.

Elle serra les dents pour se retenir de hurler et de dire des choses qu'elle risquait de regretter.

— Non.

Voilà, c'était calme, rationnel.

— Tu étais une des meilleures, Kate. Bien meilleure que moi. Tu étais la meilleure contrebandière de tous ! Personne ne connaît les ports de la Manche comme toi.

— Je ne suis plus contrebandière.

— Tu as la contrebande dans le sang, Kate. Tu seras toujours contrebandière, et là, on a besoin de toi.

Leur père avait toujours insisté pour que les flotteurs de verre amarrés aux marchandises dissimulées sous l'eau affleurent juste sous la surface. Ce système avait très bien fonctionné pendant des années, et fonctionnait toujours à merveille. Les flotteurs étaient difficiles à repérer quand on ne connaissait pas leur emplacement exact, et ils étaient invisibles pour les douaniers et les patrouilles sur le rivage. En général, il suffisait de les ramener à l'aide d'un grappin. Toutefois, certains chargements de plus grande valeur étaient immergés plus profondément. Il fallait alors un plongeur pour les amarrer et les ramener à la surface.

Un plongeur comme Matthew. Ou, voilà des années, comme Katherine.

— Tu n'as pas besoin de moi. Ce dont tu as besoin, c'est d'arrêter avant de te faire tuer. Avant de mourir pour une caisse de cognac !

— Ce n'est pas si simple. Je...

— Tu quoi ? Tu évalues combien de barils vaut ta vie ?

Pour toute réponse, Matthew repoussa le drap, s'assit au bord lit et attrapa, non sans difficulté, sa chemise posée au pied du lit.

— Qu'est-ce que tu fais ?

— Je rentre à la maison.

— Il n'en est pas question !

— Il faut bien que quelqu'un y aille ! Il faut récupérer le chargement de cette nuit, et vite.

— Cesse de faire l'idiot, Matthew. À l'heure qu'il est, toute la côte doit grouiller de soldats qui te recherchent.

— Je vais tenter ma chance. Mieux vaut un danger connu qu'un danger inconnu.

— Ce qui signifie ?

— Que nous n'avons plus rien, Kate. Nous avons besoin d'argent. Papa n'est plus en état de travailler. À ton avis, qu'est-ce qu'il deviendra si je ne peux plus payer le loyer et qu'on n'a plus de toit au-dessus de nos têtes ? Combien de temps va-t-il survivre sans avoir rien à manger ? Sans chauffage ? Sans médicaments ? Il ne va pas bien, même s'il ne veut pas le reconnaître.

— Tu crois que je ne le sais pas ?

— Pourtant tu refuses de nous aider.

— Je fais tout ce que je peux pour vous aider !

— Je sais, soupira Matthew, mais ce n'est pas assez. Nos seules vraies ressources proviennent de la contrebande. Si tu acceptais juste de revenir...

— Non !

C'était la deuxième fois en deux jours qu'elle s'entendait dire que ce qu'elle faisait ne suffisait pas.

— Il doit bien y avoir un autre moyen, plaida-t-elle.

— Si tu en connais un, je t'écoute ! Depuis que je suis rentré du continent, je ne fais que ça, essayer d'en trouver un. Nous sommes trop nombreux. Trop d'hommes – d'anciens soldats – et pas assez de travail. Tu le sais bien, tu le vois tous les jours avec les malades que tu soignes ! s'emporta-t-il.

Il avait raison, et c'était justement ce qui la révoltait.

— S'il te plaît, jusqu'à ce que je sois guéri, implora Matthew. C'est tout ce que je te demande. D'autres familles comptent sur moi, des familles avec des enfants, des familles qui nous ont aidés, qui m'ont aidé à m'occuper de papa quand tu n'étais pas là.

— Matthew…

— Ce n'est pas un reproche, Kate. C'est un simple fait. Tu n'étais pas là. Eux, si. Frannie, la femme de Hervey Baker, a soigné papa pendant six semaines quand il a été blessé, et je ne veux pas les abandonner. Je ne leur tournerai pas le dos sous prétexte que la situation se complique. Je… *Nous* leur devons bien ça.

Katherine jura entre ses dents. Quand elle était revenue à Douvres, c'était avec la ferme intention de persuader son frère d'abandonner la contrebande et de changer de vie avant de se faire tuer. Mais il avait raison, ce n'était pas si simple. En fait, compte tenu des circonstances, c'était pratiquement impossible. Et voilà que maintenant, elle envisageait de recommencer !

— Je t'en prie, Kate ! Je ne te le redemanderai plus jamais, je te le jure.

— Tu ne me le demanderas plus parce que nous aurons trouvé une autre solution.

— Ça veut dire que tu vas le faire ?

— Si tu me promets que d'ici quinze jours tu arrêteras tout. Définitivement. Nous irons dans le Nord, loin de Douvres, et nous trouverons du travail. Un vrai travail.

Son frère secoua la tête.

— Promets-moi que si je fais ce que tu me demandes, reprit-elle, quoi que cela exige, quoi que nous devions faire, quel que soit l'endroit où nous devrons aller, tu arrêteras pour toujours la contrebande.

— Kate...

— Tu me le promets, oui ou non ?

— Oui, grommela-t-il à contrecœur.

— Bien. À présent dis-moi comment ça marche aujourd'hui, et avec qui.

Beaucoup de choses avaient dû changer, indépendamment du fait que Matthew avait remplacé leur père à la tête des contrebandiers.

— Tu connais pratiquement tout le monde. Jamie et Joseph Jonson s'occupent des livraisons par route avec leurs fils. Charlie Nelson, Landry Willis et les autres pêcheurs s'occupent des chargements à acheminer par la mer ou la rivière. Hervey Baker et moi sommes chargés de récupérer les cargaisons immergées.

— Qu'est-ce qu'il y a de changé, alors ?

— Les affaires elles-mêmes. Quand tu étais avec nous, c'était nous qui choisissions les marchandises et nous les vendions nous-mêmes. Nous n'avons plus besoin de nous en occuper. Tout ce que nous avons à faire désormais, c'est récupérer les marchandises et les acheminer à Londres, après les avoir emballées et camouflées, bien sûr. Et nous sommes très bien payés pour notre peine.

— Par qui ?

— Je n'en sais rien.

Katherine arrondit les yeux.

— Comment ça, tu n'en sais rien ? Tu ne sais pas pour qui tu travailles ?

— On ne peut pas révéler ce qu'on ignore, je suppose. C'est plus sûr pour tout le monde.

— Tu dois bien avoir une idée !

Katherine détestait l'inconnu, et elle n'était pas de l'avis de son frère. Ne rien savoir n'était pas plus sûr. Au contraire.

— Une ou deux fois, des gars ont aperçu un type blond en ville. C'est peut-être lui, ou peut-être pas. Après chaque paiement, nous recevons de nouvelles instructions pour le prochain arrivage.

— C'est insensé ! Si quelqu'un interceptait...

— Une lettre de grand-mère ? Les messages sont codés, Kate. La personne qui est à Londres, celui qui organise tout de l'autre côté de la Manche, quel qu'il soit, n'est pas tombé de la dernière pluie. Je récupère l'argent dont nous avons désespérément besoin et je le partage entre les hommes.

— Cela ne me plaît pas.

— À moi non plus, au début. Mais recevoir des cargaisons qui ont déjà des acheteurs et que nous n'avons pas besoin de cacher longtemps change la vie. Et être payés rapidement et en une seule fois est un avantage inestimable. Nous livrons dans une demi-douzaine d'entrepôts disséminés à différents endroits de Londres et de ses environs. On nous dit quelles marchandises vont dans quel entrepôt. Il ne nous reste qu'à décharger et à rentrer à la maison.

Katherine se mit à arpenter la chambre, ce qui revenait à pratiquement tourner sur elle-même, compte tenu de sa taille. Tourner en rond était de circonstance, de toute façon, puisqu'elle revenait à son point de départ.

— Qu'est-ce que vous faites entrer ?

— Essentiellement du cognac, de la soie, du tabac et de la dentelle. Quelquefois des œuvres d'art.

— Des œuvres d'art ? Des tableaux ?

— Le plus souvent, oui. De vieux tableaux. Parfois, des sculptures, des statues et ce genre de choses. La plupart du temps, ils sont emballés et je ne les vois pas ; c'est toutefois plus difficile, on ne peut pas les laisser dans la baie.

— Et depuis quand as-tu commencé à trafiquer des œuvres d'art ?

— Un an ou deux.

— Je n'arrive pas à croire que j'en suis arrivée là, marmonna Katherine.

— Écoute, tout ce que tu as à faire, c'est repêcher ces barils et les ramener sur le rivage. Une équipe t'attendra pour les faire disparaître. Dès que ta barque touchera les galets, tu n'auras plus qu'à disparaître aussi.

— À condition de ne pas me faire tirer dessus.

— Je connais quelqu'un de doué pour soigner les blessures par balles.

— Ce n'est pas drôle. Et je ne veux pas que le baron soit mêlé à cela.

— C'est de toi que je parlais.

— Cela ne m'amuse pas non plus. Tout cela n'a rien d'amusant. Cela m'ennuie déjà suffisamment que tu te retrouves coincé dans le joli manoir de lord Strathmore à dépendre de sa charité.

— Le Dr Hayward n'est pas notre ennemi. Tu sais qu'en plus d'être médecin, il s'occupe aussi de la compagnie maritime de sa famille ?

— Du commerce ? dit-elle, dubitative. Les aristocrates ne font pas de commerce.

— Ils ne deviennent pas non plus médecins. Écoute, tout ce que je dis, c'est que le Dr Hayward...

— Lord Strathmore.

— ... est différent. Tu pourrais au moins être aimable avec lui. Il l'a plus qu'amplement mérité, il me semble.

— Aimable ? Comme ces femmes qui le suivent partout bouche bée ? Elles m'ont en effet l'air plus qu'aimables avec lui.

— Ce n'est pas ce que je voulais dire, et tu le sais très bien. Le Dr Hayward est veuf, ce n'est pas un satané moine.

Katherine détourna les yeux, soudain un goût amer dans la bouche. Il lui fallut un moment pour réaliser qu'elle était... jalouse.

— Tu as raison, bien sûr, concéda-t-elle, puisqu'elle pouvait difficilement faire autrement. Pour l'heure, je lui accorde le bénéfice du doute, si ça peut te faire plaisir. Mais je ferai ce qui me semblera juste et nécessaire pour ma famille.

— Kate...

— Repose-toi, Matthew, et ne te fais pas de souci. Je vais rentrer à la maison, à présent.

5

— Mlle Wright s'en va, milord.

Harland délaissa la pile de courriers et de cartes qui jonchaient la table de la bibliothèque. Raide comme la justice, le majordome attendait ses instructions.

— Merci de m'avoir prévenu, Digby, dit-il en se levant.

— Hum... Il me semble qu'elle entend... faire le chemin à pieds, milord.

De la part d'un homme dans votre position, on s'attend généralement à une proposition plus élégante.

Harland se demandait si Mlle Wright se rendait compte de ce que cette remarque révélait d'elle, et à quel point elle expliquait la défiance qu'elle lui avait témoignée depuis l'instant où elle avait pointé un fusil sur lui. Cette défiance n'était pas dirigée contre lui, mais contre son titre. Cela ne l'offensait pas. Cela l'intriguait.

Katherine Wright l'intriguait.

Plus qu'il n'était raisonnable.

— Faites atteler la voiture, et retenez Mlle Wright, je vous prie. J'aimerais lui dire un mot avant son départ.

— Très bien, milord.

Le majordome s'inclina et disparut aussi silencieusement qu'il était apparu.

— *Retenez* ? Seigneur, Harland, cela sonne comme une menace.

De l'autre côté de la longue table où elle vérifiait des comptes, sa sœur Clara l'observait sans dissimuler son amusement. Il lui avait raconté les événements de la nuit, une version expurgée du moins, qui passait sur le rôle qu'il y avait joué, à l'exception de sa brève apparition chez les Wright. Il détestait mentir ou dissimuler quoi que ce soit à ses sœurs, c'était cependant préférable, pour leur sécurité comme pour celle de ceux qui travaillaient pour lui sans le connaître.

Ses sœurs, comme le comte de Rivers, savaient que Matthew était à Avondale, et ils n'étaient pas stupides. Il n'avait pas menti à Mlle Wright en lui disant que Matthew n'était pas le premier patient à être soigné au manoir et que personne n'avait jamais eu l'idée de demander la moindre explication. Eux aussi savaient ce que la fin de la guerre avait signifié pour les familles des environs qui devaient se battre pour survivre. Ils l'avaient vu de leurs yeux.

— C'est en ton nom que je fais attendre Mlle Wright, ma chère sœur. Enfin, au nom de l'Institut Haverhall pour jeunes filles.

— Vraiment ? Tu veux qu'elle pose sa candidature comme étudiante ?

— Pas comme étudiante, non. Comme professeur.

La duchesse de Holloway haussa ses sourcils à l'arc délicat.

— Professeur de quoi ?

— Tu n'as trouvé personne pour remplacer Mme Arpin depuis qu'elle s'est retirée dans le Lake District, n'est-ce pas ?

— À part toi, non. Les sages-femmes qualifiées, dotées d'une expérience médicale et d'un esprit ouvert ne courent pas les rues, figure-toi. Tu as envie d'arrêter l'enseignement ?

— Pas du tout, mais il me semble que des jeunes filles seraient plus à l'aise avec une femme comme professeur. Je me trompe ?

— Non, tu as raison.

— Alors, il faut que tu parles à Mlle Wright. Tu la trouveras tout à fait extraordinaire, je pense.

— Grand Dieu ! murmura Clara en dardant sur son frère le même regard d'encre.

— Quoi ?

— Tu t'es entiché d'elle.

— Je me suis entiché de son savoir-faire médical, et quand tu l'auras rencontrée, tu t'enticheras d'elle, toi aussi.

— Elle est sage-femme ?

— Et chirurgienne.

— Elle t'a dit qu'elle était chirurgienne ?

— Non, elle ne m'a rien dit du tout.

— Alors, qu'est-ce qui te fait dire…

— Ce qu'elle ne m'a pas dit, la coupa Harland. Elle a une grande expérience des blessures par balle. Une expérience de terrain.

— Une expérience de terrain ? répéta Clara, les yeux étrécis. Tu veux dire, sur les champs de bataille ?

— Oui.

— Comment le sais-tu ?

— Je l'ai vue faire. Et j'ai vu ses instruments.

Il avait vu son courage et son sang-froid face au danger. Cette femme avait déjà fait ses preuves, en face d'hommes et dans des circonstances dont elle avait triomphé.

Le pouls de Harland s'emballa. Bon sang, Clara avait raison. Elle faisait bien plus que l'intriguer. Il s'était peut-être entiché d'elle.

Cela dit, ce n'était pas trop grave. Cela signifiait juste que Mlle Wright était attirante et qu'elle avait du talent. Ce n'était pas la même chose qu'être amoureux d'elle, Dieu merci.

— Je vois. Et tu espères qu'elle t'aidera à...

— Votre Grâce, milord. Mlle Katherine Wright est là, annonça Digby.

La jeune fille entra dans la pièce et cligna des yeux, éblouie par le soleil qui inondait la bibliothèque, avant de repérer Harland.

À sa vue, ce dernier fut traversé par un éclair de plaisir inattendu. Avec ses joues rosies, ses cheveux nattés encore humides, elle était... plus que belle. Parfaite. Touchante. Elle appelait les baisers.

Il croisa les bras pour résister à l'envie de la toucher et chercha quoi dire. Bonté divine, il se faisait l'effet d'un adolescent à son premier bal de campagne, rassemblant son courage pour inviter à danser une jolie fille.

— Bonjour, mademoiselle Wright, parvint-il à dire d'un ton normal. J'espère que vous avez bien dormi ?

— Oui, très bien, répondit-elle tandis que ses joues s'empourpraient un peu plus. Et merci de votre aimable attention. Elle n'était pas nécessaire, mais elle a été... appréciée.

— N'importe quel hôte qui se respecte aurait fait de même, assura-t-il.

Certes. N'importe quel hôte qui se respecte n'aurait toutefois pas laissé son imagination s'égarer toute la matinée et jongler avec des visions de Katherine Wright dans son bain. Ni ne continuerait à s'égarer sur les mêmes chemins.

— Clara, permets-moi de te présenter Mlle Katherine Wright. Mlle Wright a eu la bonté de me laisser l'aider à soigner son frère Matthew, qui se repose en haut et s'initie à la mythologie grecque. Mademoiselle Wright, voici ma sœur Clara. Duchesse de Holloway et, plus important, directrice de l'Institut Haverhall pour jeunes filles. Je tenais vraiment à ce que vous fassiez connaissance.

— Très heureuse, Votre Grâce. Je dois également vous remercier de…

— Clara, interrompit la duchesse.

— Je vous demande pardon ?

— Appelez-moi Clara, je vous en prie. Les titres sont peu usités à Avondale, vous vous en apercevrez vite. En échange, puis-je vous appeler Katherine ?

— Bien sûr.

Harland n'était pas certain d'approuver. Entendre appeler Mlle Wright par son prénom lui donnait l'impression de combler une distance qu'il avait jusque-là prudemment maintenue, et d'entraîner une dangereuse intimité. Ce qui était absurde. Il appelait par leurs prénoms un grand nombre de femmes, à commencer par les étudiantes de Clara avec qui il avait travaillé à Haverhall, et cela lui avait toujours semblé pratique, sans rien d'érotique ou d'équivoque.

— Parfait, sourit Clara. Bienvenue à Avondale, Katherine. Mon frère m'a dit que vous étiez chirurgienne et que vous aviez une grande expérience des blessures de guerre.

Katherine prit une brève inspiration et tourna vivement les yeux vers Harland, l'air sur ses gardes.

— C'est ce que j'ai conclu, se sentit-il obligé de préciser.

— Je vois, commenta Katherine.

— Est-ce exact ? questionna Clara.

— Oui, finit par admettre Katherine.

— Où l'avez-vous acquise ?

— Au Portugal, en Espagne, en France, dans les Flandres.

Ce fut au tour de Harland d'être décontenancé. Elle venait de retracer le chemin à travers l'Europe des armées de Wellington pourchassant Napoléon.

— Et vous avez également une expérience de sage-femme ? reprit Clara, comme si les révélations de Katherine n'avaient rien d'extraordinaire.

— Oui. C'est ainsi que j'ai débuté. Et c'est ma principale activité depuis mon retour à Douvres.

— Vous savez donc tout des rapports sexuels et de la grossesse, et vous connaissez les différentes méthodes pour prévenir cette dernière quand on s'engage dans les premiers ?

Malgré son envie, Harland se retint d'interrompre sa sœur. Celle-ci insistait volontairement sur ces sujets délicats, il le savait. Il n'y avait rien de tel que de déstabiliser quelqu'un pour obtenir une réaction authentique s'agissant de ses intentions et de ses croyances.

— Vous faites allusion aux éponges, aux pessaires, aux douches vaginales, aux capotes anglaises ou au *coitus interruptus* ? s'enquit Katherine d'un ton posé, comme si elle entendait répondre au défi de Clara par un autre défi.

Harland se demandait pourquoi diable il avait éprouvé le besoin d'intervenir.

— En effet, répondit Clara. Vous me paraissez aussi compétente qu'à l'aise avec le sujet.

— Je pourrais vous en dire autant.

Les deux femmes échangèrent un regard.

— J'ai vu trop de femmes mourir en couches, reprit Katherine. Certaines entourées de leur famille, mais beaucoup d'autres seules, chassées par les leurs, et terrifiées. J'ai soigné des nouveau-nés abandonnés par des femmes qui n'étaient pas capables de s'occuper d'eux ou ne le souhaitaient pas. J'ai vu des enfants non désirés confiés à des orphelinats qui sont de véritables antichambres de l'enfer. Tout cela me met mal à l'aise. Montrer à une femme comment utiliser correctement un préservatif ou un pessaire ne me gêne en rien.

— Je vois.

— Pardonnez-moi, mais quel est le but de cette conversation ? risqua Katherine, soupçonneuse.

— Seriez-vous disposée à partager votre savoir ? intervint Harland de son ton le plus professionnel.

— Avec vous ? s'écria-t-elle, incrédule.
— Avec mes étudiantes, précisa Clara.
— Quelles étudiantes ?
— Tous les ans, je choisis personnellement un certain nombre d'étudiantes pour participer aux formations que nous organisons chaque été à Avondale. Ces jeunes filles sont très... larges d'esprit, et elles ont des aspirations qui vont bien au-delà de ce que la société attend d'elles. Ces formations comprennent des cours d'anatomie et d'hygiène féminine, ainsi que des leçons sur les relations sexuelles et les conséquences éventuelles de ces relations, grossesse ou maladies. Je vous ai choquée, finalement, conclut Clara, comme Katherine fronçait les sourcils.
— Pas choquée, non. Je suis juste perplexe. Je croyais que vos étudiantes appartenaient à l'aristocratie.
— C'est le cas de la plupart d'entre elles. Pas de toutes.
Katherine coula un regard circonspect à Harland.
— C'est un piège ? hasarda-t-elle. Ce que je sais de l'aristocratie m'inciterait à croire que la plupart de ses membres me voueraient à la potence pour avoir attenté à la vertu de leurs filles avec ce genre de...
— De vérités ? De faits ? D'informations ? suggéra Harland.
— Oui, concéda Katherine.
— Vous avez raison, admit Clara. Et c'est précisément ce que j'essaie de corriger. L'ignorance n'est jamais bénéfique. Elle peut même être dangereuse. Ces connaissances permettront à ces jeunes personnes de faire leurs choix en toute connaissance de cause le moment venu. Si certaines de mes étudiantes ont la chance d'avoir une servante, une amie ou une parente disposée à leur parler de ces questions délicates, la plupart n'ont personne. Beaucoup de ces jeunes filles m'ont avoué qu'elles avaient cru mourir

la première fois qu'elles ont eu leurs règles. Très peu ont été capables de m'expliquer comment on faisait les enfants.

— Je comprends.

— Je m'en doute. Vous avez dû voir beaucoup de choses dont vous vous seriez volontiers passée, commenta Clara.

— Écoutez, Votre Grâ... Clara, bien que j'admire votre ambition, je ne suis pas du tout certaine que vos aristocratiques étudiantes soient désireuses d'entendre parler de ces sujets. Surtout de la bouche d'une personne comme moi. Nous ne sommes ni exactement contemporaines, ni du même milieu.

Intéressant, nota Harland. Voilà qu'elle revenait au titre de noblesse, comme si elle entendait prendre ses distances avec des étudiantes qui étaient également filles des membres les plus riches et les plus influents de la haute société britannique.

— Je pense que vous sous-estimez ces jeunes filles, observa Clara.

Dubitative, Katherine tourna ses yeux magnifiques vers Harland.

— Vous qui êtes un vrai médecin, pourquoi n'assurez-vous pas ces cours vous-même ?

— J'étais censé m'en charger, jusqu'à ce que je fasse votre connaissance. Ma sœur et moi avons pensé que les étudiantes seraient plus à l'aise avec une femme, leur *contemporaine*, pour poser des questions particulièrement intimes. Si vous acceptiez notre proposition, bien entendu.

— Mais je ne suis pas une vraie...

— Être femme et médecin n'a rien d'impossible, vous savez.

L'expression de Katherine s'adoucit soudain, comme s'il venait de lui offrir un cadeau précieux, et qu'elle ne savait trop quoi dire ni quoi faire. Heureusement qu'elle ne l'avait pas regardé de cette façon la veille, quand ils étaient si près l'un de l'autre dans la minuscule mansarde, il n'aurait peut-être pas résisté à l'envie de l'embrasser.

— Bien entendu, vous serez rétribuée pour votre travail, précisa Clara.

Katherine reporta son attention sur la duchesse. Harland savait combien la situation financière des Wright était difficile. Il avait déjà discrètement aidé Paul et Matthew quand il en avait eu la possibilité sans blesser leur fierté.

— Si notre proposition vous intéresse, je peux vous remettre les cours utilisés par la sage-femme qui vous a précédée, reprit Clara. Ou vous pouvez élaborer les vôtres. Nous avions prévu une leçon demain et une deuxième dans quinze jours, mais nous pouvons décaler la première pour vous laisser le temps de vous préparer. Et, bien entendu, compte tenu de votre métier, nous sommes prêts à observer la plus grande souplesse au cas où une urgence vous empêcherait de faire classe.

— C'est entendu, répondit Katherine après un long silence. J'accepte votre proposition. Je commencerai dès demain.

Harland s'efforça d'ignorer la sensation désormais familière d'attente fébrile et de plaisir à l'idée de voir Mlle Wright régulièrement. Et d'avoir la certitude qu'elle reviendrait au moins deux fois à Avondale au cours des prochains jours.

— J'en suis ravie, avoua Clara, radieuse. Bienvenue à l'Institut Haverhall pour jeunes filles, Katherine.

6

— Prête ?

Katherine sursauta. Contre son dos, la paroi de la falaise était glaciale. L'aube pointait à l'horizon et les ténèbres se teintaient de gris-argent.

— Oui, répondit-elle en se demandant pour la centième fois si elle n'avait pas perdu l'esprit.

— Merci de nous rendre ce service, murmura Hervey Baker, tapi dans l'ombre. Les gars aussi te sont reconnaissants. On se demandait qui pourrait bien remplacer Matty.

— Pas toi ?

— Je ne nage pas assez bien. Les autres non plus. On t'en devra une, Kate.

Katherine connaissait Hervey depuis toujours. Il n'avait que quelques années de plus qu'elle et, comme Matthew, il avait servi dans l'artillerie. Contrairement à son frère, en revanche, il avait une femme et cinq enfants qui l'attendaient à la maison.

D'autres familles comptent sur moi, des familles avec des enfants, des familles qui nous ont aidés, qui m'ont aidé à m'occuper de papa quand tu n'étais pas là. Les paroles de son frère lui trottaient encore dans la tête.

— C'est moi qui te remercie pour ce que vous avez fait pour mon père, Frannie et toi.

Jamais elle n'aurait dû partir, se disait-elle, tenaillée par les remords. Son père aurait pu mourir.

— C'est normal. On est tous dans le même bain. Il faut bien s'entraider, non ?

Katherine ravala ses regrets et écouta le ressac à l'entrée de la passe.

Un épais brouillard obscurcissait les environs et déposait un voile d'humidité sur sa peau et ses cheveux. Dès que le soleil percerait la brume, les hautes falaises crayeuses qui enserraient la petite baie et le chenal ouvert sur le large seraient visibles. Ce dernier était trop étroit pour les gros navires, mais suffisamment large pour les bateaux de pêche et les petites embarcations.

Depuis des générations, cette baie était utilisée pour importer et exporter des marchandises, quoique jamais de façon officielle. Son père l'avait utilisée, comme son grand-père et le père de son grand-père avant lui. C'était un endroit à la fois abrité et retiré. Et, plus important encore, il renfermait tout un réseau de cavernes et d'anfractuosités dissimulées par des éboulis de rochers.

— Pas trace de patrouilles, déclara Hervey. Pour en être sûrs, j'ai posté des guetteurs toute la nuit, jusqu'à ce que le brouillard se lève, en tout cas. Et si on ne peut pas les voir, ils ne peuvent pas nous voir non plus. Il est temps que la chance tourne !

— Buhler et ses hommes ne doivent pas être contents d'être rentrés bredouilles la dernière fois, avertit Katherine.

— C'est certain. J'aurais préféré attendre un peu avant de revenir ici, mais on ne peut pas laisser ces barriques au fond de l'eau trop longtemps, elles finiraient par s'abîmer. Et puis, les flotteurs pourraient se détacher, et il n'y aurait plus moyen de les retrouver.

Katherine frissonna. La veille encore, elle paressait dans un bain chaud et parfumé. À présent, elle s'apprêtait à plonger dans l'eau glacée de la Manche.

— Tu as des hommes qui surveillent aussi la mer, j'espère ? S'il n'est pas complètement idiot, Buhler aura appris de ses erreurs et essaiera de s'emparer de la cargaison avant qu'on n'ait le temps de la charger.

— Dans ce cas, le capitaine Buhler a intérêt à être bon rameur ! Avec ce brouillard, il a plus de chances de se faire prendre dans un courant et d'aller se fracasser sur les rochers à l'entrée de la passe que de nous coincer. Ici, leurs chevaux ne leur servent à rien.

Habillée comme elle l'était d'un léger pantalon de coton et d'une chemise ajustée, tous deux d'un noir d'encre, Katherine commençait à grelotter. Elle n'arrivait pas à croire qu'elle allait recommencer. Cela faisait si longtemps qu'elle avait abandonné la contrebande.

— Les gars nous attendent près des grottes. Pete, Davy et Jamie. Tu les connais tous. Dès qu'on aura apporté les barils sur la plage, ils s'occuperont de les cacher, et nous, on aura disparu depuis longtemps. Comme dans le bon vieux temps !

— Exactement, marmonna Katherine.

— Tu es revenue pour de bon ?

— Je n'ai aucun projet de départ.

— Ce que je veux dire, c'est, tu reviens avec nous ? Tu nous manques, tu sais, reprit-il comme elle gardait le silence. On a besoin de ton intelligence et de tes dons pour nous raccommoder au besoin.

— Le Dr Hayward m'a l'air de faire cela très bien.

— Ne me fais pas dire ce que je n'ai pas dit. Le docteur est un type bien. Il nous soigne et ne pose jamais de questions. N'empêche que ce n'est pas pareil. Il n'est pas des nôtres. Pas comme toi.

— Je ne suis pas…

— Ton père nous a toujours dit que tu étais plus intelligente que nous tous réunis. Il était fier de toi, tu sais. Il l'est toujours, si tu veux mon avis, même si tu es juste revenue pour nous retirer une balle de la peau une fois de temps en temps.

En proie à un flot d'émotions contradictoires, Katherine avait la gorge nouée. Ces hommes avaient aussi fait partie de sa famille. Les abandonner, se mettre à l'abri du danger et du commerce illicite qui était autrefois sa vie lui semblait une trahison, même si c'était la chose à faire.

— Tu n'as jamais envisagé de faire autre chose ? risqua-t-elle. D'abandonner la contrebande ?

— Parfois, si. Mais quel autre travail pour un contrebandier qui ne connaît que la mer et l'artillerie ? Surtout par les temps qui courent. Demande à Matty.

— Si tu te retirais pour faire quelque chose de ton côté…

— Je n'ai aucune envie de partir de mon côté, mademoiselle Kate. Même si on n'est pas du même sang, les gars et moi, c'est comme ma famille. On a toujours tout fait ensemble, y compris cette fichue guerre. Et Matty te dira la même chose. On ne peut pas tourner le dos à ses frères, tu sais.

— Je sais.

Décidément, cette conversation ne lui facilitait pas les choses.

Un long sifflement aigu retentit tout à coup. Il aurait pu passer pour le cri d'une mouette, mais Katherine savait à quoi s'en tenir.

— C'est le moment.

La jeune femme vérifia une dernière fois que son poignard était solidement attaché à sa cuisse et quitta l'abri de la falaise. D'un pas mal assuré, elle suivit sur les galets la silhouette à peine visible de Hervey. Quelque part devant eux, le bruit reconnaissable entre tous d'une barque qu'on mettait à l'eau leur parvint.

— Il vaut mieux se dépêcher, conseilla-t-elle à son compagnon comme la brise faisait voleter sa chevelure.

Ce genre de brise ne tarderait pas à dissiper le brouillard plus rapidement qu'ils ne le souhaitaient.

Une autre silhouette se matérialisa à côté de celle de Hervey.

— Grimpez là-dedans, mademoiselle Kate.

Katherine se hissa à bord de la petite barque de pêche qui dansait sur les vagues et prit place à la proue. Elle avait l'impression qu'un million d'années s'étaient écoulées depuis la dernière fois qu'elle avait fait cela, et en même temps que c'était la veille.

La frêle embarcation fut poussée dans l'eau et oscilla quand Hervey vint prendre sa place de rameur. Quelques secondes plus tard, ils glissaient silencieusement dans la brume cotonneuse.

Les avirons grinçaient doucement, l'eau clapotait contre la barque, et l'humidité déroulait ses volutes. À gauche, le brouillard paraissait plus dense. De temps en temps, la masse sombre des rochers se dessinait avant de disparaître. Le bruit des vagues contre la falaise se fit plus insistant, et la barque ralentit.

— C'est par ici, chuchota Hervey.

Katherine se pencha par-dessus le bastingage et scruta les profondeurs. Elle se demandait comment Hervey pouvait seulement savoir où ils se trouvaient, cela dit, ce n'était pas la première fois qu'elle l'avait comme rameur, et l'expérience lui avait appris qu'il se trompait rarement. Il connaissait cette côte mieux que la mer elle-même.

Ses doigts se crispèrent sur le bord du bateau tandis que la barque avançait plus lentement. La surface de la mer était aussi sombre que l'encre et la lueur de leur quinquet brillait faiblement à la surface. Le flotteur serait d'un blanc éclatant et, sans la lumière aveuglante du soleil, plus facile à repérer. Le crépuscule ou l'aube étaient les meilleurs moments pour ce genre d'exercice.

— Arrête, je le vois ! s'écria Katherine en saisissant le cordage enroulé à ses pieds sans quitter l'eau des yeux.

La bille de verre juste sous la surface, aussi irréelle qu'un morceau de lune venu d'un autre monde. Elle entendit Hervey ahaner légèrement comme il tirait sur les rames pour immobiliser la barque.

— Tu peux y aller, lança-t-il en attachant l'autre bout de la corde au plat-bord. Je te tiens.

Katherine noua la corde autour de sa taille, retrouvant les mouvements familiers. Elle prit quelques profondes inspirations, scruta la surface et, sans prendre le temps de réfléchir, elle plongea.

Elle avait oublié à quel point l'eau était glacée. Le froid la saisit et la paralysa l'espace d'une seconde. Et puis le vieil instinct reprit le dessus et elle s'enfonça davantage dans l'eau, les yeux rivés sur la sphère brillante. C'était toujours plus profond qu'il ne paraissait, se rappela-t-elle, et elle s'efforça de régler ses mouvements en conséquence.

En un instant, elle avait atteint le flotteur. Elle détacha la corde de sa taille et la passa autour de la boule de verre avec une aisance que le temps n'avait pas altérée. À tâtons, elle la noua solidement à la corde du flotteur avant de tirer dessus vigoureusement par deux fois. D'un coup de pied, elle se propulsa vers la surface, car ses poumons commençaient à protester.

Dès qu'elle émergea, elle prit une profonde inspiration. La barque était juste devant elle et Hervey hissait déjà la lourde charge. Katherine s'accrocha au bateau et attendit, son poignard à la main. Elle commençait à claquer des dents et se sentait incroyablement lasse. Hervey jura, puis elle entendit les barils heurter la coque. Rapidement, elle trancha le filet attaché aux barils pour les lester. Les pierres coulèrent immédiatement, et Hervey hissa le filet et les barils, avant de tendre la main à Katherine pour la tirer dans la barque avec la même efficacité.

— Tu les as eus du premier coup, la félicita-t-il. C'est aussi excitant que galoper à cheval, pas vrai ?

— Il fait plus chaud à cheval, rétorqua-t-elle en enroulant les bras autour de son buste. On ferait bien de se dépêcher. Le vent se lève, le brouillard va se dissiper. Je préférerais qu'on ne me trouve pas au milieu de la baie avec une fortune en cognac français.

— Moi non plus, acquiesça Hervey en reprenant les avirons.

Le vent dans le dos, la petite barque avança rapidement. À droite, les falaises n'avaient rien de rassurant et leurs crevasses et escarpements étaient plus distincts que quelques minutes plus tôt. Katherine se sentit dangereusement exposée, même si le brouillard à la surface de l'eau était encore épais.

— Je vais m'approcher le plus possible des grottes, expliqua Hervey, qui paraissait soucieux lui aussi.

La jeune femme scruta le sommet des falaises. On apercevait maintenant des parcelles de vert, et le ciel s'éclaircissait, le gris le cédant peu à peu au bleu.

— Vite, souffla-t-elle.

Si des soldats étaient postés sur la falaise et s'ils les avaient repérés, ils feraient une cible facile.

— Je vais…

— Chut ! dit-elle en levant la main.

Un bruit incongru était parvenu à ses oreilles. Avec le clapotis de l'eau, il était difficile d'identifier sa nature, sa provenance et sa distance.

— Tu as entendu quelque chose ? chuchota Hervey en se figeant.

Là ! Voilà que cela recommençait. Comme un grincement, suivi d'une éclaboussure. Un bruit de rame…

— Nous avons de la compagnie, murmura-t-elle, les yeux plissés pour tenter de percer le brouillard.

— En haut ?

— Sur l'eau.

— Nom de Dieu ! jura Hervey.

Katherine savait aussi bien que lui qu'il ne pouvait y avoir qu'une seule autre personne sur l'eau. Aucun pêcheur sain d'esprit ne risquerait son bateau dans un brouillard pareil.

Une nouvelle bourrasque courut sur la surface et fendit la brume, juste assez pour que Katherine entrevoie la forme caractéristique d'un bateau presque semblable au leur, chargé d'une douzaine de soldats fusil à l'épaule.

Un cri retentit tandis que le brouillard se refermait, mais il était trop tard. On les avait vus. Et avec un seul rameur, ils étaient désavantagés. Le cœur de Katherine s'arrêta de battre. D'autres cris s'élevèrent, suivis du bruit de rames plongeant frénétiquement dans l'eau.

La vision de Hervey Baker, un trou au milieu de son torse massif, de sa femme et ses enfants sanglotant au-dessus de son corps inanimé, assaillit Katherine.

— Ramène la barque, aussi vite et silencieusement que possible, décharge-la et quitte la baie, ordonna-t-elle à Hervey.

— Attends, et qu'est-ce que tu…

Elle n'entendit pas la suite. Elle avait déjà sauté par-dessus bord et nageait sous l'eau, s'éloignant du bateau et de la plage. Quand elle remonta à la surface, frappant furieusement l'eau des mains et des pieds, elle fut accueillie par un indescriptible tumulte de cris, d'exclamations, d'ordres et de battements de rames. Puis, Dieu merci, les soldats virèrent immédiatement dans sa direction.

Elle nageait à la surface à présent, s'efforçant de contrôler son allure et sa respiration. Elle leva les yeux vers le sommet de la falaise, à peine visible dans le brouillard qui se dissipait. Elle était beaucoup plus près de la plage qu'elle ne le pensait, ce qui était une bonne nouvelle pour Hervey et les autres. Tout ce qui lui restait à faire, c'était attirer l'attention des soldats sur elle un peu plus longtemps. En évitant si possible de se noyer ou de se faire prendre.

Suivant le rythme du flux, elle se dirigea vers la base de la falaise qui faisait saillie sur la plage. Le fracas des vagues s'écrasant sur les rochers se rapprochait. Quelque part dans cette direction il y avait une avancée rocheuse quasiment plate vers laquelle elle avait souvent nagé dans son adolescence. Et au-dessus, la mer avait creusé une profonde anfractuosité presque invisible de la mer. C'était le seul choix qui s'offrait à elle, son seul espoir.

Même si elle n'avait pas tenté d'attirer les soldats loin de la grève, elle ne pouvait distancer une barque pleine d'hommes. Et si elle approchait de la passe en nageant sous l'eau, il y avait de bonnes chances que l'océan épargne aux soldats la peine de la tuer. Elle était certes bonne nageuse, mais elle n'avait pas des capacités surhumaines. La mer était souveraine, et elle avait vu de meilleurs nageurs qu'elle être emportés par le courant pour avoir présumé de leurs forces.

Quelque chose ricocha sur l'eau tout près d'elle, tandis qu'un bruit sec retentissait au-dessus de sa tête. Un autre ricochet, encore un autre écho. On lui tirait dessus ! Ils tiraient au jugé dans sa direction, en se guidant au bruit.

Ravalant sa terreur, Katherine concentra toute son attention sur la forme sombre des rochers qui se découpaient devant elle. Elle laissa les vagues l'en rapprocher, essayant de ne pas lutter contre elles, de ne pas mettre à l'épreuve ses membres que la fatigue et le froid engourdissaient. Elle cherchait une avancée de rocs... Là ! Elle avait surgi du brouillard juste devant elle. D'un coup de talon, elle se propulsa dans sa direction, la main tendue en avant.

Les rochers couverts d'algues étaient glissants. Une vague déporta Katherine tandis qu'une nouvelle balle venait frapper la falaise au-dessus d'elle, et qu'une pluie d'éclats s'abattait sur sa tête. Rassemblant ses dernières forces, elle essaya d'atteindre le rebord avant que le reflux ne l'entraîne hors de portée. Ses doigts touchèrent le roc et glissèrent une nouvelle fois. Le courant allait l'emporter vers le large…

Une poigne de fer se referma sur son poignet et la tira sans ménagements sur le rocher qui lui racla douloureusement les jambes. Si elle n'avait pas été aussi épuisée, elle se serait débattue. En l'occurrence, elle se laissa hisser hors de l'eau telle une sirène à moitié mourante.

À peine s'était-elle échouée sur les rochers qu'on lui lâcha le poignet et que deux bras vigoureux la saisirent sous les bras pour la remettre debout.

— Nous n'avons pas beaucoup de temps, chuchota une voix.

Une voix familière.

— Le brouillard se dissipe, murmura le lord médecin.

Il la relâcha, apparemment satisfait de la savoir assurée sur ses pieds, la prit par la main et, moitié tirant, moitié guidant, l'eau de mer leur léchant les chevilles, il l'entraîna sur le rocher. De sa main libre, il lui fit baisser la tête pour plonger dans la crevasse dont Katherine avait gardé le souvenir. Avec une assurance qu'aucun baron ni aucun médecin n'auraient dû posséder s'agissant des cavernes qui parsemaient la côte du Kent, il l'entraîna plus avant dans l'ombre tandis qu'elle trébuchait sur ses jambes flageolantes.

Elle était à bout de souffle et de forces, pourtant elle ne s'arrêta pas. Elle ne lâcha pas non plus la main du lord médecin. Il y avait un temps pour poser des questions, un autre pour exiger des réponses, et ce n'était pas le moment. Pas avant qu'ils ne soient en sécurité.

— Suivez-moi.

Elle devina plus qu'elle ne vit son guide obliquer tandis qu'il s'enfonçait davantage dans l'ombre.

Katherine se demandait bien où il comptait aller. La caverne n'était pas si profonde, et ils étaient déjà invisibles. Elle le suivit cependant, les jambes tremblantes, sur le sol qui écorchaient ses pieds nus.

— Par ici !

Le lord médecin s'était arrêté et la poussait devant lui. Elle eut un mouvement de recul devant les ténèbres. Ils étaient trop loin de l'entrée pour que la lumière parvienne jusqu'ici.

— Où cela ? articula-t-elle en claquant des dents.

La main du baron se raffermit sur la sienne et l'entraîna de nouveau à sa suite. L'atmosphère avait changé, l'air était plus humide, un peu stagnant. Le fond de la crevasse n'était pas fermé, elle s'en souvenait maintenant, et menait à une autre caverne plus vaste.

Doucement mais fermement, le baron continuait de la tirer derrière lui quand soudain il s'arrêta. Lorsqu'elle le heurta, à bout de fatigue, deux bras vigoureux la retinrent.

Elle devrait reculer, elle le savait, et elle était bien décidée à le faire. Dans un instant. Pour l'heure, la chaleur de son corps était trop tentante après le froid glacial de la mer. La terreur qui l'avait paralysée commençait à refluer, la laissant tremblante de la tête aux pieds. Elle décida de se laisser aller contre lui le temps de reprendre son souffle, ses esprits et des forces, de profiter de sa chaleur encore un instant. Ce qui lui rappela qu'elle était à peine vêtue, bras et jambes nus. De cela aussi elle s'inquiéterait.

Dans une minute.

Le lord médecin s'écarta, se retourna et, tout à coup, une chape merveilleusement chaude s'abattit sur ses épaules. Sa redingote, devina-t-elle. Il la reprit dans ses bras et l'attira contre lui, mais cette fois, seule l'épaisseur de deux chemises de coton les séparaient.

— Que diable fabriquiez-vous là ? demanda-t-il à mi-voix.

Elle ne s'attendait pas qu'il lui pose des questions, et n'avait aucune réponse prête. Elle décida donc que, la meilleure défense, c'était l'attaque.

— C'est a-a-amusant, balbutia-t-elle en claquant des dents, j'allais vous poser la même question.

— Vous d'abord, décréta-t-il, l'air irrité.

Il repoussa pourtant sa chevelure mouillée de son visage avec une tendresse d'amant.

Elle devrait reculer, se dégager, se dit-elle une fois de plus, au lieu de quoi elle ferma les yeux, appuya la tête contre sa poitrine, et écouta les battements réguliers de son cœur.

— J'ai sauté par la fenêtre de mon amant et je suis tombée dans la mer.

— Trouvez mieux.

— Cette excuse a-a fait l'affaire pour mon frère.

— Aucun amant digne de ce nom ne vous laisserait sauter par la fenêtre.

Si elle n'avait pas été bleue de froid, Katherine aurait rougi.

— Je suis allée faire mon quart d'heure de natation matinale.

— Votre quart d'heure de natation ?

— C'est revigorant.

— Revigorant ?

— Vous avez l'intention de répéter tout ce que je dis ?

— Uniquement ce qui est grotesque.

— Eh bien, dans ce cas, sachez que je passais un bon moment jusqu'à ce que je trouve un baron médecin caché dans une fichue caverne.

— Un bon moment ? soupira-t-il.

— Qu'est-ce que cela a de grotesque ?

— On vous *tirait* dessus.

— Mmm, ça, je pense que j'aurais pu m'en passer.

— Vous avez perdu l'esprit ?

C'était une possibilité. Après tout, elle se trouvait dans les bras d'un aristocrate devenu médecin en qui elle aurait dû n'avoir aucune confiance. Elle était à moitié nue et trempée et avait failli perdre la vie en se livrant à la contrebande. Qu'elle ait perdu l'esprit n'avait donc rien d'impossible, si on y réfléchissait. C'était même probable. Encore une chose à laquelle elle réfléchirait. Le moment venu.

— Et vous ?

— Quoi, moi ?

— Vous avez perdu l'esprit ? Ou juste votre chemin peut-être ? Il n'y a pas beaucoup de malades dans ces grottes, à mon avis.

— Doux Jésus, Katherine, nous ne parlons pas de moi, mais de vous ! Vous avez failli être tuée !

L'entendre l'appeler par son prénom lui coupa la respiration alors qu'elle venait à peine de la retrouver. « Katherine » suggérait une intimité plus grande encore que deux corps enlacés dans une caverne obscure.

— À quoi pensiez-vous donc ? murmura-t-il.

— Je pensais que je pouvais peut-être éloigner les soldats de la barque. Je pensais qu'un père de cinq enfants devait rentrer auprès d'eux. Sa famille a besoin de Hervey Baker.

— La vôtre a besoin de vous.

— Matthew et mon père ont très bien vécu sans moi. Je ne dis pas que je ne leur manquerais pas, mais ils n'ont certainement pas besoin de moi. Pas comme la famille Baker a besoin de Hervey.

Le baron médecin garda le silence. Seul leur souffle était audible.

— Et vous, que faites-vous ici ? s'enquit Katherine, qui regrettait de ne pas voir le visage de son sauveur.

— Je m'étais arrêté chez les Baker dont le petit dernier avait un abcès dentaire la semaine passée. Frannie m'a dit que Hervey était dans la baie. Il ne fallait pas être grand clerc pour deviner ce qu'il y faisait. J'ai décidé d'aller traîner dans les parages, au cas où quelqu'un aurait besoin de soins médicaux. Surtout après ce qui s'est passé l'autre nuit.

— Mais qu'est-ce que vous faisiez sur ce rocher ? Et dans cette caverne ?

— J'étais sur la plage quand j'ai entendu les coups de feu. Ils venaient de la mer. J'ai fait le tour pour me rapprocher le plus possible.

— Vous avez fait le tour ?

— Il y a vraiment de l'écho ici, plaisanta-t-il.

— Il y a donc une sortie côté terre ?

— Oui. C'est plus une crevasse que l'entrée d'une grotte. Elle se trouve au nord de la baie, juste au-dessus du niveau de la marée haute. Il faut savoir où la chercher.

— Et justement, vous saviez où la chercher ?

— Oui. Le comte de Rivers a deux tantes qui ont la passion des coquillages...

— Oui, je les ai rencontrées. C'est ce qu'elles m'ont dit.

— Il y a quelques années, elles m'ont parlé de ce passage sur lequel elles étaient tombées par hasard. J'étais curieux et je l'ai exploré.

Katherine ne croyait pas un mot de ces explications aussi simples que précises.

— Je ne suis pas complètement naïf, mademoiselle. Je sais très bien ce que Hervey Baker faisait là. J'en ai une idée assez précise, en tout cas, et je ne tiens pas à connaître les détails. Ce que j'aimerais savoir en revanche, c'est ce que vous faisiez avec lui.

— J'ai un certain talent pour les récupérations.

— Pour les récupérations ?

— Vous avez entendu ? Il y a vraiment de l'écho !

— Et vous, vous vous prenez pour un chien de chasse lancé après une paire de faisans.

Katherine recula et sentit aussitôt un courant d'air froid courir sur sa peau humide. Elle resserra la redingote du baron autour d'elle.

— Je suis bonne nageuse, concéda-t-elle, ce qui est parfois utile pour récupérer... certaines marchandises perdues.

— Je vois.

— J'en doute. Quoique, en l'occurrence, cela n'a pas grande importance, et n'a pas lieu de vous inquiéter, répliqua-t-elle en reculant davantage. J'ai beau trouver notre petite conversation inintéressante, enchaîna-t-elle, pensez-vous que nous pouvons partir ? Je suis censée donner un cours ce matin à Avondale, je vous rappelle, et même si votre sœur me semble une personne remarquable qui ne juge pas les gens sur les apparences, elle trouverait peut-être à redire à la mienne.

— Vous avez sans doute raison. Et comment qualifieriez-vous votre apparence ?

— Un morceau de glace, grinça-t-elle.

— Ah. Ma foi, c'est inadmissible.

Dans le noir, il chercha la main de Katherine et l'enferma dans la sienne. Elle aurait dû se libérer, mais elle ne put s'y résoudre.

— Et vous comptiez rentrer chez vous dans cette tenue ?

— Non. J'ai une chemise et un pantalon cachés sur la grève.

— Je peux aller vous les chercher, si vous voulez.

— Pourquoi vous donneriez-vous cette peine ?

— Parce que je voudrais récupérer ma redingote. C'est celle que je préfère.

— Dans ce cas, ce serait très gentil de votre part, marmonna Katherine, mi-figue, mi-raisin. Je vous remercie.

Elle n'avait pas le choix de toute façon. Qu'aurait-elle pu faire d'autre ? Attendre la nuit pour rentrer chez elle ? Grelotter dans cette caverne humide en espérant que Hervey ou l'un des autres contrebandiers viennent la chercher et lui apportent ses vêtements ?

Elle faillit ricaner. Aucun des hommes n'allait se risquer aux abords de cette baie avant un certain temps.

— Est-ce que vous allez en parler à votre sœur ? s'inquiéta-t-elle soudain. Je veux dire, ce que je faisais...

Elle venait peut-être de perdre une chance de gagner un bon salaire. Une contrebandière ne serait certes pas la bienvenue pour enseigner au très aristocratique Institut Haverhall pour jeunes filles.

— Lui parler de quoi ? Que vous nagez tôt le matin parce que c'est bon pour la santé ? Je ne vois pas en quoi cela pourrait l'intéresser.

— Certes, murmura-t-elle, avant que le soulagement ne cède la place à la défiance. Vous traitez la chose assez cavalièrement, me semble-t-il.

— Celui qui vit dans une maison de verre ne jette pas de pierres.

— Vous venez de l'inventer ?

— Non, c'est de George Herbert.

— Et qui est George Herbert ?

— Un poète, entre autres, mais nous nous éloignons du sujet. Ce que je voulais dire, c'est que vous avez l'air de trouver tout naturel de vous faire tirer dessus.

— Ce n'est pas la première fois qu'on me tire dessus, milord.

— Quoi ?

— Oubliez ce que je viens de dire. Je peux vous garantir que cela ne se reproduira pas, assura Katherine, en priant pour ne pas se tromper. Je vous en donne ma parole. Est-ce que j'ai la vôtre que cet... incident ne sera pas mentionné ?

Le lord docteur, qui n'avait pas lâché sa main, murmura après un long silence :

— Oui.

Et, curieusement, Katherine le crut.

— Merci, milord.

— Cessez donc de m'appeler milord. Harland fait très bien l'affaire.

Harland ne faisait pas l'affaire du tout. Harland impliquait une proximité, une intimité, voire une affection qu'elle refusait d'éprouver. Cela dit, vu qu'elle se trouvait à demi-nue enveloppée dans sa redingote, discuter aurait été absurde.

— Mieux vaut attendre encore un peu avant de partir, déclara-t-il. Il faut d'abord s'assurer que la baie est déserte. Je sortirai le premier.

— Et si elle n'est pas déserte et que vous trouvez toute une escouade de soldats sur la plage, comment expliquerez-vous votre présence ?

— J'expliquerai que j'ai entendu des coups de feu, et que je suis venu voir si quelqu'un était blessé. Je suis médecin avant tout. Et à part ma redingote, mes vêtements sont secs, ce qui prouve que ce n'est certainement pas moi qui ai sauté d'une chaloupe comme un fou. Je proposerai même d'aider à chercher ce fou qui a dû se noyer à l'heure qu'il est.

— Comme ce serait magnanime de votre part !

— N'est-ce pas ?

— Je ne comprends toujours pas, lâcha-t-elle abruptement.

Dieu qu'elle aurait voulu le voir ! Elle détestait avoir ce genre de conversation sans pouvoir déchiffrer son expression.

— Qu'est-ce que vous ne comprenez pas ?

— Vous.

— Vous allez devoir vous montrer un peu plus précise.

— Pourquoi prenez-vous mon parti ?

— Parce que je vous aime bien, que je n'aime pas le capitaine, et que je l'aime encore moins quand il vous fait tirer dessus.

— Soyez sérieux, voulez-vous ! Ce que j'ai fait – ce que je fais – est répréhensible.

— À quel point de vue ? répliqua-t-il.

Il n'y avait pas une once d'amusement dans sa voix, ce qui la désarçonna.

— Ce n'est pas juste répréhensible, c'est illégal.

— Beaucoup de choses sont légales et cependant répréhensibles, et beaucoup de choses illégales ne le sont pas.

Une remarque curieuse dans la bouche d'un pair du royaume.

— Quoi, par exemple ?

— Peu importe.

— Cela importe beaucoup, au contraire. Je suis une criminelle, insista-t-elle comme il ne lui répondait pas.

— Vous êtes une femme qui s'est jetée à la mer pour garder leur mari et père à une famille. Une femme non seulement capable de sauver physiquement son frère, mais de prendre sans hésiter d'énormes risques pour assurer sa sécurité. Si vous tenez à ajouter « criminelle » à cela, c'est votre droit le plus strict, ce n'est toutefois pas l'effet que vous me faites quand je vous regarde.

Tout à coup, Katherine avait très chaud. Son cœur battait à tout rompre et elle ne sentait plus rien d'autre que la douceur de sa main sur la sienne. Elle l'entendit bouger dans la pénombre, avant de sentir son autre main se poser sur sa joue. Elle cessa de respirer.

— Je n'aime pas les étiquettes, murmura-t-il.

Elle ne savait pas ce qui était en train de se passer, mais elle savait que c'était dangereux. Toute la matinée avait été dangereuse, du reste, et peut-être n'était-ce là qu'un vestige de ce qui était arrivé un peu plus tôt – le sentiment grisant d'être en vie, la vague de terreur puis de triomphe qui, l'espace d'un instant, vous donnait une énergie surhumaine avant de vous laisser aussi faible qu'un nouveau-né. Là cependant, dans cette caverne, la griserie s'attardait, elle lui murmurait encore à l'oreille et embrasait tout son corps.

— Je n'aime pas qu'on me dise ce que je dois faire ou pas. Et ce qui est bien ou mal en se fondant sur les préjugés et l'ignorance. Vous non plus, à mon avis.

La main qui lui avait caressé la joue remontait maintenant jusqu'à sa tempe, où l'eau gouttait encore de ses cheveux trempés. Il se pencha, et ses lèvres se posèrent là où ses doigts se trouvaient un instant plus tôt. Katherine ferma les yeux, en proie à un désir si aigu qu'il en était presque insupportable.

Elle sentait la chaleur du souffle du baron dans son cou et ses lèvres qui lui frôlaient la joue. Tous ses sens étaient en alerte, les pointes de ses seins se dressaient et un besoin lancinant palpitait au creux de ses cuisses.

Il lui demandait la permission, elle le savait. Tout ce qui lui restait à faire, c'était de tourner la tête vers lui et de s'abandonner à son baiser. Tout ce qui lui restait à faire, c'était de prendre ce que son corps désirait si ardemment.

— Il est temps de partir, souffla-t-elle.

Elle aurait dû être fière de cette victoire sur elle-même, or il n'en était rien, loin de là.

Le lord docteur se figea.

Il recula, mais garda la main de Katherine dans la sienne.

— Vous avez raison. Il est temps.

7

Harland aurait dû s'en douter.

Il aurait dû savoir qui pouvait remplacer Matthew au pied levé. Paul avait été l'un des contrebandiers les plus habiles de tout le Kent, jusqu'à ce que ses blessures mettent fin à ses activités. Tout naturellement, Matthew avait marché sur les pas de son père, apportant la connaissance ancestrale de la côte, son attention minutieuse au moindre détail et son absolue loyauté envers ses compagnons.

Que la fille de Paul possède les mêmes atouts et fasse preuve du même dévouement était une évidence.

Harland était mieux placé que personne pour connaître la force des liens du sang. Il aurait dû savoir jusqu'où on pouvait aller pour protéger ceux qu'on aimait. Lui-même avait fait des choses dont il ne se serait jamais cru capable pour protéger sa famille.

Il s'était rendu dans cette grotte et s'était dissimulé sur ce rocher bien avant que le soleil ne perce à l'horizon, parce que le temps était d'une importance capitale, et parce qu'il s'intéressait personnellement aux barils de cognac qui gisaient toujours au fond de la baie. Ce qu'il n'avait pas encore réalisé à ce moment-là, c'était l'intérêt qu'il portait à la femme qu'il avait sortie de l'eau.

Katherine Wright lui inspirait des sentiments qu'il ne voulait surtout pas éprouver, et dont le moindre n'était pas le constant besoin de la protéger à tout prix. Elle l'empêchait de réfléchir et de penser à autre chose qu'à son corps pressé contre le sien. Elle l'empêchait de mentir et de trouver des excuses au pied levé et, pire, elle lui faisait oublier pourquoi il le devait. Grand Dieu, il n'était pas entiché d'elle. Il était fou d'elle.

Il avait déjà été fou amoureux. Follement, désespérément. Il en avait abdiqué tout jugement rationnel pour s'abandonner à une confiance mal placée et sombrer dans une dévotion aussi aveugle qu'illusoire. Il avait renoncé à toute objectivité pour satisfaire un désir irrésistible. Et quand la belle lady Patricia Neville avait accepté sa demande en mariage, il s'était naïvement imaginé que ce n'étaient pas la fortune familiale ni leur luxueux mode de vie qui lui plaisaient, mais lui.

Il s'était conduit comme un imbécile.

Il n'avait pas fallu longtemps après leur mariage pour que ses yeux se dessillent. Et après la mort de sa femme et le scandale qui avait suivi, ses rares relations amoureuses n'avaient eu d'autre objet que les brefs moments de plaisir physique qu'en retiraient les deux participants. Toute forme d'émotion ou d'affection en était exclue, et donc les doutes et les préoccupations qui allaient avec.

Car les préoccupations comme Katherine Wright étaient excessivement dangereuses.

Qu'elle fasse partie de ce réseau de contrebandiers était déjà assez grave. Qu'il se laisse entraîner dans une relation plus personnelle avec elle serait désastreux. En plus de risquer d'altérer son jugement et sa concentration quand il en avait le plus besoin, elle lui donnait envie de s'abandonner de nouveau à des illusions auxquelles il avait depuis longtemps renoncé.

Elle faisait naître en lui des désirs qu'il s'était juré de ne plus jamais ressentir.

Il avait appris de ses expériences passées, et on ne l'y reprendrait plus. Il allait d'ailleurs se le prouver à lui-même en faisant son possible pour éviter désormais Mlle Wright. Pour l'éviter partout et chaque fois qu'il le pourrait…

— Lord Strathmore.

Harland sursauta et fit volte-face. Sur le seuil de sa garde-robe se tenait une silhouette familière, celle d'un blond courtaud qui examinait la pointe d'un petit couteau, les sourcils froncés.

— Bon Dieu, Gibbs, un de ces jours, quelqu'un vous tirera dessus avant de prendre la peine de vous demander ce que vous faites là !

— Vous êtes pas armé. J'ai vérifié. C'était pas difficile à deviner, du reste, vu que vous êtes qu'à moitié habillé.

— Ce qui n'a rien d'anormal pour qui se trouve dans une garde-robe, la porte fermée à clef.

— Vos fenêtres étaient pas fermées à clef. Du coup, j'ai abîmé la pointe de mon couteau sur le cadre de la vôtre.

— C'est bien fait. Vous avez de la chance de ne pas être tombé, commenta Harland en prenant une chemise propre.

— Vous avez des treillis qui montent jusqu'aux fenêtres du deuxième étage. C'est pas prudent, riposta l'homme qu'il connaissait sous le nom de Patrick Gibbs, sans être toutefois certain qu'il s'agisse de son vrai nom.

— Les cambrioleurs ne sont pas aussi nombreux à Douvres qu'à Londres, Gibbs.

— Je suis pas cambrioleur, je suis majordome !

— Je me demande comment c'est possible.

— Pour ouvrir les portes, j'ai pas mon pareil.

— Les fenêtres aussi, visiblement.

— Exactement ! Vous êtes allé nager ? enchaîna Patrick en étudiant les traces de sel sur la redingote de Harland jetée sur un siège.

— Non. Si vous êtes venu vérifier où en est la dernière cargaison de cognac en provenance de Boulogne, poursuivit Harland, qui n'avait pas l'intention d'en dire plus sur le sujet, elle est en route. Nous avons eu un petit impondérable. Elle devrait arriver à Londres après-demain.

— Je suis pas là pour ça.

Si Harland le savait déjà, rien n'interdisait d'espérer.

— Ah. Qu'est-ce qui vous amène dans le Kent, dans ce cas ?

La réponse, suspectait-il, risquait fort de ne pas être « ce qui », mais « qui ».

— J'espérais bien que vous me poseriez la question. Votre partenaire londonien m'a envoyé pour vous demander un service, expliqua Gibbs en rengainant son couteau.

L'homme devait avoir à peu près le même âge que Harland, petit, mince et musclé, il avait davantage l'allure d'un acrobate de cirque que d'un majordome de grande maison.

— Un service ? répéta Harland en enfilant un gilet.

Un service, mon œil ! Il s'agissait bel et bien d'un ordre.

— Rien que vous n'avez pas déjà fait.

Harland avait fait beaucoup de choses pour l'homme qu'il connaissait uniquement sous le nom de King. Un homme qui contrôlait les bas-fonds de Londres avec une poigne à faire rêver la plupart des monarques. Un homme qui avait proposé à Harland une bouée de sauvetage pour renflouer la compagnie maritime familiale, alors qu'elle frôlait la ruine après le décès brutal de ses parents.

Ce qui avait un prix, bien sûr.

Et ce prix, c'étaient vingt ans de bons et loyaux services sur la côte du Kent. Le marché noir qui florissait dans la capitale avait un besoin continuel de cognac, de tabac, de dentelle, de soieries, et de toutes sortes de produits de luxe qui, en retour, offraient des profits colossaux à ceux qui les finançaient. Des hommes comme King qui recherchaient des hommes comme Harland pour faire l'un et l'autre de juteux bénéfices.

Strathmore Shipping n'était plus au bord de la faillite, la ruine ne menaçait plus sa famille et les livres de comptes de cette affaire désormais florissante montraient de substantiels bénéfices. La dette de Harland envers King était cependant loin d'être éteinte.

— King veut doubler nos cargaisons de soie et de tabac ? Ou commander plus de dentelle ?

Harland savait qu'il s'agissait là d'un vœu pieux. L'apparition inattendue de Patrick était en soi éloquente. King voulait quelque chose de bien plus compliqué.

— Il a d'autres petites mains le long de la côte pour s'occuper de ce genre de bricole, rétorqua Gibbs. Ce qu'il lui faut, c'est une personne avec d'autres compétences que le simple transfert de marchandises. Des compétences comme les vôtres.

— Combien, cette fois-ci ?

— Quatre.

— Quatre ? Cela va rendre la tâche plus difficile. Même avec nos relations à Newgate[1]...

— Ils sont pas à Newgate.

— Où, alors ?

— À Woolwich Warren.

Harland réfléchit un instant, mais ne trouva aucune réponse possible autre que celle qui s'imposait.

— Ils sont à bord d'un des pontons ?

— Pour le moment, oui.

---

1. Principale prison londonienne jusqu'en 1902. *(N.d.T.)*

— Et comment suis-je censé les faire sortir ?

— Ça, c'est ma partie ! Je l'ai déjà fait. La vôtre, c'est de les garder en vie pendant le transport.

— Le transport pour où ?

— Pour la France, bien sûr. Quand je suis parti, on avait pas désigné un port en particulier. On leur fera descendre la rivière.

Harland fit la grimace.

— La Tamise et son estuaire grouillent de douaniers et d'espions. On ne peut pas bouger un fichu cil sans que quelqu'un s'en aperçoive. King devrait peut-être envisager de les évacuer d'abord par la terre et ensuite par un bateau de pêche un peu plus haut sur la côte du Kent, comme nous l'avons fait avec les autres prisonniers de guerre.

L'évasion de ces derniers était une autre des activités de King. Elle s'était avérée extrêmement lucrative.

— Je crois qu'il y a pensé mais, apparemment, ils sont pas en état de supporter un voyage pareil. Ils survivront peut-être même pas à leur évasion.

— Vous êtes sûr qu'ils sont encore en vie ?

— Pour le moment, oui. Même si, d'après nos renseignements, il y en a un qui devrait être amputé d'une partie de la jambe pour le rester. C'est pour ça que King veut que ce soit vous qui vous chargiez de cette mission.

— Qui sont les prisonniers ?

— Si j'ai bien compris, ce sont tous les quatre les fils cadets d'aristocrates français qui ont réussi à garder leur tête et leur fortune après la Révolution. Et ils sont prêts à payer une jolie somme pour récupérer leur progéniture.

— S'il s'agit d'aristocrates, ils ont probablement d'autres canaux pour les faire évader.

— Les gars sont tous marins, c'est ce qui en fait leur prix. Les Anglais sont chatouilleux sur ce chapitre, vous savez bien. Ils tiennent pas à rendre des hommes expérimentés à la marine française.

Harland le savait, en effet. Ces prisonniers avaient dû commencer à naviguer dès l'âge de sept ou huit ans.

— Quel âge ont-ils ?

— Le plus jeune avait douze ans quand il a été fait prisonnier. Juste avant que le vent ne commence à tourner à Quatre-Bras[1].

Grand Dieu ! Expérimenté ou pas, le plus jeune n'était qu'un enfant quand il avait été fait prisonnier. Il avait donc dix-sept ans aujourd'hui. Ce n'était pas tout à fait un homme, or il était toujours prisonnier de guerre – d'une guerre terminée depuis des années. Harland n'arrivait pas à imaginer comment ce gamin avait réussi à survivre si longtemps.

Il était déjà allé sur des pontons. Il avait vu dans quelles conditions vivaient les prisonniers de guerre et dans quel état se trouvaient ceux qui lui avaient été confiés temporairement. Ces souvenirs étaient encore vivaces, et si l'idée de rendre à la France des prisonniers lui était apparue comme une trahison envers son pays, ce qu'il avait vu aurait suffi à étouffer tout sentiment de culpabilité. Rien n'excusait le traitement infligé à ces soldats, qui y avaient survécu par il ne savait quel miracle.

— Il serait naïf d'imaginer que le paiement sera effectué en espèces ou en alcool, je suppose.

— En œuvres d'art. Votre part, celle de mon équipe à Londres et de nos contacts en France sera versée en espèces, bien sûr, en revanche, les clients paieront King avec quelque chose de plus... irremplaçable.

Harland se rembrunit. Les œuvres d'art étaient la marchandise la plus difficile à introduire en

---

1. La bataille de Quatre-Bras a opposé le 16 juin 1815 les troupes françaises du maréchal Ney à une partie de l'armée anglo-prussienne de Wellington. *(N.d.T.)*

contrebande, et il en avait de plus en plus souvent ces derniers temps. Il s'agissait souvent d'objets volumineux, peu maniables, qui demandaient beaucoup de précautions, qu'on ne pouvait ni immerger ni cacher dans des cales à double fond ou remorquer sous l'eau. Il n'était pas question de les entreposer dans des grottes ou des tunnels humides, et elles étaient particulièrement difficiles à cacher ou à camoufler durant le transport.

C'était cependant, sans le moindre doute, un commerce fort lucratif. La part que recevait Harland pour livrer à bon port une cargaison d'œuvres d'art était substantielle, ce qui signifiait que les versements qu'il distribuait anonymement à ses hommes par l'intermédiaire de Matthew Wright étaient aussi bien plus importants que pour une cargaison de dentelle ou de cognac.

— Quand ? questionna-t-il.

— D'ici une semaine.

— Vous plaisantez ?

— Mes hommes et mes contacts sont déjà à pied d'œuvre. King veut vous voir à Londres demain. Il m'a envoyé pour être sûr que vous viendrez. Il veut aussi que vous vous chargiez personnellement de la livraison à Londres des tableaux que vous aurez réceptionnés en échange des prisonniers. Il tient à vous assurer que vous en aurez pour votre peine. Le double de votre commission habituelle.

— Pourquoi tient-il à ce que je les lui apporte en personne ? s'agaça-t-il. Nous avons tout un réseau d'hommes parfaitement capables de livrer une cargaison à bon port. Celui que j'utilise tout le temps.

L'argent était de peu d'utilité pour un mort. Et au fil des ans, il avait mis en place de mesures pour réduire les risques de rencontrer un sort fatal.

— Je suis juste messager, riposta Patrick en haussant les épaules.

— Je ne peux pas partir à l'improviste.

— Le gamin – le plus jeune prisonnier – sera mort si on attend plus longtemps. Et son frère aussi, peut-être, qui pourrit dans les mêmes chaînes que lui.

— Comment le savez-vous ?

— C'est les gardiens du ponton qui me l'ont dit. Ils voulaient me montrer leur joie d'empocher mon argent en échange de leur… inattention. Il faut absolument ramener les quatre prisonniers vivants en France.

Harland lâcha un juron.

— Deux jours à Londres, reprit Gibbs. Une journée pour faire évader les prisonniers. Trois, peut-être quatre jours pour descendre la rivière et traverser la Manche. Ça devrait pas être un problème.

— Cela n'en serait pas si je voyageais avec des hommes en bonne santé. Vous venez de me dire qu'au moins deux d'entre eux sont presque à l'agonie. Si leur état est à ce point détérioré, et si je dois commencer par les amputer pour les garder en vie, je ne pourrai pas m'en occuper seul. J'aurai besoin d'aide. D'une aide qualifiée médicalement.

— Ça plaira pas à King.

— Il n'a pas le choix !

— Faites ce qu'il faut dans ce cas, concéda Gibbs, parce qu'il faut agir vite, que ça vous plaise ou pas. Vous avez des étudiantes en médecine ici, non ? Amenez-en une.

— Il n'est pas question de demander à la fille d'un comte ou d'un duc de me seconder lors d'une évasion du pénitencier de Woolwich. De toute façon, quelle que soit son ouverture d'esprit, elle n'aurait pas les compétences nécessaires pour soigner les blessures et les maladies dont doivent souffrir nos prisonniers. Il y a des limites, Gibbs. Je ne vais pas faire d'une future comtesse une criminelle. Pas délibérément, en tout cas.

— Vous connaissez sûrement un autre chirurgien. Un avec qui vous avez servi dans l'armée, peut-être, et sur la discrétion de qui on peut compter, suggéra Patrick en ressortant son couteau pour en examiner de nouveau la pointe endommagée.

— Je les ai perdus de vue depuis des années, et...

Harland s'interrompit. L'idée qui lui était venue était absurde, pourtant il ne parvenait pas à l'écarter de son esprit.

— Dans deux jours, répéta Patrick. Il faut que vous soyez à Londres dans deux jours. Je peux dire à King qu'il peut compter sur vous ? conclut-il en se dirigeant vers la fenêtre.

Il ne s'agissait pas véritablement d'une question.

— Oui, soupira Harland.

Comme s'il avait le choix !

Oui, il se rendrait à Londres et ferait ce qu'il avait à faire. Il ne pouvait se permettre de refuser une demande de King sans remettre en question leur accord, et il ne pouvait pas non plus refuser ses soins à des malades qui en avaient besoin sans remettre en question son serment d'Hippocrate.

Mais il avait besoin d'aide.

Si Harland ne pouvait, quelle que soit l'urgence, faire valoir la première raison auprès de Katherine, il pouvait parfaitement avancer la seconde. Il était certain que Katherine Wright ne tournerait pas le dos à une personne dans le besoin, quelle qu'elle soit et d'où qu'elle vienne.

Tout ce qu'il lui restait à faire, c'était de la convaincre de le faire avec lui.

8

Katherine s'était changée et coiffée avec soin, passant bien plus de temps que d'ordinaire à sa toilette. Elle approchait d'Avondale lorsqu'elle se rendit compte qu'elle était nerveuse. Elle n'avait encore jamais enseigné, n'avait même jamais envisagé d'être un jour payée pour partager son savoir et ses compétences, et cette idée était aussi excitante que nouvelle.

Ignorant la porte principale, elle fit le tour jusqu'à l'entrée des cuisines qu'elle avait utilisée avec son frère et le lord médecin. Elle se demanda fugitivement s'il serait là. D'un côté, elle espérait qu'elle n'aurait pas à le rencontrer, de l'autre, elle mourait d'envie de le voir. Toute la matinée, elle n'avait pensé qu'à lui, et à ce qui se serait passé si elle avait tourné la tête dans la caverne.

Que ce serait-il passé si elle ne s'était pas libérée ?

Elle frappa à la porte des cuisines et attendit. Elle attendit encore, mais personne ne répondit. D'une main hésitante, elle poussa la lourde porte de chêne. Il n'y avait pas âme qui vive. Dans la grande cheminée à sa gauche, le feu avait été recouvert de cendres, et il flottait dans la pièce une délicieuse odeur poivrée de pain et d'épices. L'estomac de Katherine réagit à ces arômes appétissants. Il n'y avait pas grand-chose à manger chez eux et peut-être, avec un peu de chance, lui offrirait-on quelque chose ici. Peut-être suffisamment pour qu'elle puisse en apporter à son père.

Le bruit de voix féminines au loin brisa le fil de ses pensées. D'un pas prudent, elle traversa l'office, puis emprunta un étroit couloir, s'attendant à demi à ce qu'on lui demande ce qu'elle faisait là. Elle poussa une porte, et se retrouva dans ce qui était visiblement le grand hall du manoir. Au milieu trônait une table ronde ornée d'un magnifique vase de fleurs qui embaumait.

À sa droite, le large escalier orné de portraits semblables à ceux qu'elle avait vus en haut s'élançait vers les étages. Les fenêtres qui flanquaient la porte d'entrée laissaient pénétrer à flots la lumière de cette fin de matinée, qui se reflétait sur le sol de marbre.

Un rire féminin s'échappa d'une porte entrouverte de l'autre côté du hall. Il fut immédiatement suivi d'un autre au timbre de baryton – celui du lord médecin, reconnut Katherine. En réaction, une douce chaleur se déploya en elle. Elle demeura immobile. Si elle devait enseigner dans cette maison, si elle voulait gagner son salaire, il lui fallait se préparer à croiser régulièrement le chemin du baron médecin. Oui, ses actions démontraient qu'il était un homme d'honneur, même si ses motivations restaient obscures. Oui, il avait éveillé en elle des désirs, des besoins et des idées qu'elle avait crus morts depuis longtemps. Et oui, il lui plaisait. Mais jamais elle n'irait s'imaginer…

— Bonjour.

Katherine sursauta et pivota, pour se retrouver face à un grand homme blond qui, négligemment appuyé contre le mur, pelait une pomme à l'aide d'un canif. À en juger par son teint hâlé et ses vêtements sans recherche, il passait de longues heures en plein air. Un jardinier, peut-être. Ce qu'elle remarqua tout de suite après, ce furent les affreuses cicatrices qui labouraient le côté gauche de son visage. Elles partaient de la tempe, réduisaient son œil à une affreuse boursouflure rougeâtre et s'enfonçaient dans son col. Une brûlure due à l'explosion toute proche d'une pièce d'artillerie, devina-t-elle, qui aurait vraisemblablement dû le tuer. Il en avait réchappé, et elle se demanda quel traitement avait bien pu...

— Vous êtes le médecin, poursuivit-il en rattrapant une épluchure avant qu'elle ne tombe.

— Pardon ?

— Vous êtes le médecin qui vient enseigner. Je me trompe ?

Katherine, qui avait pensé se présenter comme une sage-femme, acquiesça d'un signe de tête.

— Je m'en doutais, reprit l'homme à la pomme. Vous voulez savoir pourquoi ? Parce que vous m'avez regardé exactement de la même façon que Strathmore.

Katherine cilla.

— Hum...

— Comme si vous étiez fascinée par mon visage, au lieu d'être horrifiée. Comme si vous vous demandiez si je serais prêt à prendre une tasse de thé avec vous pour répondre à un feu roulant de questions médicales. J'ai raison ?

— Pas complètement, admit Katherine, désarmée par la franchise et la simplicité de cet homme.

— Ah bon ?

— Je suis plus portée sur le whisky que sur le thé.

— Je comprends pourquoi Strathmore est amoureux de vous, s'esclaffa l'inconnu.

Katherine se sentit rougir. Une fois de plus. Et cela l'agaça. Découvrir qu'elle avait été un sujet de conversation entre le lord médecin et les domestiques d'Avondale lui déplaisait au plus haut point, même si elle avait fait l'objet de commentaires flatteurs. Surtout si elle avait fait l'objet de commentaires flatteurs. Parce que ce genre de compliment lui faisait tourner la tête.

— Mais je ne me suis pas présenté. Pardonnez mes manières cavalières, reprit le grand blond, lui évitant ainsi de chercher une réponse appropriée. Eli Dawes, comte de Rivers, pour vous servir. Bienvenue à Avondale.

Katherine en resta bouche bée. C'était à coup sûr une plaisanterie. Il ne pouvait quand même pas y avoir un deuxième grand seigneur se comportant comme aucun grand seigneur ne le ferait. Se conduisant comme elle ne voulait surtout pas qu'il se conduise. Parce qu'elle avait déjà décidé que cet homme lui plaisait, et qu'elle n'avait pas plus envie d'éprouver de l'amitié pour un comte que pour un baron, même médecin.

— Katherine Wright, articula-t-elle. Professeur remplaçant. Et… médecin.

Il était inutile de se présenter autrement puisque le baron avait déjà pris la liberté de lui octroyer ce titre.

— Ma foi, je ne veux pas vous retenir, mademoiselle Wright. Sachez toutefois que, tant que vous êtes ici, mon personnel est à votre disposition, quels que soient vos besoins. Vous ne demanderez pas à ma cuisinière de vous aider à une dissection, n'est-ce pas ?

— Non, assura Katherine, qui commençait à perdre le fil de la conversation.

— Tant mieux, déclara Rivers avant d'enfourner un morceau de pomme.

— Je vous remercie pour votre hospitalité, risqua-t-elle prudemment.

— Je vous en prie, nous sommes ravis de vous avoir ici. Strathmore tient sa cour dans le grand salon, si c'est lui que vous cherchez, ajouta-t-il avant de prendre la direction des cuisines. Bonne journée.

— À vous aussi, lança Katherine alors que le comte disparaissait.

Elle se retrouva seule dans le hall, complètement perdue. Un rire en cascade lui parvint de nouveau.

Strathmore tient sa cour ? Qu'est-ce que cela signifiait ? À en juger par ce rire féminin, elle avait sa petite idée là-dessus. Avondale ne manquait certainement pas de visiteuses vêtues de leurs plus beaux atours dans l'espoir de prendre au piège un bon parti. Douvres était loin de Londres, et un beau et riche baron célibataire était une proie on ne peut plus tentante. Les matrones dotées d'une fille à marier ne possédaient peut-être pas le brillant et la sophistication de leurs consœurs de la capitale, mais elles partageaient les mêmes ambitions.

Cela n'avait rien de déraisonnable, et il fallait s'y attendre.

Et surtout, cela ne la regardait pas. Cela ne l'intéressait pas non plus. Ce qui l'intéressait, c'était le cours qu'elle était censée donner. Pour l'heure, il fallait qu'elle trouve la duchesse – Clara – afin de lui montrer par quoi elle pensait commencer. Les étudiantes devaient bien être occupées quelque part.

À une classe d'aquarelle dans les jardins ? Ou peut-être à une leçon de musique ? Ce serait certainement au deuxième étage, dans ce cas. Katherine se dirigea vers l'escalier. Elle posait la main sur la rampe lorsqu'un autre rire, suivi par la voix du lord médecin, l'arrêta.

Elle fit demi-tour. À pas de loup, elle traversa le hall, se glissa par la porte entrouverte du salon, et s'arrêta sur le seuil d'une vaste pièce que ses hautes fenêtres et sa tapisserie crème rendaient lumineuse. Non seulement elle était très peu meublée, mais l'épais tapis avait été roulé devant la cheminée, tandis que les sièges et guéridons étaient entassés contre l'un des murs.

Assis sur une chaise au centre de la pièce, le baron médecin lui tournait le dos. Il avait posé sa redingote et roulé ses manches de sa chemise au-dessus des coudes. Une jeune fille brune d'environ dix-sept ou dix-huit ans se tenait à ses côtés. Bien que sa mise soit simple, quelque chose en elle trahissait les privilèges. Une paire de saphirs ornait ses oreilles. Sa petite main pâle reposait sur le dossier de la chaise du Dr Hayward.

— Tâtez-la, murmura le docteur.

Elle se tourna légèrement et se pencha. Le lord médecin lui prit la main, qu'il guida quelque part devant lui, hors de la vue de Katherine. Celle-ci l'entendit chuchoter, et vit la jeune fille hocher la tête et fermer les yeux, l'air concentrée.

Katherine crut que le sol se dérobait sous elle, et elle dut lutter pour reprendre son souffle. Non, non, non ! Elle voulait avoir une meilleure opinion de lui. Elle y tenait tellement ! Elle ne s'en était pas rendu compte avant cet instant.

— Sentez comme elle est ferme. Vous voyez la différence ? questionna le baron médecin.

La jeune fille acquiesça.

— Très bien. Maintenant, laissez votre main descendre sur toute la longueur !

Les mots se bousculaient dans la tête de Katherine, une cacophonie de paroles discordantes qu'elle avait besoin de dire, qu'elle avait envie de hurler, mais qu'elle était incapable d'articuler, figée d'horreur comme elle l'était. Elle regarda désespérément autour d'elle. Il n'y avait hélas personne d'autre dans la pièce. Pas de chaperon, pas de femme de chambre, personne pour faire cesser cette abomination.

Le lord médecin murmura encore quelques mots inintelligibles, et la jeune fille éclata à nouveau de ce rire léger, musical, qu'elle avait déjà entendu. L'inconnue tourna la tête vers le baron et, même de là où elle se tenait, Katherine vit sa mine extasiée.

— C'est incroyable ! s'écria la jeune fille.

— N'est-ce pas ? renchérit le baron.

Leurs deux têtes étaient très proches l'une de l'autre, bien plus qu'il n'était décent dans un salon comme il faut. La jeune fille ferma de nouveau les yeux pour se concentrer. Katherine se demanda si le lord médecin allait poursuivre son entreprise de séduction et lui caresser la joue, comme il l'avait fait avec elle dans la caverne, s'il allait presser ses lèvres sur sa tempe avant de réclamer ses lèvres. En un mot, s'il allait faire ce qu'elle avait si ardemment souhaité avant qu'elle ne se ressaisisse. Et cette incertitude était une véritable torture, ainsi qu'une cruelle humiliation, qui la mettait hors d'elle. Tous ces sentiments bouillonnaient en elle avec une violence telle qu'elle en avait la nausée. Cela suffisait !

— Entrez donc, mademoiselle Wright.

Katherine sursauta, telle une enfant prise en faute.

— Je vous ai vue dans le miroir, expliqua le baron sans se retourner.

Elle croisa vivement son regard dans le grand miroir qui surplombait la cheminée.

— Vous tombez à pic, reprit-il.

— À pic pour quoi ? croassa-t-elle, brûlant d'une fureur contenue, avant d'avancer dans la pièce au pas de charge.

Comment osait-il profiter de la naïveté d'une jeune fille…

— Pour l'aorte.

Katherine s'arrêta net, certaine d'avoir mal entendu. La jeune fille s'était retournée et l'observait de son beau regard gris. Elle semblait n'éprouver ni gêne ni culpabilité, juste un intérêt teinté de curiosité.

— Suzette, permettez-moi de vous présenter Mlle Katherine Wright. Mlle Wright est sage-femme, mais c'est également un médecin et une chirurgienne émérite. C'est elle qui va vous faire cours d'anatomie féminine juste après le déjeuner. Entre-temps, si elle accepte d'assister à notre leçon, je pense qu'elle aura beaucoup à ajouter à notre recherche, déclara-t-il.

Il n'avait pas quitté des yeux le reflet de Katherine dans le miroir.

Après avoir pris une profonde inspiration, elle s'approcha. Elle voyait à présent le plateau posé sur un guéridon devant le lord médecin.

Les doigts de Suzette étaient posés sur un cœur.

Un cœur de porc, réalisa Katherine, dont le haut des oreillettes avait déjà été disséqué, comme en attestait le scalpel posé sur un chiffon juste à côté.

— Suzette est ma seule étudiante en médecine cet été, reprit le baron, imperturbable. Le droit et l'architecture ont l'air particulièrement populaires cette année.

— Elles ne savent pas ce qu'elles manquent, commenta Suzette.

— Entièrement d'accord, confirma Hayward.

Katherine regarda la jeune Suzette dont les doigts étaient tachés de sang, puis le baron. Une étudiante en médecine ? Cette déclaration n'avait pas plus de sens que la scène qu'elle avait sous les yeux.

— Que faites-vous ici ? lâcha-t-elle.

— La lumière est meilleure dans les pièces en façade, expliqua Suzette. La gouvernante ne voit pas d'inconvénient à ce que nous les utilisions pour les dissections du moment que nous replions le tapis.

— Pardon ?

— Les taches de sang partent difficilement sur la laine, intervint le baron médecin.

— Aujourd'hui, nous étudions le cœur, reprit Suzette. En particulier la façon dont le sang circule dans le système artériel. Demain, nous disséquerons le rein et le foie. Ce sont des organes importants, quoique pas aussi fascinants que le cœur. À mon avis du moins.

Katherine s'approcha du guéridon. Il s'agissait bien d'un cœur de porc, elle en reconnaissait la forme.

— Avez-vous une expérience du cœur, mademoiselle Wright ?

Si la question avait été posée d'un ton professionnel, l'intensité avec laquelle le baron la regardait suggérait quelque chose de plus personnel.

Oui, elle avait une certaine expérience du cœur. Cela avait failli la détruire, et elle était bien décidée à ne jamais en renouveler l'étude.

— Oui, répondit-elle sur le même ton neutre.

Elle n'avait pas la moindre idée de ce qui se passait dans ce salon, mais elle n'était pas disposée à laisser cet homme s'immiscer dans sa vie et scruter les moments les plus sombres de son passé.

— Pardonnez-moi, reprit-elle, s'adressant à la jeune fille, je ne suis pas vraiment certaine…

Elle s'interrompit, ne sachant trop de quoi elle n'était pas certaine, puis désigna le plateau d'un geste vague.

— Cela fait partie de mon cours d'anatomie, expliqua Suzette, ce qui n'éclaira pas beaucoup Katherine.

— Je vois, acquiesça-t-elle néanmoins, parce qu'en tant que nouveau professeur à l'Institut Haverhall, elle se devait certainement de connaître ce genre de chose.

La grande horloge du hall retentit.

— Ce n'est pas possible, il est déjà si tard ? s'inquiéta la jeune Suzette.

Le lord médecin sortit de son gilet une montre de gousset qui avait connu des jours meilleurs et confirma.

— Moi qui espérais terminer la dissection des deux ventricules avant d'en faire le schéma !

— Dessinez ce que vous pouvez. Concentrez-vous sur le système artériel et veineux qui est visible ici. Vous pourrez dessiner les ventricules plus tard. L'organe est tout frais, il se conservera encore un peu.

— J'ai été très heureuse de vous rencontrer, mademoiselle Wright, déclara la jeune fille en s'essuyant les mains. Pourrai-je un jour avoir l'occasion d'observer votre travail ? Les accouchements m'ont toujours intéressée. À votre convenance, bien sûr, et à condition que votre patiente n'y voie pas d'inconvénient.

Comme elle n'imaginait pas ce qu'elle pouvait faire d'autre, Katherine opina.

— Je vous remercie, mademoiselle Wright. Et merci encore, docteur Hayward ! lança Suzette par-dessus son épaule en emportant son plateau avec le cœur de porc.

— Où va-t-elle ? s'enquit Katherine, qui s'en voulut aussitôt de l'inanité de sa question.

— En classe d'arts plastiques, répondit le baron, comme s'il s'agissait d'une évidence.

Il se leva et s'approcha du tapis roulé.

— En classe d'arts plastiques ? Avec un cœur de porc ?

— Elle travaille sur des schémas anatomiques.

— En classe d'arts plastiques ?

— C'est ce que je viens de dire. Rose, mon autre sœur, est artiste et enseigne également à Haverhall, entre autres.

Du pied, il déroula le tapis.

— Et les étudiantes dessinent des cœurs de porc ?

— Suzette, oui, et uniquement cette semaine. Les autres étudiantes travailleront sur des sujets en rapport avec leurs centres d'étude ou d'intérêt. La semaine prochaine, elles étudieront la façon dont le corps humain est représenté par les classiques. Elles commenceront par Titien, comme je connais Rose, ou par Botticelli.

— Je l'ignorais, marmonna Katherine.

— Clara ne fait pas de publicité sur le caractère peu… orthodoxe des sessions estivales de Haverhall, expliqua-t-il en remettant les sièges en place. Ce n'est pas par hasard que les classes ont lieu à Douvres et non à Londres. Les cours suivis par ces étudiantes dépassent de beaucoup les limites communément acceptées pour l'éducation des jeunes filles. J'enseigne aux étudiantes en médecine. Un avocat de la ville en fait autant pour les études de droit, un hôtelier pour la comptabilité et tout ce qui se rapporte à l'hôtellerie, et un architecte pour la maçonnerie et le dessin industriel.

— Pourquoi ne m'a-t-on pas expliqué tout cela hier ?

— Je pense que Clara préférait que vous rencontriez nos pensionnaires avant que vous ne portiez un jugement sur elles. Mes sœurs ont une certaine expérience de l'intolérance à la différence.

Même si elle comprenait ce souhait, Katherine avait déjà jugé les étudiantes de Haverhall. Le seul péché qu'on puisse leur reprocher, c'était de porter le titre de « lady » avant leur nom de famille, et c'était à la fois une humiliation et une leçon d'humilité.

Les paroles de Strathmore, qu'elle avait sur le moment écartées avec un certain mépris, lui revinrent en mémoire.

Même si je ne peux prétendre savoir exactement ce qu'il en coûte à une femme de se battre contre les préjugés de la société, je peux vous dire ce qu'il en coûte à un homme né au sein de l'aristocratie de ne se voir reconnu aucune vocation en dehors du jeu, des chevaux, des maîtresses et de l'argent.

— Et vous aussi, remarqua-t-elle.

— Moi aussi quoi ?

— Vous savez ce que signifie être différent.

— Oui, mais contrairement aux femmes, je ne suis pas obligé de le cacher. Je suis un homme, doté d'un titre et d'une fortune importante, et la combinaison de ces trois attributs semble éclipser et excuser tout, ou presque. Les ambitions particulières, les conduites répréhensibles…

— Le manque de caractère, l'absence de parole et d'honneur, compléta-t-elle à son corps défendant.

Elle n'aurait sans doute pas dû dire cela, mais le lord docteur avait le don de lui faire révéler ce qu'elle aurait préféré taire. Comme disait Matthew, le passé n'avait rien à voir avec...

— Qui était-ce ? s'enquit Strathmore.

— Je vous demande pardon ?

— L'homme qui vous a rendue tellement cynique. Tellement... méfiante. C'était un aristocrate, n'est-ce pas ? insista-t-il comme elle gardait le silence.

Katherine se força à ne pas réagir. Il gèlerait en enfer avant qu'elle n'accepte de discuter avec le lord docteur de ses amours passées !

— Vous l'aimiez ?

Trop c'était trop.

— Je n'ai pas la moindre idée de ce dont vous parlez. Et *vous* non plus.

Cette conversation était terminée. Il se mêlait de ce qui ne le regardait pas. Non seulement il la mettait affreusement mal à l'aise en lui rappelant sa sottise et sa naïveté passées, mais il était tout à fait possible que le baron évolue dans les mêmes cercles que son ancien amant. Qu'ils se connaissent, réalisa-t-elle avec horreur. Le lord médecin savait peut-être même qu'elle avait autrefois partagé le lit de...

— J'ai une proposition à vous faire.

— Je vous demande pardon ?

— Pas celle que vous croyez. Je n'ai pas encore trouvé de formule suffisamment élégante pour cela, plaisanta-t-il tandis que Katherine s'empourprait. Je vais avoir besoin d'aide avec un patient. Avec quatre patients, pour être précis.

Le baron lui offrait le moyen de clore cette discussion oiseuse sur l'amour, son observation et les inavouables regrets qu'il engendrait, et elle s'en saisit.

— Je vois. De quoi souffrent-ils ?

— Je ne le sais pas encore de façon certaine. De malnutrition, sans doute. De lésions locales et des infections qu'elles engendrent très probablement. Ils peuvent également présenter des fractures, certaines anciennes, d'autres plus récentes. On m'a dit qu'une amputation serait peut-être nécessaire.

— Comment se fait-il que vous ne le sachiez pas ? Vous ne les avez pas vus ?

— Pas encore.

— Où se trouvent-ils ?

— À Londres.

— Quoi ?

— Vous m'avez bien entendu. Ils sont dans les environs de Londres. Et j'ai besoin que vous m'accompagniez.

— Non.

La réponse avait été immédiate, et cinglante. Il ne pouvait en être autrement, parce qu'une partie d'elle-même, l'écervelée qui avait été attirée par cet homme à l'instant où elle l'avait vu, brûlait d'accepter. Et elle ne connaissait que trop la suite de l'histoire. Elle avait suivi un homme à travers la moitié d'un continent en guerre. Elle avait laissé ses sentiments et ses désirs obscurcir son jugement jusqu'à ce que la vérité fasse voler son cœur en éclats et manque de la briser.

— Vous pouvez au moins y réfléchir.

— Il y a certainement à Londres une foule de médecins à qui demander de l'aide.

— Non, il n'y en a pas. Pas pour ces patients-là.

— Mon père ne va pas bien, je ne peux pas l'abandonner. Et je viens de faire quatre douzaines de points de suture à mon frère, qui n'est pas encore remis.

C'étaient là de bien pauvres excuses.

— Je demanderai à Suzette de s'occuper de votre père et de votre frère pendant notre absence. La maladie de votre père, qui est chronique, ne va pas empirer dans les quinze jours. Et si les blessures de Matthew avaient dû s'infecter, on le verrait déjà à l'heure qu'il est. Il va très bien.

— Non.

— Il s'agit d'une mission rétribuée, qui vous rapportera beaucoup plus que votre enseignement à Haverhall.

Le lord médecin était habile, elle devait le reconnaître. Il visait droit votre point faible.

— Je me suis déjà engagée à enseigner dans cette école, objecta-t-elle sans conviction.

— Oui. Vous devez donner une leçon aujourd'hui. Vous serez de retour pour la seconde. Vous ne perdrez pas vos gages par ma faute. Ce que je vous propose, c'est l'occasion de les augmenter de façon significative.

Voilà qu'il remuait de nouveau le couteau dans la plaie.

— Pourquoi moi ?

— Parce que j'ai besoin d'un chirurgien militaire qui comprenne la valeur de la discrétion la plus absolue.

— C'est du chantage ?

— *Quoi ?* s'exclama le baron, qui eut un mouvement de recul comme si elle venait de le gifler.

— Ma discrétion contre la vôtre ? Je fais cela pour vous, et vous gardez le secret sur ce qui s'est passé dans la caverne ce matin ?

— Seigneur ! Non, Katherine, je n'essaie pas de vous faire chanter. Pour qui me prenez-vous ? Que faut-il que je fasse pour vous prouver que je ne suis pas…

Il s'interrompit, visiblement soucieux de se reprendre.

Elle avait enfin réussi à lui faire perdre son calme olympien, et n'éprouvait cependant pas un sentiment de triomphe.

— Ce que je vous demande, c'est votre aide. Pas parce que j'ai envie de coucher avec vous, de vous faire chanter ou je ne sais quoi d'autre, mais parce que vous êtes une chirurgienne compétente en qui je peux avoir confiance.

— Et ces patients londoniens, où sont-ils exactement ?

— Au Woolwich Warren Arsenal.

La base militaire à l'est de la capitale.

— Ce sont des soldats ?

Au moins, elle était en terrain familier.

— Pas exactement.

Cela faisait longtemps, pourtant Katherine se rappelait des casernes, d'une forge, d'une fonderie, des hangars à bois, d'une manufacture et des entrepôts de munitions aux épaisses murailles, ainsi que d'une rangée de bâtiments alignés le long des berges de la Tamise dont elle ne pouvait que deviner la destination. Et, amarrés à ces berges, de grands et vieux bateaux, pleins à craquer de prisonniers qui...

— Des prisonniers !

Tout s'expliquait. Sa description des symptômes correspondait, et le fait qu'il n'avait pas pu établir de diagnostic lui-même.

— Oui. Et non.

— Je ne comprends pas.

— Quand nous les soignerons, ce ne seront plus des prisonniers.

— Ils auront été libérés ?

— D'une certaine façon.

Tout s'éclairait. Son exigence de discrétion et ses raisons de s'adresser à elle, indépendamment de ses compétences médicales. Elle comprenait mieux pourquoi Harland Hayward avait, à chaque étape, montré une parfaite indifférence à la contrebande qui florissait aux alentours. Lui aussi était en délicatesse avec la loi.

— Ce seront des fugitifs.

— Des fugitifs français, précisa Harland, avec une pointe de défi dans la voix. Des marins, faits prisonniers pendant la guerre et détenus ici depuis des années. Le plus jeune avait douze ans quand il a été capturé.

« Un enfant », songea Katherine, dont le cœur chavira.

Elle en aurait pleuré. Dieu qu'elle détestait la guerre et ses conséquences ! Elle n'apportait ni gloire ni honneur, quoi que prétendent les poètes. Uniquement la mort, la cruauté, les souffrances et le désespoir qui engloutissait tout sur son passage. Les plus chanceux arrivaient tout juste à survivre, à condition de ne jamais regarder en arrière.

— Je comprends à présent. Vous cherchez une criminelle pour aider d'autres criminels, cingla-t-elle, soucieuse de ne pas se laisser attendrir de peur de ne jamais s'en remettre.

— Si vous insistez pour vous désigner ainsi, cela nous mettrait sur le même plan. Parce que ce n'est pas la première fois que j'aide des prisonniers de guerre français à rentrer dans leur pays.

— Nous ne sommes pas dans la même situation.

Si elle se le répétait suffisamment souvent, peut-être parviendrait-elle à s'en persuader.

— Ce n'est pas mon avis.

Elle se moquait éperdument de son avis. Il s'agissait d'une transaction qui n'était en rien différente de celles qu'elle avait exécutées sur les rivages du Kent, sauf que celle-ci comportait bien plus d'inconnues, à commencer par Harland Hayward, qui était un épais mystère à lui seul.

— Et vous, qu'y gagnez-vous ?

— Pardon ?

— Vous prenez un risque significatif. Et j'imagine que vous n'êtes pas seul dans cette affaire. Je ne suis pas naïve au point de croire que vous faites cela par pure générosité. Il doit y avoir une contrepartie.

— Leurs familles vont payer pour les récupérer.

— C'est vous qu'elles paient ?

— C'est, disons, un… partenaire. Il s'occupe de la logistique et nous paiera pour que nous veillions à ce qu'ils arrivent chez eux vivants.

Preuve que tout s'achetait et se vendait. Tout et tout le monde avaient un prix.

Elle n'était pas rentrée en Angleterre pour vivre ainsi. Qu'elle ait été obligée d'aider son frère suffisait amplement. Mais cela ne durerait pas. En tout cas, elle refusait de s'engager de nouveau sur cette pente glissante.

— Je regrette, je ne peux pas vous aider.

— Vous ne me faites pas confiance.

— Si, je vous fais confiance.

— Vraiment ? Vous étiez pourtant persuadée que j'étais en train de séduire mon étudiante quand vous êtes entrée.

Katherine s'absorba dans la contemplation du sol en priant pour qu'il s'ouvre et l'engloutisse. Le pire, c'était qu'il ne l'accusait en rien. Il se contentait d'énoncer un fait, sur un ton teinté d'une légère déception.

— Vous pensiez que je profitais d'une jeune fille innocente parce que j'en avais la possibilité. Parce que mon titre et ma position sociale me donnaient un sentiment d'impunité.

— Non, mentit-elle, très mal.

Bonté divine, sa voix tremblait !

— Je voyais votre visage dans la glace, lui rappela-t-il. Vous aviez l'air prête à me trucider. Je n'ai aucune mauvaise intention, Katherine, ajouta-t-il d'un ton las. Je n'essaie pas de vous piéger, de vous utiliser ou de vous tromper. Vous ne me faites pas suffisamment confiance pour me dire qui est responsable de cette amertume qui ne vous quitte jamais, mais, croyez-moi, la rancune est un sentiment épuisant à la longue.

S'il n'avait pas tort, il n'avait pas entièrement raison non plus.

— Parfois, c'est la rancune qui vous donne la force de survivre, répliqua-t-elle, croisant enfin le regard du baron. Il arrive qu'une trahison soit tellement douloureuse que vous n'ayez plus qu'un seul désir, vous rouler en boule et mourir. Et si vous étouffez la haine qui est en vous, il ne vous reste plus rien.

Elle n'était pas obligée de lui dire tout cela, elle le savait, pourtant les mots lui étaient venus sans qu'elle puisse les retenir.

— C'est vrai, acquiesça-t-il.

Il savait de quoi il parlait, elle le sentait. Il savait ce que c'était de voir vos espoirs vous être retirés d'un coup. Lui aussi avait connu le même désespoir sans fond.

Elle le regarda, impuissante. Elle aurait préféré qu'il la contredise, qu'il lui dise qu'elle n'était pas raisonnable, parce que des émotions anciennes remontaient à toute allure à la surface et que, si elle laissait la compréhension qu'il lui manifestait gagner, elle se noierait. Jamais elle n'avait parlé à qui que ce soit des raisons qui lui avaient fait quitter Douvres et l'y avaient ramenée. Son père et son frère ne savaient que le strict minimum, juste assez pour comprendre qu'elle ne veuille plus jamais en reparler.

— Il y a un moment où il faut la laisser derrière soi, dit-il. La haine.

À l'entendre, c'était facile. Comme s'il s'agissait de se débarrasser d'un vêtement ou de changer de souliers.

— Et vous, vous y avez renoncé ? Vous avez laissé votre haine et votre rancune derrière vous ?

Il ne s'attendait visiblement pas qu'elle lui retourne la question. Il hésita, puis vint se planter devant elle, si près qu'elle distinguait les fines ridules autour de ses yeux sombres et les reflets d'acajou dans son épaisse chevelure retenue en catogan. Elle mourait d'envie de la détacher, d'y plonger les doigts, d'attirer son visage à elle pour goûter à ses lèvres, comme elle aurait dû le faire dans la caverne.

— Parfois, répondit-il.

— Parfois ?

Elle aurait dû reculer, or elle ne bougea pas d'un pouce.

— C'est plus facile ici.

— À Douvres ?

— Avec vous.

Il la contemplait sans ciller, et le désir qu'elle lisait dans son regard faisait écho à celui qui lui embrasait le corps et la faisait frémir jusqu'au plus profond de son être. Il leva la main, lentement, prudemment, comme s'il craignait qu'elle prenne la fuite, alors qu'elle était incapable de bouger. De respirer.

Du bout des doigts, il lui caressa la joue comme il l'avait fait dans la caverne, avec la même douceur pleine de respect. Sauf que cette fois elle ne pouvait se cacher dans l'obscurité. Rien ne pouvait dissimuler le désir qui avait jailli en elle à l'instant où la main du baron médecin avait touché son visage. Elle se souvenait encore de la force et de la chaleur de son corps quand elle s'était laissée aller contre lui, de la puissance de ses bras quand il l'avait enlacée.

Elle se souvenait comme elle s'était sentie bien, et comme elle l'avait désiré.

Sur le moment, elle s'était pardonné cette réaction, qu'elle avait mise sur le compte de l'émotion après avoir échappé de peu à la mort. Elle s'était persuadée que le choc avait mis tous ses sens en alerte. Mais ici, dans cette pièce où il n'y avait pas de contrebandiers, pas de soldats, le désir était toujours là, plus impérieux que jamais.

Le baron fit encore un pas, et la main de Katherine se posa sur sa poitrine, exactement là où elle s'était posée ce matin. Sur son cœur, qu'elle sentait battre à tout rompre.

— Vous êtes... inattendue.

— Je ne sais pas ce que cela signifie.

— Vous me faites ressentir des choses que je n'ai pas...

— Des choses que vous n'avez pas envie de ressentir, acheva-t-elle à sa place.

Lui aussi était inattendu. Et elle pouvait se répéter le contraire sur tous les tons, ils se ressemblaient bel et bien. Parce qu'ils étaient différents. Solitaires. Inatteignables. Jusqu'à ce qu'ils ne le soient plus, comme l'autre nuit dans la chaumière. Comme dans la caverne. Comme dans cette pièce.

Et elle en avait tellement assez d'être inatteignable.

— Oui, chuchota-t-il.

Elle tendit la main, la glissa sur la nuque du baron et trouva le lien qui retenait son catogan. Elle le dénoua. Elle plongea les doigts dans l'épaisseur soyeuse et entendit le lord médecin prendre une brève inspiration, le regard ardent.

Son autre main remonta sur la poitrine de Harland, dont le cœur battait au même rythme que le sien.

— Je ne devrais pas désirer cela, souffla-t-elle. Je ne devrais pas vous désirer.

— Je sais.

— Je ne suis pas...

Elle n'était pas quoi ? Suffisamment forte pour s'écarter ? Suffisamment courageuse pour se risquer à prendre ce qu'elle désirait ? Ce dont elle avait tellement besoin ?

— Je sais.

Il recouvrit sa main de la sienne et la pressa contre son torse.

— Ne renoncez pas.

Et il l'embrassa.

C'était un baiser plein de douceur et de tendresse, qui lui laissait la possibilité de s'y soustraire si elle le souhaitait. Non qu'elle en eût le pouvoir. Ce baiser l'avait traversée de part en part, comme la foudre, la laissant tremblante. Sa peau était en feu, ses vêtements l'étouffaient, quelque chose palpitait sans relâche au creux de son ventre, en écho aux battements erratiques de son cœur.

Rien d'autre n'existait que lui, ses mains, son odeur, sa force. Toutes les impossibilités, tous les obstacles, tous les refus derrière lesquels elle s'était retranchée ces dernières années étaient tombés d'un coup, ne laissant qu'un paysage de désirs et d'espoirs.

Cette réponse immédiate aux entreprises de Strathmore aurait dû la terrifier, pourtant, quand elle sentit la main de ce dernier descendre le long de son dos pour l'attirer plus près, elle n'offrit aucune résistance. Tout était bien, elle avait trouvé sa place.

Jusqu'à ce qu'une porte claque dans le hall, la catapultant dans le monde réel. Elle s'écarta d'un bond.

— Milord…

— Harland, corrigea-t-il. Vous ne pouvez pas me faire cela et m'appeler « milord » !

Il avait le souffle court et les pupilles dilatées par le désir.

— Faire quoi ?

— Me mettre dans cet état. Éveiller un désir pareil.

Les jambes flageolantes, Katherine dut prendre appui sur le dossier d'une chaise.

— Dites mon nom, Katherine. Je ne suis pas lui, bon sang ! Dites mon nom.

— Harland, articula-t-elle, et il ferma brièvement les yeux.

Des pas résonnèrent sur le marbre du hall. Ils s'arrêtèrent lorsque lady Théodosia apparut sur le seuil du salon, l'air bouleversée, son éternel panier au bras.

— Docteur Hayward ! s'écria-t-elle, rouge d'indignation ou peut-être de s'être hâtée. Le capitaine Buhler est là ! Il dit que c'est urgent.

9

Harland cilla, s'efforçant de reprendre ses esprits et de se frayer un chemin dans le brouillard de désir qui l'avait laissé complètement désorienté. Jamais il n'aurait dû embrasser Katherine Wright. Peu importait que ce soit une femme extraordinaire. Peu importait la violence de son désir. Peu importait la colère que lui avait inspirée la douleur qu'il avait lue sur son visage quand il s'était permis de lui poser des questions qu'il n'était pas en droit de poser.

Il avait voulu lui faire oublier ce qui l'avait si profondément blessée. Le lui faire oublier et l'en guérir. Or, plus que tout autre, il aurait dû savoir que les choses n'étaient jamais aussi simples. Certaines blessures étaient inguérissables. Le besoin qu'il éprouvait de la protéger n'avait fait que croître, et il avait été incapable d'y résister.

Il savait pourtant qu'il ne pouvait pas la protéger de son passé. En revanche, il pouvait faire ce qu'il fallait pour la protéger du danger que représentait le capitaine Buhler, du 1er régiment de dragons légers.

L'appréhension lui arracha un frisson, et dissipa dans la foulée la brume qui lui obscurcissait l'esprit. S'il ne pouvait pas protéger Katherine de son passé, peut-être pouvait-il au moins la protéger de l'avenir.

— Êtes-vous disponible, milord ? s'enquit Théo, retrouvant la politesse un peu distante d'une femme du monde, même si Harland percevait un certain dégoût dans sa voix.

Pas plus que lui, aucune des deux sœurs n'appréciait le capitaine et ses visites impromptues à Avondale.

— Mais oui, il est disponible ! s'écria Buhler en faisant irruption dans le salon. Et je suis certain qu'il se montrera plus coopératif que lors de notre dernière... rencontre.

Visiblement furieuse, Tabby entra dans le sillage du capitaine.

— J'ai demandé au capitaine de vous attendre dans le hall, milord ! Il n'a pas dû m'entendre.

Ignorant lady Tabitha, le capitaine balaya Katherine du regard, les yeux étrécis.

— Bonté divine, mademoiselle Wright, je vous ai vraiment crue au seuil de la mort l'autre soir, et vous voilà, aussi fraîche qu'une rose ! Votre guérison est extraordinaire. Miraculeuse, même.

Refrénant son envie de se dresser entre le capitaine et la jeune femme, Harland se tourna vers les deux vieilles demoiselles.

— Lady Tabitha, lady Théodosia, je vous remercie. Je vais m'occuper du capitaine.

Les tantes du comte n'avaient pas à endurer les griefs et les accusations de Buhler. Et surtout, il ne tenait pas à ce qu'elles entendent éventuellement parler de ce qui s'était passé le matin même dans la baie.

— Je pense que nous ferions mieux de rester, objecta Tabby.

— En effet, renchérit sa sœur. Qui sait de quels odieux méfaits est capable un homme aux manières aussi épouvantables ?

— On s'attendrait à mieux de la part d'un officier.

— Tout a tellement changé depuis notre jeunesse ! Une telle conduite n'aurait jamais été tolérée à notre époque.

— C'est étonnant qu'il n'ait pas attaché son cheval dans le hall.

— Ne lui en donne pas l'idée, intervint Théo. Cela abîmerait le dallage.

— Et les meubles.

— Je m'étonne que quiconque accepte d'avoir la moindre conversation sérieuse avec un homme aussi grossier. Personnellement, je m'y refuserais.

— Les conséquences d'une trahison ou d'une obstruction à la justice ne se limitent pas aux classes populaires, lâcha le capitaine en fixant un regard méprisant sur les deux sœurs. Vous devriez changer de ton, mesdames.

— Il vient de nous accuser de trahison ? se récria Théo.

— Ce n'est pas possible ! protesta Tabby, l'air outrée.

— Je suis certain que le capitaine n'aurait pas la grossièreté d'insinuer quoi que ce soit de ce genre, intervint Harland d'une voix coupante. N'est-ce pas, capitaine ?

Buhler hocha vaguement la tête.

— Très bien. Maintenant, je vous en prie, lady Tabitha, lady Théodosia, nous ne voulons pas abuser de votre temps. Je vais accorder au capitaine l'entrevue qu'il demande avant qu'il ne retourne à ses occupations.

— Comme vous voudrez ! Veillez simplement à ce qu'il ne commette pas d'incongruité devant nos pensionnaires, lança Tabitha avec dédain.

— Je vous rappelle, capitaine, que ces jeunes personnes sont les filles de gens puissants qui ne verraient pas d'un bon œil toute atteinte à leur sensibilité, avertit Théo.

— Ni un affront à leur pudeur, ajouta Tabby.

Le capitaine afficha une moue déplaisante en réponse.

Après l'avoir toisé une dernière fois, les deux sœurs tournèrent les talons et sortirent en trottinant.

— Mademoiselle Wright, puis-je vous présenter le capitaine Buhler, du 1er régiment de dragons légers de Sa Majesté ? reprit Harland en se postant de façon à dissimuler en partie la jeune femme à la vue de l'officier. Vous ne vous en êtes pas rendue compte, mais le capitaine a été… temporairement présent durant votre indisposition.

— Je vois, murmura Katherine, dont les joues avaient pris une teinte rose tout à fait convaincante. Eh bien, je vais beaucoup mieux, merci de vous en être inquiété.

Le regard de Buhler s'était arrêté sur les cheveux encore humides de la jeune femme, et Harland sentit les poils sur sa nuque se hérisser. Peut-être laissait-il juste l'inquiétude prendre le dessus. Peut-être le capitaine contemplait-il la poitrine de la jeune femme et non sa natte.

— Quelle… coïncidence de vous retrouver ici, avec le docteur, une fois de plus, observa Buhler. Surtout ce matin.

— Il s'agit moins d'une coïncidence que d'une nécessité, intervint Harland. Mlle Wright enseigne ici. Comme lady Tabitha vous l'a rappelé, l'Institut Haverhall pour jeunes filles loue Avondale au comte de Rivers.

Le capitaine pinça les lèvres.

— Je le sais, et je n'ai nul besoin qu'on me le rappelle.

— Tant mieux. Dites-moi donc ce qui vous amène à Avondale, capitaine, reprit négligemment Harland en allant récupérer sa redingote.

Il l'enfila avant de revenir se poster entre le capitaine et Katherine.

— J'espère que le poignet du soldat Melnick guérit à votre entière satisfaction et à la sienne. Il n'a pas fait état de complications, j'espère ?

— Je ne suis pas venu pour parler du soldat Melnick, répliqua le capitaine froidement.

Harland le savait, mais la manière dont l'officier avait fait irruption dans le salon lui déplaisait souverainement. Et la façon dont il dévisageait Katherine lui déplaisait encore plus.

— Vraiment ? Que puis-je faire pour vous, dans ce cas ?

Le capitaine se décala afin que Katherine se retrouve dans sa ligne de mire.

— Votre frère, mademoiselle Wright. L'avez-vous vu récemment ?

Harland se raidit. Il se demanda si Buhler avait amené des soldats avec lui. Cela dit, pour fouiller Avondale, il faudrait d'abord lui passer sur le corps.

— Mon frère ? répéta Katherine, l'air parfaitement déconcertée. Non. Il trouve souvent des engagements sur des bateaux de pêche et il part quelquefois pendant plusieurs jours, voire plusieurs semaines. Mon père saura peut-être sur quel bateau il s'est embarqué.

— Votre père devrait être à Bedlam, comme les deux vieilles folles qui étaient là il y a un instant, aboya le capitaine. Dois-je vous rappeler que nous avons peu d'indulgence pour les menteurs et les faux témoins, mademoiselle Wright ?

— Je vous demande pardon ?

Une fois de plus, Harland s'interposa entre la jeune femme et le capitaine.

— Accusez-vous Mlle Wright de quelque chose, capitaine ?

— Pas encore. Je suppose que vous n'avez pas vu Matthew Wright depuis notre dernière rencontre, lord Strathmore ?

— Malheureusement, non. C'est la raison de votre visite ? Vous auriez pu vous épargner le chemin et envoyer un messager.

— Il y avait des gens en mer ce matin dans la crique d'Avondale, milord. Des contrebandiers.

— Ce matin ? Avec tout ce brouillard ?

— Nos soldats en ont envoyé un à l'eau, précisa le capitaine.

Son regard revint à la natte humide de Katherine, et Harland sentit un frisson courir le long de son échine.

— Et cet homme a besoin de soins ? questionna Harland, s'autorisant une pointe d'impatience dans la voix.

— C'est ce que j'espérais apprendre de vous, milord. Il a peut-être été touché.

— Vous pensez qu'il serait venu ici demander de l'aide ?

— Est-ce le cas ?

— Bien sûr que non !

— Quelqu'un sait où il est allé, s'entêta Buhler, les yeux rivés sur Katherine. Où il est.

— Avez-vous envisagé la très réelle possibilité que dans cette eau glacée, et avec ce brouillard, cet homme ait été tué ?

— Nous n'avons pas trouvé de corps.

— Il aurait coulé, capitaine. Si vous le souhaitez, je peux vous faire un cours sur les éléments qui affectent la décomposition d'un cadavre pour le faire flotter à la surface. Cela dit, je vous suggérerais plutôt de parcourir les plages dans quelques jours si vous voulez retrouver la dépouille de cet homme. Vous aurez peut-être la chance que la marée le ramène sur le rivage, encore que n'importe quel pêcheur de la région vous dirait que les courants sont imprévisibles. Beaucoup d'hommes ont été emportés par la marée, et on ne les a jamais revus.

— Possible, concéda Buhler, qui n'avait toujours pas quitté Katherine des yeux.

— Y a-t-il autre chose, capitaine ?

Tout ce que voulait Harland, c'était que cet homme s'en aille, qu'il quitte Avondale, qu'il s'éloigne de Katherine. Buhler n'était pas intelligent, mais il était obstiné, cruel et dénué de scrupules. Et il se montrait de plus en plus hardi. Harland se dirigea vers la porte, qu'il ouvrit en grand.

— Si je vois Matthew Wright ou si j'entends parler de lui, vous en serez le premier informé, capitaine. Pour l'heure, Mlle Wright a un cours à donner, et j'ai un grand nombre de patients à voir, dont l'un est en convalescence dans votre caserne, conclut-il en tambourinant avec impatience sur le chambranle.

Buhler n'apprécia visiblement pas d'être ainsi congédié. Les sourcils froncés, les joues en feu, il recoiffa son chapeau et rejoignit Harland.

— Je vais surveiller vos moindres gestes, mademoiselle Wright, lança-t-il depuis le seuil. À qui vous parlez, où vous allez, ce que vous faites. Et si je découvre que vous m'avez menti à propos de votre frère et de son rôle dans les activités criminelles qui sont une plaie dans cette région, je veillerai à ce que vous soyez punie avec lui et tous ceux qui vous auront aidés. Les traîtres à la Couronne n'ont pas une mort agréable, croyez-moi ! Vous finirez bien par commettre une erreur et à ce moment-là, je serai là.

10

Je vais surveiller vos moindres gestes, mademoiselle Wright.

Les paroles du capitaine résonnaient encore à ses oreilles. Si elles l'avaient mise mal à l'aise quand il les avait proférées, maintenant qu'elle avait fini sa classe, elles la rendaient malade. Et pas uniquement pour elle.

Je veillerai à ce que vous soyez punie avec lui et tous ceux qui vous auront aidés. Les traîtres à la Couronne n'ont pas une mort agréable, croyez-moi !

Elle ne pouvait pas rester ici. Ni elle ni Matthew. La présence de son frère à Avondale avait beau être un secret bien gardé, le rôle qui était désormais le sien ici attirait l'attention dans la direction qu'elle voulait justement éviter. Si elle pouvait se tirer d'affaire toute seule, sa présence mettait en danger non seulement Matthew mais tous ceux qui l'entouraient, y compris les huit extraordinaires jeunes filles avec qui elle venait de passer deux heures. Toutes étaient riches, la plupart nobles, et aucune – de même que tous ceux qu'elle avait rencontrés dans cet endroit incroyable – n'était telle qu'elle s'y attendait.

Et, bon sang, toutes lui plaisaient beaucoup.

Rien de tout cela n'était censé arriver. Jamais elle n'avait eu l'intention de se mettre dans un pétrin comme celui dans lequel elle était à présent plongée jusqu'au cou.

Elle devait partir. Sauf qu'elle ne savait pas où aller.

« Il y a une solution évidente », lui murmurait une petite voix.

Une solution évidente, peut-être, avant qu'elle ne commette l'erreur monumentale d'embrasser le lord médecin – Harland. Car, désormais, elle ne le voyait plus comme un grand seigneur, mais comme un homme. Un homme qui avait le don d'embraser tout son être dès qu'il la touchait, et dont la bonté et la compassion lui chaviraient le cœur. Même si elle avait été d'emblée attirée par lui, elle avait refusé d'éprouver pour lui la moindre sympathie. Or, maintenant que ses sentiments allaient bien au-delà de la sympathie, revenir en arrière était impossible.

Ce que je vous demande, c'est votre aide. Pas parce que j'ai envie de coucher avec vous, de vous faire chanter ou je ne sais quoi d'autre, mais parce que vous êtes une chirurgienne compétente en qui je peux avoir confiance.

Elle le croyait. Et elle était toute prête à croire qu'il avait confiance en elle, ce qui rendait sa situation encore plus inextricable, songea-t-elle en appuyant le front contre les rayonnages de la bibliothèque.

— Votre classe a été si pénible ?

Elle fit volte-face et découvrit la duchesse de Holloway sur le seuil.

— Au contraire, répondit Katherine en se redressant. Tout s'est fort bien passé.

— J'en suis heureuse. Si je me fie à leurs commentaires, vous avez fait grande impression sur vos étudiantes.

— Je n'ai pourtant rien fait de remarquable.

— Vous avez répondu à toutes leurs questions avec la plus grande franchise, commenta Clara en s'avançant dans la pièce. Vous n'imaginez pas ce que cela représente pour certaines d'entre elles.

— Pourquoi faites-vous tout cela ? demanda Katherine abruptement.

— Faire quoi ?

— Suzette étudie la médecine, mais que se passera-t-il lorsqu'elle retournera dans le monde dont elle est issue ? questionna Katherine, choisissant soigneusement ses mots pour se montrer ni arrogante, ni ignorante, ni impolie. À quoi lui serviront ses études et les compétences acquises ?

Clara la scruta de ce regard sombre si semblable à celui de son frère, puis :

— Comment avez-vous commencé ? Comme guérisseuse ?

— Ma mère était sage-femme et guérisseuse. J'ai commencé à l'aider alors que j'étais encore enfant. Quand elle est morte, j'ai tout naturellement pris sa succession.

C'était la stricte vérité, même si elle était incomplète.

— Et vous étiez douée ?

— Oui.

Katherine se garda d'ajouter que sa mère avait également été contrebandière, comme son père. Elle aussi avait fait ses classes dans cette activité où une main capable de soigner les inévitables blessures valait de l'or.

— Pourquoi avez-vous décidé de partir à la guerre ?

— Il me semblait que je pouvais y être utile.

Encore une demi-vérité, mais elle n'était pas disposée à avouer qu'elle avait suivi Jeffrey Walton, car elle était convaincue de l'aimer et d'en être aimée en retour. Elle aurait eu l'air de l'idiote crédule qu'elle avait été.

— On ne vous a pas renvoyée ?

— J'ai choisi de demander pardon plutôt que la permission. J'ai observé et appris sur le tas aux côtés de quelques-uns des meilleurs médecins militaires. Quand les combats commencent, les hommes tombent en masse, et votre genre n'a plus d'importance face à la nécessité. Quiconque est capable de suturer une plaie, d'extraire une balle ou d'amputer un membre trouve sa place dans le combat entre la vie et la mort.

— Je vois.

— Et moi, je vois ce que vous voulez faire ici, Votre Grâ… Clara. Mon histoire est cependant différente de celle de Suzette.

— En quoi ?

— Je me suis retrouvée face à des situations extrêmes. Nous étions en pleine guerre, et la plupart de mes patients étaient inconscients, ce qui était un avantage pour moi. Ils se moquaient éperdument de savoir qui leur venait en aide, du moment qu'on s'occupait d'eux. On ne me laissait pas soigner les officiers, bien sûr, uniquement les hommes du rang. Il y avait des limites là-bas aussi, comme ici.

— Bien sûr. Les limites qu'impose la société.

— Et qui ne sont certes pas les miennes, marmonna Katherine.

— Les miennes non plus, rétorqua Clara avec conviction. Je ne sais pas où la vie mènera ces jeunes filles, toutefois, quoi qu'il leur arrive, je veux qu'elles aient foi en elles. Qu'elles quittent Avondale en connaissant l'étendue de leurs capacités et de leurs compétences. Et en sachant qu'elles s'en serviront de nouveau un jour. Les limites qu'on leur impose ne sont pas les leurs.

Katherine n'aurait su dire pourquoi, mais les paroles de la duchesse donnèrent envie de pleurer.

— Vous connaissiez déjà mon frère ? s'enquit cette dernière. Lorsque vous étiez tous deux chirurgiens sur le terrain ?

— Non, nous étions bien trop nombreux à l'armée.

Au moins, il était facile de répondre à cette question.

— Il m'a dit que vous aviez mis du temps avant de rentrer.

Il s'agissait d'une question autant que d'une remarque, et Katherine devina que Clara se demandait si les limites qu'elles venaient d'évoquer avaient joué un rôle.

Clara n'était pas la première à lui poser la question, et elle avait une réponse toute prête. Une réponse qui ne disait rien des raisons pour lesquelles elle n'était pas revenue au pays tout de suite, et se contentait de celles pour lesquelles elle était restée en terre étrangère. Car c'étaient là deux choses différentes.

— Une guerre laisse d'énormes besoins médicaux dans son sillage, surtout après des batailles comme Waterloo. Beaucoup de blessés sont trop mal en point pour voyager. Beaucoup ne peuvent pas rentrer chez eux.

— Vous êtes restée pour vous en occuper ?

— Vous êtes optimiste. Je suis surtout restée pour les regarder mourir.

— Je suis désolée.

Katherine haussa les épaules. Elle avait vu des Anglais, des Prussiens, des Français, qui n'avaient plus ni identité ni nationalité et luttaient pour survivre un jour de plus, puis encore un autre, avec l'espoir ténu de rentrer un jour chez eux.

Ils n'étaient pas si différents de ces prisonniers français que Harland voulait faire évader.

La petite voix était de retour pour lui rappeler que ce que faisait Harland n'était pas si différent de ce qu'elle avait fait. Ces hommes – ces gamins – n'avaient pas été victimes de l'artillerie ou de la lame d'un sabre, mais des circonstances et de la fatalité, et ils n'en mouraient pas moins. Ils tenaient bon chaque jour que Dieu faisait dans l'espoir de survivre suffisamment longtemps pour rentrer chez eux.

« Je ne peux pas vous aider », lui avait-elle dit.

C'était faux. Elle pouvait l'aider. Et elle pouvait aider ces jeunes gens.

Parce qu'en plus d'être médecin, elle était contrebandière.

Elle avait beau faire, elle ne pouvait nier que jadis, dans une autre vie, elle avait exercé avec succès cette activité. Elle connaissait comme sa poche les côtes des deux côtés de la Manche, ainsi que les rivières et les canaux autour de la capitale. Elle savait comment se cacher, comment mentir et comment se rendre invisible en se mettant en évidence.

Et pourtant, cela ne l'avait pas empêchée de refuser d'aider Harland pour des raisons aussi futiles qu'égoïstes.

C'était inacceptable.

« Je ne suis pas lui », avait dit Harland, et elle avait refusé d'admettre la criante vérité. Harland Hayward avait beau être baron, il n'était pas Jeffrey, et elle n'était pas non plus la gamine naïve qu'elle avait été jadis. Cette fois, elle ne suivait plus les impulsions de son cœur, elle ne s'accrochait plus à des illusions et de fausses promesses. Si elle acceptait la proposition de Harland, si elle l'accompagnait à Londres, elle ne ferait qu'obéir à sa conscience et aux principes les plus élémentaires de la décence humaine. Ces jeunes gens avaient besoin d'elle.

La voix de Clara la fit sursauter.

— Je suis heureuse que vous nous ayez fait confiance, Katherine. Je suis heureuse que vous soyez ici.

— Et cependant, la chance que vous m'avez donnée vous met en danger, votre famille et vous. Il faut que nous partions, mon frère et moi.

— J'avais cru comprendre que votre frère devait se reposer là où il est pendant encore une quinzaine de jours.

— Sa présence prolongée ici met tout le monde en danger...

— Même si je refuse de me définir par mon titre, l'interrompit Clara, j'ai découvert récemment qu'il y a un certain nombre d'avantages à être duchesse, le principal étant que mon mari et moi dépassons pratiquement tout le monde par le rang. Les capitaines de dragons ne comptent pas. Harland m'a raconté ce qui s'est passé avant son départ.

— Avant son départ ?

— Pour Londres. Un cas médical urgent, apparemment.

Le cœur chaviré, Katherine eut l'impression d'avoir perdu quelque chose d'infiniment précieux.

— Il m'en a parlé, murmura-t-elle.

— Il a également pris soin de me parler de vous et de votre frère. Je me moque de savoir comment votre frère a été blessé ou quel est votre rôle dans cette histoire. Harland vous a donné sa parole à tous les deux que vous seriez en sécurité à Avondale, vous le serez donc. Vous pouvez rester ici aussi longtemps que vous le souhaitez, votre frère et vous. Vous êtes les bienvenus.

— Pourquoi faites-vous tout cela pour nous ? Vous ne nous connaissez pas.

— Harland évoque rarement ce qu'il a vécu lorsqu'il servait sur le continent, mais je sais que cela le réveille parfois la nuit, encore maintenant. Je sais que vous avez dû vivre les mêmes choses. Je sais aussi que vous avez sacrifié tout un pan de votre vie pour venir en aide à ceux qui en avaient besoin et que, pour ce faire, vous avez défié ceux qui vous en croyaient incapable. Ou qui pensaient que ce n'était pas convenable. Je ne juge pas les gens sur leurs paroles, mais sur leurs actes. Ceux-ci m'apprennent tout ce que j'ai besoin de savoir. Quoi qu'il en soit, je suis heureuse que votre cours se soit bien passé.

— Merci, articula Katherine, soudain à court de mots.

— N'hésitez pas à demander tout ce dont vous pourriez avoir besoin, conclut Clara, comme en écho aux paroles du comte de Rivers un peu plus tôt.

« Il y a une solution évidente », répéta la petite voix. Une solution qui lui permettrait de s'éloigner de Douvres, de son frère, de tous les habitants d'Avondale. Une solution qui lui permettrait de mettre ses peurs égoïstes de côté et de faire ce qu'elle considérait comme son devoir.

— En fait, j'aurais besoin d'un cheval, avoua-t-elle.

11

Las de chercher le sommeil, Harland finit par allumer la chandelle sur la table de chevet. La nuit était tombée depuis des heures et, ayant voyagé toute la journée, il aurait dû être épuisé. Et heureux d'arriver à Londres le lendemain.

Or, plus il s'éloignait d'Avondale, plus il regrettait d'être parti. D'être parti sans Katherine, plus précisément. Par deux fois, il avait failli rebrousser chemin, avant de se rappeler qu'elle avait été capable de s'occuper d'elle-même toute sa vie et que s'imaginer qu'elle avait besoin de lui pour la protéger était aussi ridicule que présomptueux. Il s'y était mal pris en lui présentant sa proposition, il le savait. Et il n'aurait jamais dû l'embrasser. S'il avait su garder ses distances et s'en tenir au registre professionnel, peut-être serait-elle maintenant à ses côtés, en sécurité, hors de portée du capitaine Buhler.

Elle avait quitté le salon aussitôt après le départ de l'officier. Les menaces de ce dernier étaient à peine voilées, et Harland ignorait jusqu'où le capitaine pouvait aller pour arrêter un contrebandier et en faire un exemple. Un contrebandier ou une contrebandière.

Avant son départ, Harland avait répété mot pour mot à Clara et à Eli les paroles du capitaine. Eli lui avait juré de veiller personnellement sur Katherine et sur son frère, pourtant il se demandait maintenant si cela suffisait. Elle pourrait ne pas...

Un coup frappé à la porte brisa le fil de ses pensées. Il en avait assez ! Par quatre fois, la très zélée aubergiste était montée voir s'il n'avait besoin de rien. Une cinquième fois, à cette heure tardive, était ridicule. Et inacceptable. Et il allait le lui dire. Il se leva et ouvrit la porte à la volée.

— Je ne veux pas être dérang...

Il s'interrompit.

— Je peux revenir plus tard, proposa Katherine, un sac de voyage à la main. Mais je n'y tiens pas. Je suis assez fatiguée.

Enveloppée dans une grande cape grise, sa chevelure d'or pâle flottant sur les épaules, les joues rosies par le grand air, elle avait tout d'une apparition céleste. L'espace d'un instant, Harland se demanda s'il n'était pas le jouet d'une hallucination.

— Katherine ?

— Vous attendiez quelqu'un d'autre ? s'enquit-elle en contemplant ses pieds nus et sa chemise froissée.

— Non, bien sûr que non. Enfin pas... Je voulais dire...

— Je peux entrer ? Ou vous préférez que j'attende ici jusqu'à demain matin ?

— Non ! Seigneur, oui... entrez !

Harland ouvrit grand la porte, et se hâta de la refermer dès qu'elle fut entrée.

— Je suis désolée d'arriver si tard. Ma classe a duré plus longtemps que prévu.

— Pardon ? dit-il, avec l'impression d'avoir manqué quelque chose. Comment êtes-vous arrivée jusqu'ici ?

— À cheval.

— Toute seule ?

— Vous oubliez que je ne suis qu'une simple mortelle, milord. Une femme de naissance obscure, qui peut de ce fait se déplacer sans une armée de chaperons et de protecteurs pour veiller sur sa vertu, répondit-elle en réprimant un sourire.

— Ce n'est pas ce que je voulais dire. Il y a des bandits de grand chemin, des voleurs, des assassins.

— Je n'en ai rencontré aucun.

— Que faites-vous ici ?

— Vous m'avez demandé de venir. Nous n'avions pas vraiment terminé notre conversation, et vous êtes parti avant que nous ne le puissions.

— Quoi ?

Elle apportait le grand air de la nuit, et un parfum qui n'appartenait qu'à elle. Elle balaya du regard la petite chambre, passant de la table de toilette à l'unique chaise, et au lit. Elle se mordit la lèvre, l'air soucieuse, et soudain, Harland oublia tout. Tout, sauf le besoin impérieux qu'il éprouvait de l'embrasser.

— J'accepte votre proposition, déclara-t-elle.

Harland en resta bouche bée.

— Ce n'est pas ce que vous pensez, reprit-elle.

— Je ne pensais rien.

Il ne pensait rien, parce que son cerveau avait cessé de fonctionner. Katherine était là, devant lui, dans cette petite chambre d'une petite auberge d'un petit village, et pour le moment, elle était à lui et rien qu'à lui.

— Comment m'avez-vous retrouvé ?

Il avait enfin réussi à poser une question raisonnable. En effet, il avait voyagé sous un nom d'emprunt, et avait autant que possible évité les endroits trop fréquentés.

Elle haussa les épaules et posa son sac sur le sol avant de se débarrasser de sa cape.

— Votre cheval. Vous montez le même que la nuit où vous êtes venu chez nous. Celui que vous avez attelé à notre charrette. Et je me suis doutée que vous chercheriez un endroit discret. Il ne fallait pas être un détective qualifié pour vous retrouver, mais j'ai tout de même dû visiter un certain nombre d'écuries avant d'arriver ici.

Connaissant l'intelligence et l'ingéniosité de la jeune femme, Harland se demanda pourquoi il était étonné, finalement.

— L'aubergiste m'a surpris en train de consulter le registre. Je lui ai dit que j'étais votre femme. Elle a eu l'air déçue.

— Ma femme.

L'esprit de Harland, qui recommençait tout juste à fonctionner, s'emballa soudain, submergé par une foule de pensées lubriques.

— Cela m'a paru plus commode. « Maîtresse » m'a paru gênant.

Comment diable allait-il arriver au bout de cette conversation sans l'embrasser ?

— Je suis désolée de vous avoir répondu si hâtivement ce matin. Tout ce que je peux dire en ma faveur, c'est que la visite du capitaine Buhler m'avait bouleversée et que je n'étais pas en mesure de réfléchir calmement.

— La visite du capitaine Buhler ? répéta-t-il, l'esprit de nouveau embrumé.

— Oui. J'avais besoin de réfléchir à ses paroles. Je me suis aperçue que ma présence continue à Avondale, comme à Douvres, d'ailleurs, mettait en danger non seulement mon frère, mais tout le monde. Votre sœur, ses étudiantes, les tantes du comte...

— J'ai parlé au comte avant mon départ...

— Vous ne m'avez pas laissée finir.

— Je vous demande pardon.

— Mon père est – était – contrebandier. Ma mère était sage-femme, et aussi contrebandière, et elle n'avait aucun scrupule à utiliser son activité légale comme couverture pour ses activités illégales.

Matthew et moi avons grandi dans ce milieu de la contrebande et nous avons travaillé avec nos parents dès que nous en avons eu l'âge. Et puis ma mère est morte, et mon frère et moi sommes partis à la guerre. Alors que nous étions là-bas, notre père a failli mourir entre les mains des soldats, pour une douzaine de barils de cognac. Comme Matthew il y a quelques jours. Comme cela a failli m'arriver quand j'ai essayé de terminer ce qu'il avait commencé.

Harland demeura muet. Il savait ce que ces aveux lui coûtaient, et il aurait voulu la payer de retour, mais lui révéler la vérité aurait été trop dangereux, pour elle comme pour lui.

— Je ne veux plus de cette vie. J'ai vu trop de gens mourir. Je ne peux pas vivre dans la crainte continuelle de voir ceux que j'aime blessés ou pendus parce qu'ils auront oublié une seconde de regarder par-dessus leur épaule. Vous comprenez ?

Comment ne l'aurait-il pas compris, lui qui depuis des années regardait constamment par-dessus son épaule ?

— Oui, répondit-il. Cette mission demandera toutefois de regarder assez souvent par-dessus notre épaule...

— Je n'ai pas dit que je n'étais pas douée pour la contrebande ou d'autres... activités illégales. J'ai simplement dit que je ne voulais plus vivre ainsi. Ces hommes – ces garçons – méritent cependant d'avoir une chance de rentrer chez eux. J'ai vu trop de jeunes gens à qui on ne l'a jamais donnée et qui n'ont pas eu l'occasion de dire au revoir aux leurs. Je ne pourrais plus me regarder en face si je ne les aidais pas alors que j'en ai la possibilité.

Harland n'en croyait pas ses oreilles.

— C'est mon devoir de le faire. Et cette mission, quand elle sera terminée, nous donnera, à ma famille et moi, les moyens de prendre un nouveau départ. D'aller quelque part où nous n'aurons plus besoin de regarder par-dessus notre épaule.

— Je...

Qu'était-il censé dire ? Qu'il était heureux ? Qu'il la comprenait ?

— Je suis heureux que vous ayez décidé d'accepter ma proposition. Je ne voyais personne d'autre à qui m'adresser. J'avais peur de vous avoir donné des raisons de douter de mes motivations.

À l'instant où il prononça cette dernière phrase, il la regretta.

— Vous voulez dire quand je vous ai embrassé ? risqua-t-elle, toute rougissante, ce qui la rendait encore plus désirable.

— Il me semble que c'est moi qui vous ai embrassée.

— C'est moi qui ai commencé.

— Je suis désolé, dit-il en secouant la tête. Je n'aurais pas dû aborder le sujet.

— Non, vous avez bien fait. Mais ce serait à moi de m'excuser.

— De quoi ?

— D'avoir commencé quelque chose que je ne peux pas terminer, répondit-elle, les yeux baissés. Et je ne veux pas non plus vous donner des raisons de douter de mes motivations s'agissant de cette mission ou de ma présence ici.

Harland recula pour s'empêcher de la toucher. Ce faisant, il heurta le lit et tomba assis sur le matelas. Il chercha ce qu'il pourrait dire pour la mettre à l'aise, pour la rassurer et la persuader que son offre était désintéressée et sans arrière-pensées. Il chercha les mots susceptibles de la convaincre qu'il avait entendu sa confession et l'avait comprise.

Ce qui ne signifiait pas qu'il ne la désirait pas davantage qu'il n'avait jamais désiré aucune femme.

— Je ne peux pas être à vous, déclara-t-elle d'une voix rauque en croisant son regard. Je vous aiderai, je travaillerai avec vous, mais je ne peux pas être votre maîtresse.

Même s'il s'était attendu à cette mise au point, elle le blessait plus qu'il ne l'aurait cru.

— Katherine...

— Je n'ai plus rien en moi à offrir. Ni à vous ni à personne. Vous comprenez ?

Oui, il comprenait. Il savait ce que c'était de ressentir un grand vide en soi. Il savait que, quoi que vous fassiez, aussi loin que vous alliez, rien ne pouvait combler le manque abyssal que vous laissaient la trahison et la haine. Et tenter de combler cet abîme par de brèves rencontres sans lendemain ni signification était illusoire. Il le savait, car il avait essayé. Cela faisait longtemps qu'il avait renoncé à essayer, qu'il s'était résigné à accepter cet engourdissement comme un moindre mal.

Mais Katherine était... différente. Auprès d'elle, il retrouvait des sensations depuis longtemps oubliées. C'était à la fois grisant et douloureux. Et il n'était pas encore prêt à la laisser aller.

— Venez ici, dit-il en indiquant le matelas à ses côtés. Je vous en prie, ajouta-t-il comme elle hésitait.

Elle le rejoignit, s'assit près de lui en veillant à ne pas le toucher.

— Je ne veux qu'une seule chose de vous.

Ce n'était pas tout à fait vrai. Il voulait tout d'elle, en fait, seulement, le lui avouer l'aurait fait fuir sur-le-champ.

Il lui prit la main et, comme elle ne la retirait pas, il laissa leurs mains jointes reposer sur le lit.

— J'ai besoin que vous me fassiez confiance. Que vous sachiez que je ne vous trahirai jamais.

Elle contempla leurs mains, puis leva les yeux.

— Je vous fais confiance, murmura-t-elle, le front barré d'une ride, comme si c'était là une nouveauté pour elle.

— Vraiment ?

— Oui, répéta-t-elle avec davantage de conviction.

— Quand je vous ai dit que vous étiez inattendue, j'étais sincère, reprit-il. Je n'ai jamais rencontré une femme comme vous. Douée. Intelligente. Courageuse et belle. Et je ne regretterai jamais de vous avoir embrassée. Ni que vous m'ayez embrassé.

Il fallait qu'elle le sache, et il fut soulagé en voyant l'ombre d'un sourire danser sur ses lèvres.

— Je mentirais si je vous disais que je n'ai pas envie que vous recommenciez, ajouta-t-il. Mais je comprends.

Cela aussi, il fallait qu'elle le sache.

— Comment s'appelait-elle ? demanda-t-elle. La femme qui vous a appris la haine et ce qu'elle laisse dans son sillage ?

Harland se raidit.

— Elle était noble, n'est-ce pas ?

Il lui avait posé cette même question, et si elle la lui retournait, c'était délibéré.

— Vous l'aimiez ?

— Je le croyais. Je voulais l'aimer.

— Jeffrey Walton. C'était lui, mon amant.

Ce nom ne lui disait rien, il comprit cependant qu'elle voulait lui donner une preuve de sa confiance.

— Patricia Hayward. C'était le nom de ma femme.

— Je suis désolée.

— Moi aussi.

Elle appuya la tête sur son épaule. Il ferma les yeux et inhala son parfum.

— Vous êtes un homme bien, Harland Hayward, murmura-t-elle.

Il n'était pas un homme bien. Un homme bien lui aurait révélé les intérêts qu'il avait sur la côte de

Douvres. Un homme bien lui aurait dit ce qu'il avait fait et continuait de faire, mettant ainsi sa famille en danger. Un homme bien n'aurait pas éprouvé le besoin impérieux d'encadrer son visage de ses mains et de l'embrasser à perdre haleine, de dégrafer sa robe et de la regarder tomber à ses pieds, de la débarrasser de ses autres vêtements, de la renverser sur le lit, de goûter chaque centimètre carré de son corps, et de lui faire tout oublier sauf lui. Et au diable, les conséquences.

— Vous devriez dormir un peu, dit-il d'un ton bourru. Une longue journée de voyage nous attend demain. Prenez le lit, je vais dormir par terre.

— Restez, souffla-t-elle en le retenant par le bras alors qu'il se levait.

Harland ferma les yeux. Il n'était pas certain d'en avoir la force.

— S'il vous plaît.

Il souffla la chandelle sur la table de nuit, puis s'allongea sur le lit, tout au bord. Il entendit Katherine enlever ses bottes avant de venir s'allonger, le dos contre lui. Spontanément, il posa la main sur l'épaule de Katherine. À peine l'eut-il touchée qu'il se maudit intérieurement. « Il faut me faire confiance, lui avait-il dit. Je comprends. »

Et voilà qu'en sentant ses courbes et sa chaleur, il ne comprenait plus rien sinon qu'il la désirait comme un fou.

— Vous serez toujours là demain matin ? demanda-t-elle tout à coup.

— Bien sûr.

Quelle étrange question. Où aurait-il pu aller ?

— Promis ?

— Je vous le promets.

La main de Katherine trouva la sienne sur son épaule, comme si elle voulait vérifier qu'il était bien là.

— Merci, chuchota-t-elle.

Quelques minutes plus tard, son souffle se fit plus régulier et son corps se détendit contre le sien.

Harland ferma les yeux, conscient qu'il allait vivre la nuit la plus longue de sa vie.

12

Elle avait oublié ce qu'était Londres en été.

La puanteur du fleuve et de ses abords lui donnait toujours autant la nausée. À peine avaient-ils traversé Blackfriars Bridge que les vents frais qui balayaient la côte autour de Douvres et le bruit lointain du ressac lui manquèrent. Le vacarme en ville était assourdissant. Cette cacophonie de cris humains et animaux, agrémentée du fracas des roues de milliers de voitures, charrettes et tombereaux qui se disputaient le peu d'espace dans les rues étroites était éprouvante.

À présent, ils avaient laissé derrière eux le centre, et les franges de la capitale étaient moins agitées. La main en visière, Katherine observait la grande bâtisse qui se découpait dans les rayons du soleil couchant. Comme tant d'autres, cet imposant manoir avait été bâti pour flatter la vanité d'un homme suffisamment riche pour se l'offrir. Celui-ci était toutefois différent. Ses vastes jardins étaient entourés d'une palissade qui évoquait à Katherine quelque jolie prison pastorale, et elle se demanda si cette palissade était destinée à décourager les intrusions ou à empêcher les habitants de sortir.

Harland dirigea son cheval vers ce qui ressemblait à un corps de garde – et qui aurait été davantage à sa place à l'entrée d'un château que d'un simple manoir.

Katherine s'efforça de ne pas croiser son regard. Elle avait fait de même ce matin, quand elle s'était réveillée un peu avant l'aube, la tête nichée au creux de l'épaule du baron dont le bras était passé autour de sa taille.

Lui demandant de rester à ses côtés la nuit dernière avait été stupide. N'importe quelle femme sensée aurait accepté qu'il dorme sur le sol tandis qu'elle prenait le lit. Dans la paisible fraîcheur de l'aube, quand elle l'avait découvert là où il lui avait promis qu'il serait, elle avait dû faire appel à toute sa volonté pour ne pas passer outre ses bonnes résolutions et faire de lui son amant, sans se soucier des conséquences. La tentation était toujours présente, et n'était pas près de disparaître.

— Quand pourrons-nous voir les prisonniers ? questionna-t-elle en flattant l'encolure de son cheval.

— Je ne sais pas encore.

— Ils seront amenés ici ?

— Non, ils resteront sur le fleuve.

— Nous allons donc descendre la Tamise jusqu'à la Manche ?

— Oui.

— Dans quel genre de bateau ?

— Je ne sais pas encore.

— Merveilleux, marmonna-t-elle, se reprochant de ne pas avoir posé ces questions plus tôt.

Elle l'aurait fait si elle ne s'était pas confondue en excuses et explications la veille en arrivant à l'auberge, oubliant le discours qu'elle avait pourtant soigneusement préparé. La confession de ces secrets si longtemps tus lui avait laissé des sentiments mitigés, et surtout une intense impression de manque, qu'elle refusait d'accepter. Cela faisait longtemps, très longtemps, qu'elle n'avait plus besoin de personne.

— Il est encore temps de changer d'avis, de tourner bride et de regagner Douvres.

— Qu'est-ce que c'est que cet endroit ? s'enquit-elle, sans prendre la peine de répondre.

— Hemsdale House.

— C'est ce que je vois, rétorqua-t-elle en scrutant la plaque à demi cachée par le lierre. Mais de quoi s'agit-il ? D'une demeure privée ? D'un asile ? D'une prison ? D'un bâtiment officiel ?

— Un peu de tout cela, s'amusa Harland.

— Me voilà bien avancée, rétorqua-t-elle, sarcastique, en se tournant vers lui.

C'était une erreur. Ce qui la frappa aussitôt, ce fut l'or rouge que les rayons du soleil allumaient dans ses cheveux auburn, la largeur de ses épaules et la façon dont ses culottes lui moulaient les cuisses.

Elle se redressa sur sa selle. Il fallait absolument qu'elle arrête et se concentre sur la mission qu'elle avait promis d'accomplir.

— Il y a deux hommes au poste de garde, nota-t-elle, en plus de la douzaine qui surveillait notre avancée sur le chemin, cachés derrière cette clôture. Enfin, à peu près cachés. Qu'ai-je besoin de savoir ?

— Le propriétaire de cette maison est le partenaire dont je vous ai parlé. Il prend très au sérieux la sécurité de sa demeure, de ses biens et de sa personne.

— Et cette clôture est destinée à retenir les gens à l'intérieur ou à les éloigner ?

— Tout dépend de la personne.

Katherine lui jeta un coup d'œil, se demandant s'il plaisantait. Il n'avait pas l'air de plaisanter le moins du monde. Elle reporta son attention sur les silhouettes massives, plus proches de celles de l'ogre ou du gorille que de l'homme, qui venaient de sortir du poste de garde pour se poster devant l'énorme grille. Tous deux avaient une main sur le sabre qu'ils portaient au côté, et un pistolet dans l'autre.

— Docteur Hayward, salua l'un d'eux, sans quitter Katherine des yeux. On vous attendait, mais on savait pas que vous seriez avec votre maîtresse.

Katherine arrêta sa monture, et soutint sans ciller le regard de l'ogre. Elle connaissait ce genre d'hommes. Elle avait travaillé avec des dizaines d'entre eux sur la côte, et en avait soigné encore plus dans les infirmeries militaires. Ils jaugeaient votre courage, votre audace et votre loyauté en fonction de votre comportement, et pour finir, ils s'en remettaient au jugement d'un autre. Un chef d'équipe, un capitaine ou un officier supérieur.

— Avec une chirurgienne, rectifia Harland.

— Quoi ?

— Le Dr Wright n'est pas ma maîtresse. Elle est médecin.

— C'est pas possible, ricana le garde.

— Je vous assure que si, déclara Harland, patient.

Les deux hommes échangèrent un regard incrédule, puis :

— Et pourquoi elle est là ?

— Posez la question à votre patron.

Katherine s'amusait de leur perplexité. Ces brutes se demandaient si leurs hésitations et leurs questions leur vaudraient la reconnaissance de leur maître, ou si elles leur seraient au contraire reprochées. Elle avait vu cela des milliers de fois et leur offrit en retour un visage de marbre, comme si elle s'attendait à cette inquisition.

— Nous avons passé deux jours sur les routes parce que j'ai cru comprendre qu'il y avait urgence, reprit Harland, rompant le silence tendu. Mais puisque cela ne semble pas être le cas, nous reviendrons demain matin, quand vous aurez vérifié que nos services ont bien été requis. Saluez King de ma part, conclut-il en faisant volter son cheval.

— Attendez ! s'écria le plus grand des gorilles qui attrapa les rênes dans sa grosse pogne.

Son compagnon coinça son pistolet dans sa ceinture et alla ouvrir la lourde grille de fer forgé.

— Si jamais vous nous avez menti, docteur...

— Vous me mettrez une balle entre les deux yeux, acheva Harland à sa place. Ne vous inquiétez pas, je connais les usages de la maison.

Katherine lui coula un regard oblique. Vu sa réaction à cet accueil pour le moins inquiétant, elle s'expliquait mieux son indifférence s'agissant des activités illégales des environs de Douvres. Elle commençait à réaliser que Harland Hayward n'était pas du tout celui qu'elle croyait.

— Venez, docteur Wright, lança-t-il en s'engageant dans l'allée. Nos réponses nous attendent.

13

Harland arpentait le bureau.

En dehors du hall au sol de marbre et aux murs recouverts de boiseries, c'était le seul endroit de Helmsdale House qu'il avait jamais vu. Cette pièce, comme le hall, était censée impressionner le visiteur.

Derrière le bureau d'acajou massif, dépourvu de documents, qui occupait le centre de la pièce trônait un fauteuil tapissé de cuir. Le parquet, impeccablement ciré, était recouvert d'un tapis de prix aux subtiles nuances de pourpre. Comme dans le hall, des lustres et des girandoles de cristal éclairaient le moindre recoin. Il avait fallu à Harland une demi-douzaine de visites avant de remarquer le papier peint d'un rouge profond, car l'attention du visiteur était d'emblée attirée par les œuvres d'art qui couvraient les murs.

Cette fois, cependant, il les avait à peine regardées. Plus le temps passait, plus il se demandait s'il avait eu raison d'amener Katherine ici. Ce qui était ridicule, bien sûr. Elle avait accepté sa proposition en toute connaissance de cause, et il lui semblait important qu'elle possède les mêmes informations que lui. Elle était son égale, et non une petite fleur fragile qu'il se devait de protéger.

Il la suivit du regard tandis qu'elle déambulait dans la pièce, étudiant les œuvres d'art avec attention. Les portraits et les scènes bibliques ou mythologiques dans leurs cadres dorés étaient visiblement authentiques. Elle s'arrêta devant le grand tableau qui occupait pratiquement tout le mur derrière le bureau d'acajou.

— C'est plutôt... violent, commenta-t-elle sans se retourner. Je me demande ce qu'il a fait pour mériter cela.

— *Judith décapitant Holopherne*, indiqua Harland en la rejoignant devant l'œuvre aux couleurs vibrantes, qui représentait une jeune femme plongeant un sabre recourbé dans le cou d'un homme aux yeux exorbités de terreur tandis qu'une vieille servante, l'air cruelle, se penchait par-dessus son épaule. Holopherne était un général dont l'armée s'apprêtait à détruire la ville de Béthulie, où vivait Judith. La nuit avant l'assaut, Judith réussit à se glisser dans la tente du général, qui voulait coucher avec elle. La plupart des versions affirment qu'elle a attendu qu'il soit ivre mort pour le débarrasser de sa tête.

— C'est certes une façon radicale de régler le problème, murmura Katherine. Même si je ne suis pas certaine que ce soit la meilleure.

— Vous avez une autre solution, docteur Wright ? s'enquit une voix.

Harland pivota pour découvrir King sur le seuil du bureau, négligemment appuyé sur la canne à pommeau d'argent qu'il ne quittait jamais. Impeccablement vêtu, comme à son habitude, il portait une chemise et une cravate immaculées, un pantalon et une redingote d'un noir de jais, et des bottines étincelantes. Avec sa chevelure blond vénitien coiffée à la dernière mode, il avait tout d'un prince. Mais derrière l'apparence raffinée se cachait un homme aussi dangereux qu'impitoyable, dont l'ambition ne connaissait pas de bornes. Un homme capable de procurer n'importe quoi à n'importe qui, à condition d'y mettre le prix. Un homme dont on ne croisait le chemin qu'une fois, car on survivait rarement à une seconde rencontre.

Les gardes avaient visiblement informé King de la présence de Katherine, pourtant Harland jugea préférable de faire des présentations en règle.

— Docteur Wright, permettez-moi de vous présenter mon partenaire, King. King, voici le Dr Wright, la chirurgienne qui va m'assister dans les jours à venir.

Il avait préféré présenter Katherine d'une façon professionnelle, non seulement parce que c'était la vérité, mais parce que cela donnait ce qu'il espérait être une image exacte de leurs relations. King ne tolérait pas les relations personnelles s'agissant des affaires. Les relations personnelles impliquaient des sentiments, et les sentiments faisaient prendre des décisions stupides à des gens d'ordinaire intelligents.

Le regard pâle de King passa de Katherine à Harland, avant de revenir sur la jeune femme.

— Très heureuse, monsieur King, dit-elle poliment, l'air de se préparer aux habituels commentaires incrédules.

— Juste King, corrigea le maître des lieux. Et vous ne m'avez toujours pas dit votre solution au dilemme auquel Judith fait face.

Katherine l'observa sans mot dire, comme pour évaluer sa sincérité.

— J'attends, docteur Wright.

— Très bien, dit-elle en se tournant vers le tableau. En plus de faire des saletés, décapiter un être humain n'est pas facile, surtout pour une femme, qui peut manquer de la force nécessaire. En plus des muscles, des ligaments et des tendons qui se trouvent dans le cou, la colonne vertébrale peut s'avérer difficile à sectionner, surtout avec un petit sabre comme celui qu'elle utilise. Un instrument plus lourd, une guillotine par exemple, compenserait ce déficit de force. Il y aurait en outre un jet de sang qui tacherait le corps, les draps, les parois de la tente et Judith elle-même, ce qui rendrait difficile une retraite discrète. Elle aurait peut-être tué le général, mais elle n'en sortirait probablement pas vivante. Pire, elle a amené un témoin, alors que cette vieille femme ne lui offre aucun avantage tactique.

King rejoignit Katherine, ce qui mit Harland mal à l'aise. Il n'avait pas quitté la jeune femme des yeux un seul instant.

— Poursuivez, docteur Wright.

— Il y a bien le poison. Cependant, historiquement, il a toujours été considéré comme une arme de femme et, compte tenu de la présence de Judith dans la tente, les soupçons se porteraient d'emblée sur elle. De surcroît, le poison est imprévisible et peu précis.

— Vous pensez donc qu'elle n'aurait pas dû le tuer ?

— Pas du tout. Je dis simplement que si c'était ma ville que je devais sauver, tuer le général ne suffirait pas. Il serait immédiatement remplacé par un autre officier qui aurait à cœur d'appliquer les décisions de son supérieur martyrisé. La ville tomberait de toute façon, sans doute plus facilement, et serait en représailles plus cruellement dévastée.

La sérénité et le calme avec lesquels Katherine énonçait de telles opinions agaçaient un peu Harland.

Je n'ai pas dit que je n'étais pas douée pour la contrebande ou d'autres... activités illégales. J'ai simplement dit que je ne voulais plus vivre ainsi.

Ces paroles lui revinrent en mémoire. De toute évidence, il ne l'avait pas écoutée avec assez d'attention.

— Judith doit donner aux subordonnés du général des raisons de douter de lui et de sa loyauté, enchaîna Katherine. Elle doit introduire de l'incertitude et de la confusion.

— Et comment y seriez-vous parvenue, docteur ?

— Si Holopherne désirait tellement Judith, elle avait la possibilité de le manipuler. De l'attirer en dehors de son campement. De le faire tout simplement... disparaître avant de le tuer. Elle évitait ainsi d'attirer les soupçons sur elle, et se réservait en outre la possibilité de dissimuler le corps dans un endroit où on ne le retrouverait jamais. Dans le meilleur des cas, les officiers auraient pensé que leur général les avait trahis et s'était enfui comme un lâche. Leur cause serait morte avec lui, et ils auraient levé le siège. Au pire, ils auraient repoussé la prise de la ville dans l'attente du retour de leur général, laissant ainsi aux habitants le temps d'organiser la résistance ou de fuir.

King tambourina sur le pommeau de sa canne, ce qui fit étinceler le rubis qu'il portait à l'auriculaire.

— Dites-moi, docteur Wright, avez-vous de l'expérience dans le domaine de la mort sur contrat ?

— Pardon ?

Harland se raidit. Cet homme ne suggérait quand même pas que...

— Avez-vous l'expérience des assassinats ?

— Non, rétorqua Katherine, impavide.

— Dommage. Vous êtes douée pour cette activité artistique.

King jeta un coup d'œil à Harland.

— Pourquoi l'avez-vous amenée, Strathmore ? s'enquit-il, retrouvant sa distance glaciale.

Patrick Gibbs n'était visiblement pas revenu à temps pour expliquer à King les raisons que Harland l'avait chargé de transmettre.

— J'aurai besoin d'aide dans les jours qui viennent, répondit-il en venant se poster à côté de Katherine. D'aide médicale.

— Je n'aime pas les surprises, Strathmore.

— Si j'avais été averti plus tôt, je vous aurais prévenu plus tôt également.

— Un point partout, concéda King en s'asseyant derrière son bureau. Et vous pensez que le Dr Wright est la personne qui convient pour cette mission ?

— Posez la question aux combattants de Ligny, Quatre-Bras et Waterloo encore en vie.

Un silence pesant suivit, puis King se tourna vers Katherine.

— Dites-moi, docteur Wright, que pensez-vous être venue faire ici ?

— J'ai expliqué la situation au Dr Wright, intervint Harland.

— J'aimerais entendre ce que le Dr Wright a à dire, insista King.

— Je suis ici pour aider lord Strathmore à garder en vie quatre hommes d'âges et de conditions physiques variés jusqu'au moment où ils pourront être amenés sur les côtes françaises.

— Vous avez une façon très poétique de présenter les choses.

— J'ai surtout des questions.

— Je vous en prie, posez-les. Je déciderai d'y répondre. Ou pas.

— Le capitaine du navire qui nous fera descendre la rivière et traverser la Manche…

— Est un marin tout à fait compétent.

— Est-ce également un menteur compétent ?

— Quelle curieuse question !

— C'est une question primordiale. Parce qu'en descendant la Tamise, votre capitaine sera contrôlé au moins deux fois par les patrouilles qui sillonnent les estuaires de l'est. On lui posera des questions de routine si l'absence de vos fugitifs n'a pas été remarquée, des questions plus agressives dans le cas contraire.

— Comme je vous l'ai dit, docteur Wright, c'est un homme très compétent. À tous points de vue. Le fait qu'il travaille pour moi depuis des années en atteste.

— Je suis heureuse de l'entendre. Ma vie pourrait en dépendre. Où devrons-nous conduire nos passagers ?

— En France.

— Calais ? Dunkerque ? Cherbourg ?

— Wissant, répondit King après réflexion.

— Sur les plages ou au port ?

— Que recommanderiez-vous, docteur ?

— Les plages offrent un grand espace plat et exposé. Il est facile d'y aborder, mais il n'y a nulle part où se mettre à l'abri. D'un autre côté, le village et le port sont petits. Il est impossible d'y passer inaperçu, ce qui peut être un avantage si vous avez une explication prosaïque et banale. En l'occurrence, il me semble que nous ne tenons pas à nous faire remarquer. Les autorités portuaires risquent d'être déroutées, et donc imprévisibles, si elles nous voient débarquer quatre personnes sur des civières. Elles craignent toujours les épidémies… Choisissez les plages.

— Vous m'avez présenté cette demoiselle comme un médecin, Strathmore.

— C'en est un.

— Laissez-nous, Strathmore.

— Ce n'est pas nécessaire, se rebiffa Harland.

Toutes ses bonnes résolutions de ne pas jouer les preux chevaliers l'avaient abandonné face à l'impérieux désir de protéger Katherine de cet homme, ce qui était absurde, puisque c'était lui qui l'avait amenée ici.

D'autant plus absurde qu'il devait s'incliner devant l'évidence : il ne connaissait pratiquement rien de Katherine Wright.

— Et moi je vous assure, lord Strathmore, que c'est indispensable, rétorqua King. Comme pour tous les individus dont je dépends pour mener à bien une entreprise dont je suis responsable, je vais prendre le temps nécessaire pour déterminer si le Dr Wright est à la fois capable et digne de confiance.

En d'autres termes, comprit Harland, King n'avait pas barre sur Katherine, alors qu'il avait barre sur lui. Il allait donc faire son possible pour rectifier cela.

Jamais il n'aurait dû amener ici la jeune femme. Il avait commis une erreur impardonnable.

— Nous n'en aurons que pour un moment, lord Strathmore. Je vous assure que j'éprouve le plus profond respect pour les dames qui ont suffisamment d'intelligence pour ne pas s'en excuser. Je ne violerai ni n'assassinerai le Dr Wright au cours des dix prochaines minutes. En revanche, si je disparais subitement et qu'on ne me retrouve jamais, vous saurez à qui vous adresser si l'envie vous prend de récupérer mon cadavre, conclut King avec une pointe d'humour.

Katherine observa du coin de l'œil cet homme dont elle ne connaissait même pas le vrai nom et réprima un frisson.

Il ne s'agissait plus d'un soldat ou d'une brute de gardien, mais d'un général prêt à raser Béthulie sans le moindre scrupule si cela pouvait servir ses intérêts. Et à égorger Judith ensuite, quoique pas avant de lui avoir fait contempler la ville détruite. Dans son ancienne vie, elle avait rencontré des hommes comme lui, sur des plages désolées ou dans des tavernes bondées, sur des routes désertes ou dans des ports fourmillant d'activité, sur les côtes du sud de l'Angleterre ou du nord de la France. Des hommes violents, intelligents, uniquement guidés par l'avidité, la soif de pouvoir ou la peur.

Katherine ne savait trop quelles étaient les motivations de cet homme. L'avidité sans doute, à en juger par les magnifiques objets dont il s'entourait. La soif de pouvoir probablement, vu la discipline de fer qu'il semblait imposer à ses subordonnés. Quant à la peur, quels que soient ses démons personnels, il les cachait bien.

— Parlez-moi de Wissant, lança King, rompant le silence qui avait suivi le départ de Harland.

Les mains dans le dos, Katherine s'approcha d'un autre tableau où figurait un soldat en armure tuant une créature à écailles qui se tordait de douleur. Elle eut beau retourner la question en tous sens, elle ne vit aucune raison de ne pas y répondre.

— J'ai travaillé sur cette côte quand j'étais plus jeune.

— Alors vous devez connaître M. Mercier.

— Guillaume ? lâcha-t-elle, prise de court. Vous le connaissez ?

— Malheureusement, non, rétorqua King, qui la fixait maintenant d'un regard scrutateur. Cela dit, j'aimerais y remédier. Mes partenaires habituels sur cette portion de côte, bien que compétents, opèrent à une petite échelle. M. Mercier offre beaucoup plus de potentiel et d'opportunités. Ces derniers temps, cependant, il s'est montré quelque peu... fuyant.

Les vieux réflexes revenaient vite. Une information n'était jamais spontanée. Elle se vendait ou s'échangeait en cas de besoin. Et Katherine ignorait ce que cet homme voulait de Guillaume Mercier, même si elle avait sa petite idée.

— Je ne l'ai pas vu depuis des années, dit-elle en se retournant de nouveau vers le tableau.

Une image surgit, celle d'une vareuse de cavalier français imbibée de sang qu'elle déchirait avec son couteau, révélant une blessure à la hanche. Elle l'avait trouvé au milieu du carnage qui avait suivi la dernière bataille, et il avait survécu, grâce à elle. Et à beaucoup de chance.

— M. Mercier était l'un des meilleurs contrebandiers français quand j'ai fait sa connaissance, expliqua-t-elle prudemment. S'il travaille toujours dans la région, je ne l'imagine pas ne pas faire montre de la plus extrême prudence. Des deux côtés de la Manche, les soldats ne sont plus accaparés par la guerre et n'ont désormais d'ennemis que les contrebandiers.

— Certes.

Katherine s'absorba dans la contemplation du dragon agonisant.

— Lord Strathmore ne m'a jamais parlé de vous, ajouta King.

— Ah bon ? répliqua-t-elle en passant au portrait d'une jeune femme à la longue chevelure, qui serrait un drap contre sa poitrine dénudée. Jusqu'à il y a deux jours, il ne m'avait jamais parlé de vous non plus.

Elle entendit King se lever.

— Qu'est-il pour vous ? Le baron.

— Je suis contente que vous me posiez la question, riposta Katherine en pivotant pour lui faire face. J'allais justement vous la poser aussi.

— Vous baisez avec lui ? s'enquit-il en la sondant de son regard pâle.

Il cherchait à la choquer, et sa réponse serait évaluée et notée. Il y avait davantage en jeu qu'un simple interrogatoire avant une mission, elle le savait. Ce qu'elle ignorait, c'était ce qui était en jeu exactement.

— Et vous ?

Il n'était pas le seul à avoir l'esprit de répartie, après tout.

— Non.

Il ne paraissait pas offensé, ni même surpris. Juste un peu… pensif.

— Dans ce cas, nous avons cela en commun.

— Pour le moment.

Katherine réprima un mouvement d'impatience. Ni pour le moment ni jamais.

— Vous êtes très différente de sa défunte femme.

Ne sachant ce qu'elle était censée répondre, elle choisit de garder le silence.

— Elle avait exigé qu'il abandonne sa pratique médicale le lendemain de leur mariage. Il a refusé.

Il attendait une réaction, et elle était bien décidée à ne pas lui en offrir.

— Et ? dit-elle.

— Vous avez connu lady Strathmore ?

— Non.

Elle voyait de moins en moins où cette conversation les menait, et n'était pas certaine de vouloir le découvrir.

— Elle a été tuée au cours d'un accident très... public à Hyde Park. Et très obscène. Son amant a été tué en même temps.

Une bouffée de colère submergea Katherine. C'était la réaction que guettait King, aussi s'appliqua-t-elle à l'étouffer.

— Comment savez-vous qu'elle était avec son amant ? s'enquit-elle d'un ton détaché.

— Aucun des deux ne portait le moindre vêtement à l'instant de leur mort. Il y aurait sans doute d'autres explications possibles, mais l'expérience m'a appris que dans la plupart des cas, et particulièrement quand il s'agit de l'aristocratie et de son goût pour les plaisirs périlleux, il n'y a pas de fumée sans feu.

— Qu'est-ce qui vous fait croire que ce genre de ragot pourrait m'intéresser ?

À présent, le dégoût l'emportait sur la colère.

— Beaucoup vous diraient que Strathmore a tué sa femme, qu'il l'a attirée à l'extérieur pour la supprimer afin de poursuivre ses ambitions personnelles au mépris des conventions et de ses responsabilités sociales et familiales.

— Et vous pensez que c'est ce qu'il est venu faire ici ? Qu'il poursuit ses ambitions personnelles et qu'il défie les conventions à mes dépens ?

— C'est le cas ?

— À vous de me le dire.

— Non, trancha-t-il finalement. Je ne le pense pas.

— Je suis heureuse que nous soyons du même avis, dans ce cas. Mes choix relèvent de ma responsabilité, pour le meilleur ou pour le pire. Peut-être la femme du Dr Hayward aurait-elle dû être tenue pour responsable des siens.

— Peut-être, en effet. Le baron sait-il ce que vous faites ? questionna King en s'approchant du portrait de Judith. En dehors des amputations et des activités de ce genre ?

— De ce que je *faisais*, corrigea Katherine. Oui, il le sait. Il n'a rien d'un imbécile, et il ne parle pas à tort et à travers. Ces deux caractéristiques, en plus de sa pratique médicale, font qu'il est dépositaire de toutes sortes de secrets dans la région de Douvres.

— C'est exact. Et vous avez raison, il n'a rien d'un imbécile. Et il sait garder des secrets.

Katherine ne voyait pas à quoi il faisait allusion, et cela ne fit qu'accroître son malaise. Quelque chose lui échappait.

— Vous ne travaillez plus dans… l'importation ? reprit King, l'air presque déçu.

— Non.

— Quel dommage ! Vous gâchez vos talents et votre intelligence. Je pourrais réparer ce gâchis quand vous le souhaiterez, si jamais vous le souhaitez, pour votre plus grand profit. Je suis toujours à la recherche de talents multiples. Comme ceux de lord Strathmore. Ou du Dr Hayward, selon les jours.

— Les jours où vous avez besoin d'un médecin discret.

— Oui, les jours où j'ai besoin d'un médecin discret. Dites-moi, docteur Wright, pourquoi avez-vous accepté cette mission ?

Il n'était certes pas question de répéter ses aveux de la nuit dernière. Un homme comme lui ne comprendrait pas.

— Lord Strathmore m'a demandé mon aide et j'étais en mesure de la lui apporter.

— Allons, docteur Wright, personne ne fait jamais rien par pure bonté d'âme ! Tout le monde a un but, caché ou pas. Vous avez parlé de choix. J'aimerais savoir ce qui dicte les vôtres.

— Lord Strathmore m'a offert une compensation importante pour mon temps et mes compétences, répondit-elle, sachant que c'était là une raison qu'il comprendrait. Comme vous le faites avec lui, j'imagine.

Il soutint son regard une seconde de trop.

— En effet, murmura-t-il finalement. En effet.

Bonté divine, elle n'aimait pas cela. Il se passait quelque chose dont elle n'avait pas la moindre idée.

King regagna son bureau.

— Il y a encore beaucoup de détails à mettre au point avant de commencer le travail demain matin, maintenant que vous nous accompagnez dans cette entreprise, docteur Wright. Rappelez lord Strathmore, voulez-vous, avant qu'il n'use le tapis de l'antichambre à faire les cent pas. Je l'ai fait venir de Constantinople, et j'y tiens beaucoup.

14

Incapable de trouver le sommeil malgré sa fatigue, Harland fixa le plafond. Trop de pensées contradictoires l'agitaient.

Le plan qu'ils allaient exécuter dans les prochains jours n'était pas le sien, et c'était peut-être ce qui l'inquiétait. On avait soudoyé les personnes qu'il fallait, tout était prévu pour détourner l'attention des autres, et des moyens de transport rapides et sûrs avaient été prévus. Tout était en place, et Patrick Gibbs avait raison, les prémices de cette mission-là n'étaient pas si différentes des autres. Sauf que, cette fois, ils devaient faire évader les prisonniers d'une véritable forteresse et non du labyrinthe familier de Newgate ou d'autres établissements des environs de Londres. Sans compter la très réelle possibilité de voir lesdits prisonniers rendre l'âme avant d'arriver à destination.

Katherine avait d'abord insisté pour accompagner Harland lorsque Gibbs et lui iraient chercher les prisonniers, puis avait fini par admettre que sa présence risquait d'attirer l'attention. Cela ne l'avait pas empêchée d'écouter avec attention le reste du plan et de poser des questions judicieuses là où elle décelait des faiblesses. Harland se demanda plus d'une fois au cours de cette réunion quel empire souterrain elle aurait édifié le long de la côte du Kent et au-delà si elle avait suivi les traces de son père au lieu d'aller à la guerre, ou quel empire elle pourrait encore bâtir si elle le souhaitait.

En revenant de Hemsdale House, ils n'avaient pas évoqué la conversation privée qu'elle avait eue avec King. Elle n'y avait pas fait allusion, et il n'avait pas osé lui poser de questions. L'interroger sous-entendrait qu'il ne lui faisait pas confiance, or les liens qu'ils commençaient à tisser étaient encore fragiles.

Harland se tourna sur le flanc en soupirant. Penser davantage à Katherine n'allait pas l'aider à s'endormir. Il avait préféré l'emmener à l'Institut Haverhall plutôt que dans la modeste maison qu'il possédait sur une place modeste d'un modeste quartier de la capitale. L'école, un ancien manoir, était entourée d'un vaste parc doté d'un étang. Comme ses deux sœurs, lui aussi y avait un logement, mais à cette époque de l'année, l'endroit était désert, à l'exception des quelques domestiques qui entretenaient les bâtiments. Et moins de gens seraient au courant de sa présence à Londres, mieux ce serait.

Il ne pouvait en revanche pas faire abstraction de la présence de Katherine dans l'établissement. La savoir à la fois si près et si loin était une véritable torture. Quoi qu'il fasse, ses pensées le ramenaient sans cesse à la nuit qu'il avait passée près d'elle, à son corps contre le sien, à la douceur de sa chevelure contre sa joue, à sa peau plus douce encore. Il savait désormais comment elle soupirait dans son sommeil, il connaissait ses mouvements et son parfum.

Ce qu'il ne connaissait pas, en revanche, c'était le goût de sa peau, ni ses gémissements s'il plongeait en elle et la poussait aux confins de l'extase avant qu'ils ne s'y perdent tous les deux…

Un coup sourd de l'autre côté du mur le fit se redresser en position assise. Il fut suivi d'un autre, puis du bruit d'une chaise ou d'un meuble qu'on traînait sur le parquet. Sans prendre le temps de réfléchir, il passa en hâte une chemise et un caleçon et se rua dans le couloir. Il s'arrêta devant la porte de Katherine, où filtrait un rai de lumière. Incertain sur la conduite à tenir, il tendit l'oreille. Quelques secondes plus tard, il entendit un bruit étrange, comme un raclement de métal sur la pierre.

Elle non plus ne dormait pas.

Le bruit s'arrêta net quand il frappa.

La porte s'entrouvrit prudemment, comme si Katherine craignait de découvrir qui se trouvait de l'autre côté.

— Je vous ai réveillé ? murmura-t-elle. Je suis désolée.

Harland ouvrit la bouche pour la rassurer, et se trouva à court de mots. Dans la douce lumière de la chandelle, ses pieds nus dépassant à peine de sa chemise de nuit et d'un peignoir qu'elle avait dû trouver dans l'armoire, sa chevelure flottant sur ses épaules tel un nuage mordoré, elle ressemblait à une princesse de conte de fées. De sa vie, jamais il n'avait vu une femme aussi belle. Sans doute n'en reverrait-il jamais plus...

Il avait eu une mauvaise idée. Il aurait mieux fait de se mettre la tête sous l'oreiller.

— Harland ? Tout va bien ?

— Non, souffla-t-il.

— Qu'est-ce qui ne va pas ? s'inquiéta-t-elle en ouvrant davantage la porte.

Ce qui n'allait pas ? Il était sur le seuil de la chambre d'une femme qui avait le don de lui couper le souffle, de lui paralyser le cerveau et de le rendre muet, d'une femme qu'il se languissait d'enlacer et de protéger. D'une femme qu'il désirait plus que tout.

D'une femme qui n'avait pas besoin de lui.

— Je n'arrive pas à dormir non plus, articula-t-il.

Au moins était-ce la vérité. Qu'elle en tire les conclusions qu'elle voulait.

Elle soutint son regard un instant, puis :

— Entrez.

Il pénétra dans la chambre, malgré la petite voix qui le suppliait de n'en rien faire, et lui rappelait qu'il ne survivrait pas à une seconde nuit comme celle de la veille. Il avait à peine fait quatre pas qu'il s'immobilisa.

— Qu'est-ce que vous faites ? demanda-t-il.

Le gros sac de voyage gisait dans un coin et son nécessaire chirurgical était ouvert sur le lit. Sur un guéridon qu'elle avait tiré au milieu de la chambre, tous les instruments tranchants étaient alignés à côté d'une pierre carrée, d'une bande de cuir et d'un chiffon de lin. Sur la table de toilette, la cuvette avait été vidée, et une rangée de petits paquets de cuir soigneusement attachés par un lien y étaient entassés. Des petites fioles étaient alignées à côté.

— Je vérifie mes instruments, et je m'assure que mes lames sont bien affûtées.

— Vous aurez tout le temps de le faire demain matin.

— Je préfère le faire maintenant. Il faut absolument donner à ces garçons toutes les chances de rentrer chez eux. À tout prix.

— Ils rentreront, ne vous inquiétez pas.

— Qu'en savez-vous ?

Harland ne savait quoi penser. Quelque chose la tracassait, visiblement. Peut-être regrettait-elle d'avoir accepté de l'aider. À moins que sa réaction n'ait quelque chose à voir avec sa conversation avec King.

— Vous n'êtes pas obligée de m'accompagner, risqua-t-il.

— Bien sûr que si.

— Personne ne vous en voudra si vous changez d'avis.

— Moi, je m'en voudrais. Et si vous avez l'intention de continuer sur ce sujet, vous feriez aussi bien d'aller vous recoucher. Je ne changerai pas d'avis, même si vous me posiez la question un millier de fois.

— Katherine...

— Le sujet est clos.

— Il me semble que non.

— King m'a dit la vérité à propos de votre femme.

— Je vois.

Si son but était de changer de sujet, elle avait certainement réussi. Encore que King ne pouvait lui avoir révélé quoi que ce soit qu'elle n'aurait pu lire dans n'importe lequel des journaux qui s'étaient fait un plaisir d'étaler dans leurs colonnes les détails les plus sordides.

— Pourquoi vous a-t-il raconté cela ?

King ne faisait jamais rien qui n'obéisse à un froid calcul.

— Il voulait savoir si j'avais fait mon choix en toute connaissance de cause. Il craignait que je ne sois victime de vos ambitions.

— Victime de mes ambitions ? répéta-t-il, furieux contre King d'avoir révélé ce qui ne le regardait pas, et contre lui-même de ne pas s'être montré plus franc avec Katherine quand il en avait eu l'occasion. Dans ce cas, il a dû vous dire ce que les journaux ont raconté, à savoir que ma femme s'était éloignée de moi parce que j'avais refusé d'abandonner mon intolérable *ambition* de pratiquer la médecine. Ma femme ne perdait jamais une occasion de me rappeler que mon entêtement à pratiquer une profession vulgaire lui faisait du tort, et que j'étais pour elle une gêne et une cause d'embarras, que même ma fortune ne compensait pas l'humiliation que je lui infligeais. Et quand j'ai refusé d'abandonner la médecine, quand j'ai refusé de devenir l'homme qu'elle voulait que je sois, elle m'a puni. Encore et encore.

Katherine demeura silencieuse, se contentant de le fixer sans ciller.

— Il a dû vous dire comment elle était morte ?

— Il m'a dit qu'il s'agissait d'un accident.

— Un accident ? Ma foi, je suppose qu'on peut appeler cela comme ça. Vous avez entendu parler de Thomas Rowlandson ? Non ? Il a écrit un poème intitulé *Exploits équestres inédits*. Il raconte comment un homme peut faire l'amour à son amante sur un cheval au galop...

— Harland...

— Ce n'était qu'une parmi ses nombreuses acrobaties avec l'un de ses nombreux amants. Mais cette fois, le cheval a trébuché dans un trou et...

— Arrêtez.

— J'ai bien essayé de changer, au début, de devenir l'homme qu'elle désirait...

— Ne faites jamais cela, le coupa-t-elle en posant un doigt sur les lèvres de Harland. Ne changez jamais, je vous l'interdis.

La fureur qui l'habitait reflua avec une soudaineté qui le prit de court. C'étaient les paroles qu'il avait eu désespérément besoin d'entendre des années plus tôt. Peut-être avait-il toujours besoin de les entendre. Le vide qui au fil des ans avait endormi sa colère et sa haine, sa rancœur et ses regrets venait d'être remplacé par un sentiment nouveau, un sentiment qui ressemblait à l'espoir.

— Si j'ai mentionné ma conversation avec King, c'est parce que votre sœur Clara m'a interrogée sur mes choix. Elle voulait savoir pourquoi j'étais partie à la guerre, reprit Katherine, en lui caressant la joue du bout des doigts. Et je lui ai menti. Je lui ai dit que j'étais partie parce que je pouvais me rendre utile.

— Non seulement vous le pouviez, mais vous l'avez fait.

— La vérité, c'est que je suis partie parce que je croyais être amoureuse. C'est la raison la plus stupide, la plus égoïste qu'on puisse imaginer.

— Vous n'êtes ni stupide ni…

— J'avais rencontré Jeffrey Walton à Douvres, alors que son régiment se préparait à embarquer pour la France. Il était charmant, drôle, et il me donnait l'impression que j'étais une personne extraordinaire. Il s'arrangeait pour passer du temps avec moi, alors qu'il avait beaucoup à faire, je le savais. Et quand je lui ai proposé de l'accompagner, il ne m'a pas ri au nez. Je suis donc partie, heureuse et confiante, avec la certitude d'être plus qu'une simple maîtresse. J'ai embarqué sur ce bateau, certaine de n'avoir rien de commun avec ces femmes qui suivent les armées pour offrir la distraction tarifée d'un lit chaud par les nuits glaciales.

— Vous n'êtes pas obligée de me raconter cela, Katherine.

Si la triste fin du mariage de Harland s'était déroulée en public, au vu et au su de tous, Katherine, elle, n'avait pas besoin de partager avec lui une histoire qui était de toute évidence restée privée.

— Si, il le faut. Pour que vous compreniez pourquoi je suis ici, et pourquoi je *ne* peux *pas* ne pas vous aider.

Harland lui prit la main et l'encouragea à poursuivre d'un signe de tête.

— Jeffrey était officier dans la 8e brigade de James Kempt, qui a subi de lourdes pertes à Quatre-Bras et à Waterloo. Le dernier jour, avant que les Français ne battent en retraite, un groupe d'éclaireurs s'est introduit dans nos lignes et a isolé Jeffrey et ses hommes dans un bosquet près de Mont-Saint-Jean. Ils l'on coupé de son régiment avec six de ses hommes et les ont piégés dans une ferme abandonnée. Ce n'est qu'au crépuscule que j'ai appris ce qui était arrivé et qu'il était porté disparu. Une fois la nuit tombée, dans la confusion de la retraite, je me suis faufilée à travers les lignes. J'étais persuadée que je pouvais aider Jeffrey et ses hommes à s'échapper s'ils étaient encore encerclés.

— Vous aviez perdu l'esprit ?

— Non. J'avais juste beaucoup d'expérience pour faire s'échapper des hommes armés en pleine nuit. Quand je suis parvenue à les rejoindre, deux des soldats étaient morts, et les quatre autres avaient été gravement blessés en défendant leur position. Et en défendant avec courage et loyauté, comme on le leur avait appris, l'officier qui les commandait. Jeffrey n'avait rien, lui.

— Bien sûr, marmonna Harland.

— Les Français étaient toujours là. Ils n'avaient pas encore battu en retraite avec le gros de leur armée, soit parce qu'ils étaient particulièrement obstinés, soit parce qu'ils ne savaient pas quoi faire d'autre, soit parce qu'ils enrageaient. Nous avions suffisamment de munitions pour les tenir à distance, et ils disparurent un peu avant l'aube. J'avais réussi à maintenir en vie les quatre hommes de Jeffrey. Il leur promit d'aller chercher de l'aide et de les ramener chez eux une fois le gros de l'armée retrouvé. Il leur jura également qu'ils seraient récompensés pour leur bravoure. Mais quand l'aube arriva, Jeffrey était parti.

— Parti ?

— Je m'étais assoupie. Je n'avais pas dormi depuis une journée et demie et j'ai succombé au sommeil. Jeffrey en avait profité pour s'éclipser. J'ai appris plus tard qu'il avait été l'un des premiers à embarquer pour l'Angleterre avec d'autres officiers. Tous des héros, fêtés à leur retour dans la mère patrie après cette grande victoire.

Si Harland n'avait jamais rencontré Jeffrey Walton, il avait rencontré beaucoup d'hommes comme lui.

Des hommes qui ne comprenaient même pas le sens des mots « courage » ou « loyauté ». Walton n'avait pas été le seul à fuir et à quitter le plus rapidement possible le champ de bataille et ses horreurs. Harland les avait regardés s'enfuir.

— Ils sont tous morts, poursuivit Katherine. Ses hommes. Je n'ai pas pu les sauver. Le plus jeune avait quinze ans. Il avait menti sur son âge pour s'engager. Il a agonisé durant deux mois, et il est mort en appelant sa mère. Les trois autres n'ont pas duré quinze jours, et eux aussi sont morts en réclamant ce que je ne pouvais pas leur donner.

— Je suis désolé.

— Je croyais que Jeffrey reviendrait, vous savez. Je pensais sincèrement qu'il était parti chercher de l'aide. Je lui ai écrit longtemps, persuadée qu'il tiendrait la promesse faite à ses hommes. Et à moi. Parce qu'il avait promis de m'épouser quand la guerre serait terminée, de me donner les enfants dont j'avais toujours rêvé et un foyer à moi, avec un jardin et un chien. De me donner une vie où le bonheur et la sécurité remplaceraient le désespoir et le crime. Dieu que j'étais naïve !

— Non, vous ne l'êtes pas.

— Vous avez raison, je ne le suis plus. Je ne l'ai jamais revu, et je n'ai plus jamais entendu parler de lui. J'ai appris qu'il avait été nommé colonel peu après son retour en Angleterre, et qu'il avait maintenant un poste important à la prison de Dartmoor.

— Katherine…

— Plus je m'attardais sur le Continent, plus il était difficile de partir, reprit-elle comme si elle ne l'avait pas entendu. Il n'y avait pas uniquement les hommes de Jeffrey qui luttaient pour rester en vie suffisamment longtemps pour rentrer chez eux, il y en avait beaucoup d'autres. Ils étaient si nombreux.

Pas seulement des Anglais, mais aussi des Français ou des Prussiens.

— Je sais.

— Tous avaient été utilisés et abandonnés sans un regret parce que leurs vies étaient jugées sans valeur.

Elle parlait d'elle et pas seulement des soldats, devina Harland. Une femme utilisée et abandonnée quand elle n'avait plus été utile ou commode. La fureur et la haine revenaient, plus brûlantes que jamais, cette fois cependant, les raisons en étaient différentes. Le besoin de la serrer dans ses bras, comme s'il pouvait la protéger de tout le mal qu'elle avait enduré d'un autre, le submergeait. Mais il ne pouvait hélas pas la protéger du passé, pas plus qu'elle ne pouvait le protéger du sien.

— Ils avaient besoin de soins, souffla-t-elle. Et surtout, ils avaient besoin de quelqu'un à leurs côtés pour ne pas mourir seuls quand le moment viendrait. Quelqu'un qui puisse tenir lieu de mère, de sœur ou d'épouse à ces hommes ou à ces garçons qui ne reverraient jamais les leurs, qui ne rentreraient jamais chez eux pour leur dire adieu. Vous aussi, vous savez ce que cela signifie de se sentir impuissant, de ne pouvoir rien faire d'autre que regarder un homme mourir. Vous avez vu les mêmes choses que moi.

Harland acquiesça d'un hochement de tête.

— Je suis restée plus de quatre ans dans les Flandres. Même une fois tous les soldats rapatriés, je ne pouvais me résoudre à rentrer en Angleterre. Je ne pouvais me résoudre à lui faire face. Je ne l'ai toujours pas revu. Je suis lâche, je sais, et vous aviez raison quand vous m'avez dit que je n'avais pas laissé la haine…

— Seigneur, Katherine, vous n'êtes pas lâche ! Ce que vous avez fait, et ce que vous continuez de faire, en est la preuve.

— Quelle importance, au fond ? Ce que je voulais vous faire comprendre, c'est pourquoi je suis ici, pourquoi je fais cela. Parce que maintenant je ne suis plus impuissante. Je ne suis plus victime des ambitions de qui que ce soit. Ni des vôtres, ni de celles de Jeffrey, ni de celles de personne. Je fais mes choix en toute connaissance de cause. Je n'ai pas pu ramener ces quatre soldats abandonnés, mais j'ai l'occasion de le faire avec ceux-là, même si ce n'est que pour dire adieu à une famille qui les aime visiblement assez pour tenter l'impossible. Je ne peux pas me contenter de regarder les mêmes malheurs se répéter, vous comprenez ?

— Oui, je comprends.

— Et je sais que vous ne pouvez rien me promettre...

— Vous vous trompez.

— Je n'ai pas fini...

— Ce n'est pas la peine. Katherine, je veux que vous m'écoutiez, et que vous m'écoutiez attentivement. Je ne peux pas vous promettre que ces hommes vivront suffisamment longtemps pour revoir la France, c'est vrai, en revanche, je peux vous promettre de faire tout ce qui sera en mon pouvoir pour les y aider. Je ne peux pas vous promettre que ce que nous allons faire n'est pas dangereux, en revanche, je vous promets que je ne vous laisserai jamais seule face au danger.

— Harland...

— Je vous promets de ne pas vous abandonner, Katherine. Jamais.

Il lui caressa doucement la joue. Fermant les yeux, elle appuya la joue contre sa paume.

— Je vous ai dit que je ne peux pas. Je... Nous...

— Je ne vous demande rien, assura-t-il en lui prenant la main. Je ne suis pas lui.

C'était la seconde fois qu'il le lui disait.

— Je sais, souffla-t-elle. Mais je suis toujours moi. Et je ne peux toujours pas… Je ne peux pas vous donner ce dont vous avez besoin.

C'était la seconde fois qu'elle le lui disait.

— Vous vous trompez. Vous m'avez déjà tout donné. Votre accord, votre confiance, votre foi. Je n'ai pas besoin de plus.

Ce qu'elle lui avait donné était déjà inestimable.

Harland…

Il porta la main de Katherine à ses lèvres et y déposa un baiser.

— Et je veux que vous preniez ce dont vous avez besoin, chuchota-t-il.

C'était de la folie, il le savait. Une folie qui était probablement devenue inéluctable à l'instant où il était entré dans cette chaumière et que Katherine Wright avait braqué son fusil sur lui.

— Prenez-le ou pas, mais je…

Du bout des doigts, elle le fit taire, avant de suivre lentement le contour de ses lèvres.

Le cœur de Harland s'arrêta de battre.

Les yeux de Katherine restaient rivés à sa bouche, et il dut mobiliser toute sa volonté pour rester immobile. Il avait connu beaucoup de femmes, beaucoup avaient eu des gestes ouvertement érotiques, et cependant rien ne l'avait autant ému que cette tendre exploration de ses lèvres.

Elle le poussa doucement en arrière, il heurta la chaise et y tomba assis.

— Vous avez des mains extraordinaires, murmura-t-elle en les lui prenant. Je l'ai remarqué dès notre première rencontre.

Il sentit le désir crépiter en lui telle une tempête à venir.

Il ne bougea pas quand elle s'approcha pour le toucher, et réussit, Dieu sait comment, à ne pas l'attirer sur ses genoux pour lui montrer de quoi ses mains étaient capables.

Quand elle les lui lâcha enfin, Harland retint son souffle, paralysé à l'idée qu'elle puisse l'abandonner ainsi, et tout autant terrifié à l'idée qu'elle continue.

Très lentement, elle releva son peignoir et sa chemise de nuit et se laissa glisser sur ses genoux pour le chevaucher. Le sexe de Harland réagit violemment, et son corps entier se tendit vers elle.

Attrapant le bas de la chemise de Harland, elle la fit passer par-dessus sa tête avant de la jeter sur le sol. Il s'agrippa à la chaise, attendant que Katherine prenne ce qu'elle désirait.

Avec une grande douceur, ses mains se posèrent sur son torse, et il se demanda si elle sentait son cœur cogner contre ses côtes. Elle descendit plus bas, s'arrêta sur l'érection qui tendait l'étoffe de son caleçon. Il retint son souffle tandis qu'elle se penchait. Ses lèvres coururent le long de son cou, allumant un brasier dans leur sillage. Il ferma les yeux, résistant à grand-peine au désir impérieux de se frotter contre sa féminité. Katherine noua les bras autour de son cou, sa bouche trouva la sienne et sa langue suivit sur ses lèvres le sentier qu'elle avait dessiné du doigt quelques secondes plus tôt.

Il la laissa goûter, taquiner et décider de l'ardeur de leur baiser. Elle commença par l'explorer lentement, avec prudence presque, comme pour apprivoiser quelque appréhension. Ou garder le contrôle. Pour sa part, il sentait que le contrôle en question menaçait de lui échapper à tout moment. Et peut-être était-ce aussi son cas, car elle poussa un petit cri étouffé tandis que ses mains se crispaient sur son cou et que ses hanches venaient à la rencontre des siennes. Il lâcha un grondement de plaisir.

— Dis-moi ce que tu veux, Katherine, articula-t-il d'une voix rauque.

— Je veux que tu me caresses, lui chuchota-t-elle à l'oreille.

Je veux que tu me caresses.

Katherine ignorait quel genre de folie lui avait donné le courage de s'exprimer avec tant de brutale franchise, et quel genre de sottise lui avait fait accepter la proposition de Harland, mais pour l'heure, elle s'en moquait éperdument.

Je veux que tu me caresses.

D'un geste, il lui ôta son peignoir et le laissa tomber sur le parquet. Katherine ne portait plus à présent qu'une chemise de nuit incroyablement fine. Elle s'attendait qu'il la lui enlève, or il choisit de glisser les mains dessous, de les refermer sur ses fesses avant de la plaquer plus étroitement contre son sexe durci.

Un frisson la secoua et son dos se cambra.

— Comment veux-tu que je te caresse ? murmura-t-il.

Tremblant de plaisir, Katherine appuya la tête contre l'épaule de Harland. C'était elle qui avait commencé, elle se devait d'aller jusqu'au bout, pour l'instant, cependant, elle était incapable d'articuler un mot.

— Comme ceci ? hasarda-t-il tandis que ses mains remontaient sous sa poitrine. Ou comme cela ? enchaîna-t-il en prenant ses seins en coupe.

— Oui...

De ses pouces, il agaça les petites pointes dressées, et elle creusa davantage les reins pour mieux s'offrir à ses caresses.

Glissant une main dans son dos, il fit courir ses lèvres sur sa gorge tandis que son autre main descendait jusqu'au triangle bouclé au creux de ses cuisses. Elle resserra son étreinte autour du cou de Harland, le souffle court, anticipant la suite. Elle était humide, elle le savait, et son sexe palpitait furieusement.

— Comme ceci ? murmura-t-il en plongeant les doigts dans les replis de sa féminité.

— Oui !

Elle resserra les cuisses autour de lui et se souleva juste assez pour lui permettre de plonger les doigts là où elle les désirait.

La première caresse de Harland lui arracha un gémissement. Les muscles de ses cuisses sous elle étaient d'acier, et la main dans son dos, rigide. Il s'enfonça de nouveau dans sa chaleur, appliquant cette fois une subtile pression sur la petite crête nichée entre les pétales de son intimité. Une onde de plaisir alluma un feu d'artifice derrière ses paupières closes et son corps s'embrasa.

Il avait vraiment des mains extraordinaires, songea-t-elle, enivrée, et ce qu'il faisait avec était encore plus extraordinaire.

— Dis-moi ce que tu veux, intima Harland.

— Toi. Encore..., haleta-t-elle, au bord du précipice, prête à voler en éclats.

Il gémit, puis sa bouche couvrit la sienne, dure, exigeante. La tendre exploration avait fait place à une force primitive, à une exigence impérieuse, viscérale, à laquelle elle répondit avec la même fureur tandis qu'elle se pressait sur les doigts qui s'enfonçaient plus profondément en elle.

C'était cela qu'elle désirait.

Ce fut sa dernière pensée cohérente avant que son corps ne se raidisse et ne se tende comme la corde d'un arc, avant que ses muscles ne se contractent, avant que les spasmes du plaisir ne la fassent basculer dans l'abîme de la jouissance. Elle cria son nom, mais il le cueillit de ses lèvres et l'embrassa à perdre haleine.

Quand elle retrouva ses esprits, il murmurait son nom. Son bras l'enserrait étroitement. Tandis qu'il repoussait ses cheveux de son visage, elle le gratifia d'un baiser languide, puis se laissa aller contre son torse.

— Tu as vraiment des mains merveilleuses, soupira-t-elle.

Il rit tout bas, et quand il changea de position, elle réalisa qu'il était toujours aussi dur que le marbre.

Elle se redressa, tendit la main vers sa ceinture.

— Non ! l'arrêta-t-il en lui agrippant le poignet. Ce que je voulais, c'était te donner ce que tu désirais.

— Mais...

Il la fit taire d'un baiser.

— Je ne me lasserai jamais de te regarder jouir sous mes caresses, murmura-t-il.

Katherine rougit jusqu'à la racine des cheveux, ce qui était ridicule, vu ce qui venait de se passer entre eux, et grotesque dans la mesure où elle n'avait qu'une envie : lui demander de recommencer.

Sans prévenir, Harland se leva et la déposa sur le sol. Il souffla la chandelle sur le guéridon et, dans l'obscurité, la porta jusqu'au lit et l'y déposa doucement. Il s'y allongea à son tour avant de l'attirer contre lui.

— Dors, chuchota-t-il. Je serai là à ton réveil.

Émue aux larmes, Katherine chercha sa main, entrelaça ses doigts aux siens. Pourquoi ne trouvait-elle pas les mots, qui aillent au-delà de la gratitude, pour le remercier d'avoir compris sa vulnérabilité et de l'avoir transformée en courage ?

Pour lui dire que grâce à lui, pour la première fois depuis tant d'années, elle n'était plus seule ?

15

— On a un problème.

Katherine se figea devant la porte de la chambre de Harland. Cette voix lui était inconnue.

— Je ne vous avais pas demandé de frapper avant d'entrer, Gibbs ? lança Harland d'un ton sec.

— Et je vous avais pas dit de fermer vos fenêtres, lord Strathmore ?

La main de Katherine demeura sur la poignée, indécise. Cela ne faisait pas longtemps que Harland avait quitté son lit pour regagner sa chambre et se préparer à la journée qui les attendait. Dans l'entrebâillement de la porte, elle l'apercevait devant sa table de toilette, son profil éclairé en ombre chinoise par la lanterne. L'homme qu'il avait appelé Gibbs ne pouvait être que Patrick Gibbs, l'un des rouages de leur plan, mais il restait caché à la vue.

— J'ai failli me trancher la jugulaire, avec votre arrivée intempestive, grommela Harland en essuyant les restes de savon qui lui couvraient le menton.

— Ça peut pas attendre, milord.

— Vous n'avez pas trouvé suffisamment d'explosifs ?

— Vous voulez rire ? Cette prison est bourrée de munitions dans tous les coins, et elles sont stockées derrière des verrous du siècle dernier. Même à cinq ans, j'aurais pu faire des provisions pour nous.

— Quel est le problème, alors ?

— L'officier qui commande la prison, celui que j'avais payé pour être très occupé ce matin et pour gérer en dépit du bon sens n'importe quel... désordre imprévu... est mort dans une rixe de taverne il y a deux nuits. Il s'est cogné la tête contre le bord d'une table, il a commencé à trembler comme un fou, et il est mort. En tout cas, c'est ce qu'on m'a raconté.

— Nom de Dieu ! jura Harland en jetant sa serviette. Il a été remplacé ?

— Oui. Son remplaçant est arrivé hier soir. Un colonel, rien de moins. Une espèce de héros de guerre, et surtout un imbécile prétentieux, j'ai l'impression. C'est pas son premier poste dans une prison, et on raconte qu'il aime le pouvoir. Il prend sa fonction très au sérieux.

Les doigts de Katherine se crispèrent sur la poignée, et une peur irraisonnée lui glaça les sangs.

— À ce qu'on dit, c'est un cadet qui s'est retrouvé héritier il y a quatre mois, poursuivit Gibbs. Le cheval de son frère aîné a trébuché pendant une partie de chasse et il s'est retrouvé dans une fosse pleine de boue avec les vertèbres brisées. Ça a fait du colonel l'héritier d'un comté, mais c'est pas d'une grande utilité pour ce qui nous occupe, sauf qu'il est pas à plaindre et qu'il a pas besoin de notre bel argent. Et nous, on a pas le temps de trouver comment faire pression sur lui.

— Comment s'appelle-t-il ? Il fait partie de l'aristocratie, je peux peut-être trouver quelque chose sur lui qui pourrait nous être utile.

— C'est le colonel Jeffrey Walton, maintenant vicomte de Quelque-Chose, et prochain comte de Wheldham.

— Hanveck ! lança Katherine en ouvrant la porte. Son titre de courtoisie[1] est maintenant vicomte Hanveck.

Ignorant Harland, elle s'était adressée directement au petit homme que le baron avait appelé Gibbs.

— Dr Wright, je suppose ?

— En effet.

— Et vous connaissez ce colonel ?

— Si l'on veut.

Quelque part dans l'éther, les dieux et les déesses qui tiraient les fils de la justice et de la vengeance devaient bien s'amuser. Et guetter la réaction de Katherine.

— Vous le connaissez bien ? s'enquit Gibbs plein d'espoir. Suffisamment pour que ça nous soit utile ?

— Oui, monsieur Gibbs, suffisamment pour en tirer profit.

— Certainement pas, intervint Harland. Quoi que vous ayez en tête, c'est hors de question. Je vais m'occuper de lui. Je vais le retarder, le distraire en lui racontant des souvenirs de guerre. Le noyer dans la Tamise au besoin, quoi qu'il en soit, vous resterez en dehors de cela.

Katherine secoua la tête. Elle pouvait s'abandonner à l'amertume et à la haine qui montaient en elle avec la furie d'un troupeau de chevaux au galop au milieu d'une tempête, et saisir l'occasion qui lui était enfin donnée d'affronter Jeffrey Walton. Elle pourrait enfin exiger les réponses auxquelles elle avait droit. Elle pourrait enfin lui arracher les excuses qu'il devait non pas à elle, mais aux hommes qui avaient risqué leurs vies pour lui et qu'il avait abandonnés à la mort en récompense. Elle pourrait enfin confondre

1. Le fils aîné d'un duc, d'un marquis ou d'un comte porte un des titres de moindre importance de son père, marquis pour duc, comte pour marquis, etc. *(N.d.T.)*

le menteur lâche et déloyal qu'il était. Et tout cela ne changerait rien.

Ou elle pouvait faire un autre choix.

— Non, rétorqua-t-elle, fière de se découvrir aussi calme. Vous n'aurez pas besoin de noyer qui que ce soit. Je vais m'occuper du colonel Walton et faire en sorte qu'il ne se trouve pas là où il devrait être le moment venu. Vous vous occuperez de nos patients. Il n'y aura rien de changé à ce point de vue.

Harland se rembrunit.

— Nous ne savons même pas si Walton sera sur place aussi tôt le...

— Si, on le sait, l'interrompit Gibbs. Un capitaine m'a dit qu'il avait prévu de passer en revue les gardes et les prisonniers au petit matin, et si c'est le cas, lui ou un autre remarquera forcément qu'au moins deux prisonniers auraient jamais dû être amenés à terre avec les équipes de travail. Il ordonnera de les reconduire sur le ponton, les gardes seront punis et remplacés, et ramener les prisonniers à terre une deuxième fois sera pratiquement impossible.

— Comme je l'ai dit, je m'occuperai du colonel, répéta Katherine.

Harland franchit la distance qui les séparait et lui prit la main.

— Vous n'êtes pas obligée de faire...

— Si, je le suis. Je suis fatiguée d'esquiver. Je refuse de risquer la vie de ces malades en me cachant. Vous ne pouvez rien me promettre, vous me l'avez dit, j'ai toutefois besoin que vous me donniez votre parole de ramener ces garçons chez eux. Quoi qu'il arrive.

— Nous n'avons pas d'autre but.

— Promettez-le-moi, Harland.

— Katherine...

— Je sais que c'est égoïste, que je ne suis pas raisonnable, mais je veux l'assurance que j'aiderai à faire pencher la balance. J'en ai besoin. J'ai besoin de savoir que je vais réussir là où j'ai échoué autrefois. Promettez-le-moi.

— Vous n'aviez pas échoué.

— Allez dire cela à ceux qui sont morts à des centaines de lieues de chez eux et de ceux qu'ils aimaient. Promettez-moi que ces garçons ne connaîtront pas le même sort.

— Je vous le promets.

— Merci.

— Vous avez des informations à me donner ? hasarda Patrick Gibbs, dont le regard n'avait cessé d'aller de l'un à l'autre.

— Non, répondit Katherine. Rien, à part quelques changements dans nos plans. Vous, vous avez une information à me donner en revanche.

— Laquelle ?

— Combien de temps vous faut-il pour me trouver une robe ?

16

Sous le ciel matinal couleur de plomb, la Tamise avait des reflets d'ardoise.

Cette lumière blafarde ne faisait qu'ajouter à l'aspect lugubre de l'arsenal et des quais. Les bâtiments étaient aussi gris que la fumée grasse qui s'échappait des fonderies et des forges environnantes.

Les pontons décrépits amarrés aux berges devant l'arsenal formaient un contraste saisissant avec les élégants navires à l'ancre plus loin le long des quais. Avec leurs coques dématées et leurs ponts dénudés, les pontons n'étaient plus que des coquilles vides. Des cordes à linge couraient de la proue à la poupe, exhibant des rangées de haillons.

Ils n'étaient pas si différents du labyrinthe qui formait l'arsenal lui-même. Un fouillis d'ateliers, de forges, de scieries et d'entrepôts s'égaillait le long de la rive, tandis que des tas informes de pierres et de terre s'égrenaient au bord du fleuve. Tout au bout se dressaient les baraquements des hommes de la troupe, comme écrasés par le chaos environnant.

Quand il s'agissait d'activités douteuses, Katherine appréciait le chaos.

En dépit de l'heure matinale, il régnait déjà une chaleur poisseuse. Le long des berges, des files d'hommes enchaînés commençaient leurs tâches journalières, déchargeant les cargaisons des bateaux et des barges à quai. D'autres creusaient des trous ou chargeaient des tombereaux de pierres destinées à consolider les rives. Un peu plus loin du fleuve, d'autres équipes sciaient, tiraient et empilaient des madriers ou des bûches. Si un tiers environ étaient des hommes libres, des journaliers indépendants faciles à reconnaître à leurs vêtements civils, les deux tiers portaient l'uniforme des forçats, et étaient enchaînés.

Certains étaient attachés par paire, à la taille ou à la cheville, d'autres portaient de lourdes entraves aux pieds, parfois reliées à un collier de métal au cou. La plupart étaient émaciés, et beaucoup arboraient des blessures encore béantes ou souffraient d'une toux caverneuse. Tous étaient surveillés par des gardes qui se pavanaient en hurlant, probablement pour les inciter au travail ou prévenir toute tentative d'évasion.

Katherine osait à peine respirer, tant la puanteur montant des carcasses à l'ancre – trop de corps misérables entassés trop longtemps dans un espace trop étroit – combinée à l'odeur âcre des fumées et à celle de la vase était puissante. Mais cette atmosphère lourde et brumeuse lui plaisait infiniment. Il n'y avait pas le moindre souffle de brise susceptible de disperser la fumée des fonderies, et cela lui convenait parfaitement. La visibilité s'en trouverait réduite d'autant au moment crucial.

— Tu es déjà entrée dans une prison ?

C'était la première question que lui posait Harland depuis qu'ils avaient quitté Haverhall dans un fiacre. Après le petit déjeuner, et après le départ de Patrick Gibbs, il l'avait longuement embrassée, avec une ardeur farouche, et ne lui avait plus rien dit depuis, ce dont elle lui était reconnaissante.

— Comme prisonnière ou comme visiteuse ?

— L'un ou l'autre.

— Non. Et toi ?

— Trop souvent. À Marshalsea le plus souvent, à Newgate quelquefois, et sur ces pontons de temps en temps. Ce sont des endroits de…

— Misère ?

— Pire. Ce sont des endroits où l'espoir ne peut que mourir. Et quand l'espoir meurt, l'âme meurt avec lui.

De la petite éminence où ils s'étaient arrêtés, ils avaient un point de vue privilégié sur la prison et ses environs, et Katherine ne quittait pas des yeux les hommes qui transportaient les pierres.

— Il est encore temps de changer d'avis, reprit Harland. Tu pourrais nous attendre sur le bateau. Nous trouverons bien un moyen de détourner l'attention des officiers, Gibbs et…

— Nous y allons ? le coupa Katherine.

Le corset, auquel elle n'était pas habituée, lui comprimait les côtes et la gênait un peu pour respirer. Un inconvénient presque bienvenu car il l'empêchait de s'appesantir sur l'autre douleur profondément enfouie.

— Je ne serai pas loin.

— Fais ce qui est prévu. Tu m'as fait une promesse et je m'en suis fait une, moi aussi. Et puis, plus tôt je pourrai me débarrasser de cette robe, mieux je me porterai, ajouta-t-elle en se forçant à sourire.

— Qu'est-ce que tu lui reproches ? C'est une très jolie robe.

— Je me doutais que tu l'apprécierais, soupira Katherine en jetant un coup d'œil à son décolleté plongeant.

— En effet, je l'apprécie beaucoup, admit Harland qui s'empara de sa main pour y déposer un baiser. Tu ne te rends pas compte à quel point tu es resplendissante !

— Merci, docteur. Cela dit, il ne s'agit que de quelques mètres de soie.

— Il ne s'agit pas de la robe, Katherine, mais de toi.

— On en reparlera après que tu sauras comment je fais un garrot. Tu changeras peut-être d'avis.

— Ça m'étonnerait. Associe-toi avec moi.

— Pardon ?

— Quand nous aurons mené à bien cette affaire, viens travailler avec moi. Associons-nous.

Une associée, c'était plus qu'un ami, plus qu'une maîtresse. C'était une alliée. Une égale. Harland était tout cela pour elle, et beaucoup plus. Comment le lui dire ?

— Tu n'es pas obligée de me donner une réponse tout de suite, reprit-il, se méprenant sur son silence. Je suis toutefois convaincu que nous pouvons accomplir de grandes choses tous les deux, sache-le.

— Je le pense aussi.

Impulsivement, elle se hissa sur la pointe des pieds et déposa un baiser sur sa bouche.

— À présent, allons trouver nos patients.

Toute une foule se pressait à l'entrée de l'arsenal, des femmes avec des paniers remplis de victuailles ou de pains qu'elles espéraient vendre aux soldats et aux artisans qui travaillaient là. Quantité de petites cahutes avaient poussé çà et là, abritant toutes sortes de métiers, des tailleurs jusqu'aux cordonniers ou aux forgerons, épargnant ainsi aux officiers la peine de se rendre dans le centre de la capitale.

Katherine et Harland se frayèrent un chemin dans la cohue, la jeune femme consciente des regards curieux qu'elle attirait, ou du moins qu'attirait la robe élégante que lui avaient dénichée Gibbs et Harland. Elle avait dû coûter une fortune. La soie bleu ciel était bordée de dentelle d'importation, et ce genre de tenue, comme le genre de femme qui la portait, devait être rare aux portes d'une prison. L'ensemble attira immanquablement l'attention des deux gardes adossés au mur d'enceinte.

— Mlle Wright, pour le colonel Walton ! annonça Harland en agitant sous le nez de la première sentinelle un document à l'allure officielle.

L'un des gardes prit le document et fit mine de l'examiner mais son regard, comme celui de son collègue, ne s'éloigna guère du décolleté de Katherine, qui demeura raide comme la justice, les laissant la lorgner tout leur soûl. Elle était prête à parier qu'ils n'avaient pas écouté un mot de ce qu'avait dit Harland.

— Le colonel est très occupé, objecta l'un des gardes. Surtout aujourd'hui.

— C'est effectivement ce qu'il m'a dit quand nous avons fixé notre rendez-vous, rétorqua Katherine. Cela ne l'a pas empêché de trouver du temps pour moi.

Le garde rendit le document à Harland et, après avoir consulté son camarade du regard, les conduisit dans une pièce minuscule meublée de deux chaises et d'une table massive sur laquelle était ouvert un gros registre.

— Signez ici, ordonna le garde en pointant le doigt sur le registre. Nom et prénom, et raison de votre venue.

Harland posa sa lourde sacoche et se pencha pour écrire tandis que Katherine feignait d'examiner la pièce.

— C'est pas un endroit pour une dame, vous savez, marmonna la sentinelle en mâchouillant un cure-dents. Je peux attendre avec vous, si vous voulez. Ou vous emmener dans un endroit plus agréable.

— Je peux vous assurer que je suis tout à fait à ma place, répliqua Katherine. Je suis la présidente de la branche londonienne de la Société féminine de bienfaisance pour les soins, l'éducation et la réinsertion des prisonniers. Ce bon docteur a accepté de m'accompagner dans ma visite des lieux de travail afin que je me rende compte de ce qui reste à améliorer. Le colonel Walton sera notre guide.

Le garde en lâcha son cure-dents.

— La Société de benf... de banf...

— La Société féminine de bienfaisance pour les soins...

— Milady est une âme très pieuse, coupa Harland. Elle pense que chacun a droit à une seconde chance, et que l'asservissement terrestre peut mener à une vie vertueuse dédiée à une autorité spirituelle supérieure. Et elle est disposée à y consacrer une partie significative de sa fortune. Le colonel Walton s'est montré ouvert à toute proposition susceptible de répondre à des besoins criants. Vous comprenez.

Le garde ferma la bouche, la rouvrit, comme s'il s'apprêtait à répondre, puis se ravisa.

Harland tira sa montre de son gousset, passa le bras de Katherine sous le sien et ramassa sa sacoche.

— Allons-y, si nous ne voulons pas faire attendre le colonel. L'exactitude est la politesse des rois, n'est-ce pas ?

D'un air dégoûté, le garde leur fit signe de sortir.

— L'exactitude est une vertu primordiale, chuchota Katherine tandis qu'ils empruntaient une chaussée de bois qui menait au fleuve.

— C'est bien mon avis, acquiesça Harland. Nous avons vingt minutes.

À mesure qu'ils se rapprochaient de la rivière, la puanteur devenait insupportable, et plus assourdissant le cliquetis des chaînes et les vociférations des gardes. La fumée pestilentielle obscurcissait tout, même s'ils distinguaient mieux que depuis la route les prisonniers qui travaillaient sur le rivage.

— Ah, juste à l'heure !

Un officier trapu s'approcha d'eux. Petit, la moustache bien taillée, des cheveux blonds coupés court, il portait des bésicles dont les reflets dissimulaient le regard. L'une de ses mains était négligemment posée sur la poignée de son sabre, l'autre tenait une longue pipe.

— Gibbs, murmura Harland.

Interloquée, Katherine détailla l'officier en qui elle eut du mal à reconnaître l'homme qu'elle avait vu à Haverhall quelques heures plus tôt. Elle l'aurait croisé dans la rue qu'elle ne l'aurait pas reconnu.

— Le colonel est en route pour inspecter ses troupes, les informa le faux officier.

— Compris, murmura-t-elle en lissant son corsage comme pour étouffer une appréhension croissante.

Gibbs jeta un coup d'œil par-dessus l'épaule de Katherine.

— Le voilà ! Nous avons dix minutes, chuchota-t-il en consultant sa montre avant de pivoter sur ses talons pour se diriger vers la berge.

Katherine ne se retourna pas.

— Quoi qu'il arrive, Harland, conduis les patients jusqu'au bateau et emmène-les loin d'ici. Si tu le peux, attends-moi. Sinon, pars.

— Je ne t'abandonnerai pas.

— Tu m'as promis de ramener ces garçons chez eux, quoi qu'il arrive. C'est justement ce dont il s'agit.

Carrant les épaules, elle plaqua un sourire sur son visage et tourna les talons.

Jeffrey Walton n'avait pas changé. Mêmes yeux bleus, mêmes épaules athlétiques, même posture avantageuse – tout ce qu'elle avait trouvé si séduisant autrefois. Il s'était peut-être un peu empâté, et sur ses tempes, quelques fils gris étaient visibles, mais, à part cela, il était l'incarnation de la santé. Un homme assez chanceux pour avoir échappé aux blessures de guerre et à leurs funestes séquelles.

Pendant quelques instants terrifiants, la colère et l'amertume qu'elle croyait avoir vaincues menacèrent de la submerger, et un voile rouge dansa aux confins de son champ de vision. La main de Harland au creux de ses reins lui rappela la raison de sa présence et lui redonna force et courage.

Jeffrey était presque devant eux à présent. Il était entouré d'un groupe de jeunes officiers à l'air affairés, portant registres et documents. Il fronça les sourcils en parcourant le papier que lui tendait l'un des officiers, leva les yeux, effleura du regard Katherine et Harland avant de s'arrêter brusquement pour revenir sur la jeune femme.

Un instant, il parut hésiter, comme s'il envisageait de faire volte-face et de partir en courant. Pour un peu, elle aurait espéré qu'il le fasse, qu'il prenne la fuite comme jadis, et que tout le monde voie enfin quel lâche était cet homme.

— Bonjour, colonel ! le salua Katherine haut et fort.

Jeffrey regarda à gauche et à droite, comme pour chercher une échappatoire qu'il ne trouverait pas. Pas cette fois. Pas avec tous ces officiers qui examinaient ouvertement la jeune femme.

— Bonjour, répondit-il avec raideur. Quelle... surprise ! Cela fait si longtemps.

— En effet. La dernière fois que je vous ai vu, c'était en pleine bataille de Waterloo, lui rappela-t-elle en le gratifiant d'un sourire éblouissant. En fait...

— Allez m'attendre aux cantonnements ! aboya Jeffrey à ses hommes. Je vous rejoins dans un instant.

— Je vous présente mes condoléances pour le décès de votre frère, reprit Katherine tandis que les autres officiers s'éloignaient. Il est mort tragiquement, ai-je cru comprendre.

Walton redressa le dos, s'efforçant de retrouver une allure martiale.

— Merci, dit-il.

— Vous voilà donc vicomte, si je ne m'abuse ?

Il acquiesça.

— Dans ce cas, milord, permettez-moi de vous présenter le baron Strathmore, qui a également servi dans l'armée de Wellington. Lord Strathmore, voici le colonel Jeffrey Walton, vicomte Hanveck et, bien sûr, désormais héritier du comté de Wheldham.

— Strathmore ? répéta Jeffrey, qui parut remarquer Harland pour la première fois. Ah oui ! Vous êtes médecin, n'est-ce pas ?

— C'est comme médecin que je suis ici aujourd'hui, oui. On m'a appelé pour une consultation.

— J'ai entendu dire que vous aviez rejoint le corps médical après cette déplaisante histoire avec votre femme. Je m'étonne qu'un homme ayant hérité d'un titre s'amuse toujours à ce genre de passe-temps.

Harland lui adressa un sourire froid.

— Tout homme a besoin d'un but dans la vie, vous ne croyez pas, colonel ? Vous avez gardé votre poste d'officier, après tout.

— Certes. Et je compte le garder jusqu'au décès de mon père. Au risque de sembler immodeste, mes états de service à l'armée ont fait de moi un héros, et un exemple pour les hommes du rang. Je ne peux pas abandonner ces responsabilités, si illustre que soit mon titre.

— Bien sûr.

Derrière Jeffrey, Katherine aperçut Gibbs qui s'était arrêté devant un tas de terre fraîchement remué tout au bout de la cour. Il avait allumé sa pipe, et la fumée s'élevait en petits nuages bleutés. Il laissa tomber quelque chose et se baissa pour le ramasser avant de s'éloigner.

Il était temps pour Harland d'y aller.

— Merci d'avoir eu la gentillesse de m'escorter jusqu'ici, lord Strathmore, déclara Katherine, mais j'ai suffisamment abusé de votre temps. Le colonel Walton me reconduira jusqu'à la grille de l'arsenal. Ce sera l'occasion de rattraper le temps perdu.

— En fait, Kath... mademoiselle Wright, intervint Walton, je suis en retard pour mon inspection. Je vais demander à l'un de mes subordonnés de vous...

— Voyons, colonel, me raccompagner jusqu'à la grille est bien le moins que vous puissiez faire pour moi, vous ne croyez pas ?

Même un imbécile aurait perçu la menace dans la voix de Katherine.

— Je... Oui, certainement.

Par-dessus l'épaule de Walton, Katherine voyait Gibbs suivre la rangée de tas de bois, la fumée de sa pipe laissant des volutes bleuâtres dans son sillage. De nouveau, il parut lâcher quelque chose, et se baisser pour le ramasser.

— Vous êtes sûre, mademoiselle Wright ? s'enquit Harland.

— Certaine, assura Katherine. Je vous remercie, lord Strathmore. Bonne journée.

Quand elle se rapprocha de Jeffrey, Katherine craignit un instant que Harland refuse de la quitter.

— Bonne journée, lança-t-il finalement, avant de gagner la berge.

D'après Katherine, ils avaient moins de trois minutes avant que le chaos ne s'installe. Elle se dirigea vers la sortie, et Jeffrey n'eut d'autre choix que de lui emboîter le pas.

— Qu'est-ce que tu fais ici, Kate ? articula Jeffrey, l'air renfrogné.

— Je suis membre fondateur de la Société féminine de bienfaisance pour les soins, l'éducation et la réinsertion des prisonniers. Lord Strathmore a eu la gentillesse de m'offrir un aperçu du travail qui attend ici notre fondation.

L'aisance et la conviction avec laquelle elle lui débita ces mensonges l'étonnèrent elle-même.

— Tu n'es pas venue pour me voir ?

Elle aurait dû s'en douter ! Vaniteux comme il était, il n'imaginait pas qu'elle puisse être là pour une autre raison.

— Pour être franche, je ne pensais pas te revoir un jour, avoua-t-elle sans ralentir le pas – du moins était-ce la vérité. Quand un homme disparaît au beau milieu de la nuit, on en tire les conclusions qui s'imposent.

— Grand Dieu, après tout ce temps, tu ne peux quand même pas m'en vouloir encore d'être parti alors que je ne pouvais pas faire autrement ?

— Tu ne pouvais pas faire autrement ? s'écria-t-elle, sentant sa colère renaître. Tu as abandonné tes hommes.

Tu m'as abandonnée.

— Écoute, Kate, tu m'as offert un grand réconfort et une distraction bienvenue dans des moments particulièrement difficiles. Et je ne nie pas que tu t'es montrée d'un grand secours auprès de nos médecins et de nos chirurgiens, mais tu es une femme. Tu ne peux pas comprendre l'importance pour un officier, pair du royaume, d'annoncer rapidement la victoire à notre roi et au pays tout entier. Les hommes comme moi doivent se rendre visibles, se montrer au peuple. Les blessés m'auraient ralenti.

— Tu as abandonné tes hommes, martela-t-elle.

— Ils allaient mourir de toute façon.

Cette réponse fit à Katherine l'effet d'une gifle. Toute la haine qu'elle s'appliquait à contenir remonta à la surface.

— Ces hommes étaient sous tes ordres, sous ta responsabilité. Ils sont morts en te protégeant.

— Ils savaient qu'ils allaient se battre quand ils se sont engagés, rétorqua Jeffrey avec impatience.

— Ils ne s'étaient pas engagés pour mourir.

Jeffrey leva les yeux au ciel.

— Je ne pouvais empêcher ce qui leur est arrivé pas plus que je ne pouvais empêcher ce qui est arrivé à tous les autres soldats. C'étaient des hommes de peu, qui n'ont fait que leur devoir en protégeant un homme d'importance. Je ne leur dois rien.

Comment avait-elle pu se croire amoureuse de cet homme ? C'était elle qu'elle blâmait à présent.

— Tu leur avais promis de les ramener chez eux. Tu leur avais promis qu'ils reverraient leurs familles.

— Leurs familles ont dû s'en remettre, j'en suis sûr. Comme tout le monde.

— Et moi ? dit-elle en s'immobilisant.

— Quoi, toi ?

— Ç'a été aussi facile de m'abandonner ?

— Kate, je n'ai pas le temps de m'occuper des crises de nerfs.

— Les crises de nerfs ? Je…

Katherine se tut avant de prononcer des paroles qu'elle risquait de regretter. Du regard, elle balaya les rives de la Tamise. Du côté des cours maintenant désertes, près d'un tas de terre et de bois, s'élevait une colonne de fumée qui ne provenait pas des fonderies ni d'une quelconque pipe.

— Écoute, je suis désolé de t'avoir blessée, mais des questions plus importantes réclamaient mon attention. Tu es capable de le comprendre, j'espère. Peut-être pourrais-je t'offrir une compensation, ajouta-t-il en louchant sur le décolleté de Katherine, qui le dévisagea, doutant d'avoir bien entendu. Nous avons eu de bons moments ensemble, reprit-il en la prenant par l'épaule. Nous pourrions peut-être recommencer.

— C'est une nouvelle demande en mariage ?

Jeffrey soupira.

— J'ai eu tort de te proposer le mariage la première fois, et je m'en excuse, mais, honnêtement, Kate, on ne peut pas en vouloir à un homme de ce qu'il a pu dire dans le feu de la bataille, en pleine guerre. Tôt ou tard, je serai comte, ajouta-t-il. J'aurai besoin d'une femme issue de la noblesse, tu le sais aussi bien que moi. Pour autant, il n'y a pas de raison pour que nous ne puissions pas avoir une relation agréable pour l'un comme pour l'autre, comme autrefois. J'ai les moyens de t'installer confortablement. De t'offrir des robes, des bijoux, une maison à toi...

— Non ! lança-t-elle en se dirigeant d'un pas décidé vers les grilles.

— Je te laisserai un peu de temps pour réfléchir.

— Non.

— Surveille au moins tes fréquentations, lança-t-il en la suivant. Laisser lord Strathmore devenir un de tes familiers n'est pas raisonnable.

— C'est un excellent médecin.

— C'est un original, comme le reste de sa famille, et à force d'originalité, leur conduite finit par devenir scandaleuse. Il ne faut pas que ton nom soit associé à ce genre d'excentricité. C'est pour cette raison que Strathmore n'a même pas été capable de garder sa femme dans son lit !

Katherine avait atteint les grilles du portail. Elle fit volte-face.

— Tu...

Elle s'interrompit. À quoi bon discuter ? Elle savait déjà quel genre d'homme était Harland Hayward.

Et elle savait exactement quelle sorte d'homme était Jeffrey Walton.

— C'étaient les chiens ? questionna-t-elle.

— Pardon ?

— Ton frère. Quand il est mort, vous chassiez les chiens sauvages ?

Jeffrey ouvrit la bouche pour répondre mais aucun son n'en sortit. Son cou s'empourpra lentement.

— Tu l'as abandonné, lui aussi, quand les choses ont mal tourné, n'est-ce pas ?

— Surveille tes paroles, Katherine, siffla Jeffrey, le visage rouge brique. Tu ne sais pas de quoi tu parles, et tu ferais bien de te rappeler à qui tu parles.

La fumée qui montait au bout de la cour formait maintenant une épaisse colonne. On la remarquerait d'ici quelques secondes, mais il était déjà trop tard.

— Je sais de quoi je parle parce que je sais très bien à qui je parle, Jeffrey. Inutile de m'accompagner plus loin, conclut Katherine.

— Tu ne peux pas me quitter ainsi, fulmina Walton.

Il s'apprêtait à la retenir lorsque des cris affolés retentirent. On avait enfin remarqué la fumée.

— Au revoir, Jeffrey, murmura Katherine tandis que l'enfer se déchaînait.

17

Le bruit de la première explosion ébranla l'atmosphère, et projeta des mottes de terre qui s'abattirent autour de Harland. Instinctivement, il se jeta au sol, même s'il savait qu'il ne courait aucun danger. Rien ne brûlait encore, à part les tas de pailles gorgés de goudron et de poudre qui avaient été disséminés le long des berges entre les monceaux de déchets de terre, de pierres et de bois. Les flammes jaillirent tandis qu'une fumée noire montait dans le ciel en tourbillonnant. Partout on criait « au feu » et les hommes, abandonnant leurs tâches, se mettaient à courir.

Une seconde explosion projeta de nouvelles mottes de terre mêlées de paille enflammée sur les piles de bois, accentuant la panique.

Sans le moindre souffle de vent, la fumée ne tarda pas à devenir plus dense. Elle tournoyait autour des casemates, se déployait au-dessus de la Tamise en nuages toujours plus épais. Un officier blond apparut dans la mêlée, hurlant aux hommes affolés des instructions contradictoires qui ne firent qu'ajouter à la confusion générale. Harland se dirigeait déjà vers la rive lorsqu'un officier l'arrêta.

— On s'amuse comme des fous, déclara Patrick en s'essuyant les mains avec un mouchoir. On devrait faire ça plus souvent.

— Je n'y tiens pas, répliqua Harland sans ralentir le pas.

— Votre Mlle Wright est une femme de parole. Elle a entraîné le colonel à l'écart comme le joueur de flûte de Hamelin avec les rats.

Harland avait été à peine capable de mettre un pied devant l'autre lorsqu'il les avait laissés, Walton et elle. Il avait eu le plus grand mal à ne pas rebrousser chemin.

— Bon Dieu, Gibbs, tu as utilisé combien de barils de poudre ? lança le garde qui surveillait l'équipe qui chargeait les pierres en frottant ses yeux rougis.

— Ce qui compte, c'est pas la quantité de poudre, c'est l'huile et le goudron qu'on utilise avec la paille, expliqua Patrick en lui tendant une bourse de cuir. Voilà le reste de ce qu'on te doit.

— C'est toujours un plaisir de travailler avec toi, déclara le garde en empochant la bourse avant de lui tendre une clef. Tes Français t'attendent dans la barge, mais je te préviens, je sais pas si le petit est pas déjà mort.

Harland jura entre ses dents tandis que le garde disparaissait dans les volutes de fumée. Harland gagna la berge en toussant. La proue d'une barge à moitié échouée sur le rivage émergea de la fumée, le bruit des chaînes heurtant le bois se mêlant au clapotis de l'eau.

Patrick sauta à bord le premier. Harland l'imita. Quatre prisonniers étaient enchaînés à des anneaux scellés aux sabords de la petite embarcation. Deux gisaient au fond du bateau, tandis que les deux autres tentaient désespérément de se libérer de leurs chaînes.

Affolés, ils reculèrent dans un cliquetis de métal en découvrant le couteau que tenait Harland. L'un d'eux commença à hurler, puis s'arrêta brusquement comme Patrick brandissait une clef.

— Si vous voulez que votre frère vive, tenez-vous tranquille, leur conseilla Harland en français tandis que Patrick s'attaquait à leurs fers avec efficacité. Ils sont vivants ? s'enquit-il, l'immobilité des deux hommes allongés au fond du bateau ne lui disant rien qui vaille.

— Ils respirent tous les deux, répondit Gibbs en les débarrassant de leurs chaînes avec précaution. Pour le moment.

Harland posa sa sacoche et l'ouvrit.

— Qui êtes-vous ? demanda l'un des prisonniers.

Il était d'une maigreur effrayante et ses yeux semblaient lui manger le visage. Avec ses cheveux presque rasés, il évoquait une tête de mort. Une longue cicatrice lui barrait la tempe gauche, ajoutant à cet aspect macabre.

— Je suis médecin. Je suis là pour vous aider à vous évader, répondit Harland, restant volontairement vague.

Si leur entreprise tournait mal, mieux valait ne pas donner de détails.

— Enlevez vos vestes.

— Pourquoi ?

— Parce que ce sont des vestes de prisonniers, répliqua Harland avant de leur jeter un paquet de vêtements tirés de sa sacoche. Enfilez celles-ci, vous et les autres.

Patrick détacha la dernière chaîne et la jeta pardessus bord.

— Il est temps de quitter les lieux, annonça-t-il.

Il sauta à terre, dénoua l'amarre qu'il jeta à l'intérieur du bateau. Appuyant l'épaule contre la proue, il poussa tandis que Harland saisissait les rames. La barge glissa silencieusement sur l'eau. Gibbs grimpa à l'intérieur, Harland tira sur les avirons, et l'embarcation s'éloigna doucement de la rive.

Les deux prisonniers qui tenaient encore debout s'étaient débarrassés de leurs vêtements et avaient endossé le costume passe-partout des pêcheurs. Lorsqu'ils tentèrent d'aider leurs deux compagnons à en faire autant, le plus petit gémit pitoyablement.

— Il va mourir, déclara sombrement le prisonnier à la cicatrice en jetant par-dessus bord la veste en lambeaux.

— Pas si je peux l'empêcher, marmonna Harland.

— Où nous emmenez-vous ?

— Chez vous, répondit Harland, surpris qu'il ne lui ait pas posé la question plus tôt.

Katherine courait à perdre haleine, ce qui n'était pas aisé avec ce corset qui lui écrasait les côtes. Elle suivait la route qui longeait le fleuve, laissant derrière elle le tumulte et la confusion. La fumée qui avait envahi l'arsenal formait à présent un gros nuage noir, et l'air empestait le soufre, la tourbe et la paille en flammes.

Elle avait concocté mentalement une liste d'excuses et d'explications plausibles au cas où quelqu'un l'arrêterait, la plupart se fondant sur la tendance aux crises de nerfs communément admises s'agissant des femmes, mais pour l'heure, la route était déserte. Si tout s'était bien passé, Harland et Patrick Gibbs devaient être au milieu de la Tamise, avec un autre assortiment d'excuses et d'explications préparées en cas de besoin. Le bateau censé les emmener en France devait être prêt à les intercepter.

Elle espérait de toutes ses forces que Harland ne s'était pas attardé à la prison et qu'il ne l'avait pas attendue au bord du fleuve. Elle espérait encore plus ardemment qu'il l'attendrait en aval.

Qu'il ne l'abandonnerait pas.

Elle avait le souffle court lorsqu'elle quitta la route boueuse pour s'engager dans l'étendue marécageuse qui descendait jusqu'à la Tamise. Ses pieds s'enfoncèrent aussitôt dans le sol spongieux, et ses jupes furent vite trempées, la ralentissant.

Elle n'y arriverait jamais ainsi, comprit-elle.

Sans plus réfléchir, elle dégrafa les attaches qui fermaient sa robe. Celle-ci tomba à ses pieds. Elle enjamba la masse soyeuse, la ramassa et la roula en boule. Elle se pencha, non sans difficultés, releva ses dessous pour récupérer le couteau attaché à sa cheville. D'un seul coup, elle trancha les lacets de son corset. Elle respirait enfin ! Le corset et la robe sous le bras, elle se remit à courir, uniquement vêtue de sa chemise.

Un sentier à peine visible serpentait à travers le marécage en direction du fleuve. Elle s'y engagea, les hautes herbes presque aussi grandes qu'elle. Derrière son épaule gauche, les colonnes de fumée lui permettaient de s'orienter malgré l'absence de soleil.

C'était elle qui avait eu l'idée de ce point de rendez-vous, une maison abandonnée au bord de la Tamise, à deux lieues à peine de l'arsenal, sous un chêne qui servait de repère depuis la rivière. Elle n'avait toutefois jamais abordé près de cette ruine qu'elle avait vue uniquement depuis le fleuve et, bien des années auparavant, au cours d'une expédition de contrebande à Londres avec son père.

Elle s'efforça d'ignorer les doutes qui commençaient à se faire jour. Réussirait-elle à repérer la maison depuis le marais ? Celle-ci existait-elle encore ? Des paysans ou des pêcheurs n'avaient-ils pas récupéré les pierres pour leur usage personnel ? Ne mettrait-elle pas trop longtemps à se frayer un chemin dans ce marécage ? Ses compagnons allaient-ils l'attendre ? N'allaient-ils pas l'abandonner ? Une fois de plus ?

Elle ne devait plus être très loin à présent. Le sol était de plus en plus gorgé d'eau et par endroits, elle s'enfonçait jusqu'aux genoux, ce qui ne l'empêcha pas de presser le pas autant qu'elle le pouvait. À part les cris des oiseaux qui s'enfuyaient en piaillant à son approche, elle n'entendait rien d'autre que son souffle rauque. Elle ne s'autorisa pas à ralentir l'allure tant elle avait peur d'arriver trop tard. Elle trébucha sur une butée abrupte, mais le sol devenait plus solide et elle poursuivit sa route, cahin-caha. Et tout à coup, juste devant elle, elle aperçut les branches noueuses d'un énorme chêne.

Pour un peu, elle en aurait pleuré de soulagement. Elle se fraya un chemin au milieu d'un fouillis de buissons, manquant de tomber sur un tas de pierres abandonné.

Elle avait réussi !

La maison au pied du chêne était toute petite. Elle n'avait plus de toit et les solives qui avaient jadis soutenu le chaume avaient depuis longtemps disparu, emportées par les hommes ou les éléments, de même que deux des quatre murs. Les restes d'un feu de camp étaient par contre bien visibles au pied d'un des murs encore debout. Cette ruine avait servi de refuge il n'y avait pas si longtemps, et servait peut-être encore.

Elle s'accroupit derrière un buisson pour reprendre son souffle et tendit l'oreille. Pas un mouvement n'agitait les hautes herbes, et seul le chant de douzaines de grenouilles et le clapotis de l'eau troublait le silence. De sa cachette, elle ne voyait pas la rivière, et ne pouvait donc pas voir si un bateau l'attendait, un bateau qui les emmènerait tous loin d'ici.

Elle tituba en direction de l'eau, s'arrêta juste derrière le dernier rideau de feuillage au bord du fleuve. Elle ferma les yeux, craignant de regarder, et craignant de ne pas regarder, en se reprochant sa lâcheté.

Elle les rouvrit enfin et s'avança prudemment sur la berge.

La rivière était déserte.

Katherine chancela, la gorge soudain nouée, et se maudit de cette faiblesse. Bonté divine, elle l'avait voulu, elle l'avait exigé. Elle scruta le fleuve en direction de la prison, mais la rivière était absolument vide. Aucun mât, aucune voile, juste un paisible plan d'eau.

Une détresse sans nom la submergea. Elle avait mis trop de temps pour arriver jusqu'ici. Elle avait toujours envisagé cette possibilité – cette probabilité, d'ailleurs. Elle ne se trouvait pas livrée à elle-même sur un champ de bataille des Flandres avec une escouade de mourants à soigner. Elle ne se trouvait pas à des centaines de lieues de chez elle. Cependant, si les circonstances étaient différentes, la réalité était tout aussi dévastatrice.

Elle tomba à genoux dans l'herbe, et tandis que la robe de soie lui échappait, elle s'obligea à réfléchir rationnellement malgré le chagrin qui l'étouffait.

Harland avait fait ce qu'il devait faire. Il avait fait ce qu'elle lui avait demandé.

Il lui fallait maintenant se ressaisir et réfléchir au moyen de sortir de ce marais et de cette situation. Avant de s'assurer que Harland avait quitté la prison sans encombre.

— Que diable fais-tu dans cette tenue ?

Katherine bondit sur ses pieds en brandissant son couteau.

— Je n'ai pas dit que cela ne me plaisait pas, se défendit Harland en levant les mains en signe d'apaisement. Je suggérais juste que tu me paraissais un peu sommairement vêtue.

Katherine lâcha sa lame, fit deux pas mal assurés vers lui, et se retrouva enveloppée par deux bras musclés. Horrifiée, elle sentit l'envie de pleurer monter en elle telle une vague irrépressible. Le besoin de se cramponner à cet homme, de sangloter et de le supplier de ne plus jamais la quitter l'étouffait presque.

Elle avait peut-être une tendance aux crises de nerfs, finalement.

À regret, elle s'arracha aux bras de Harland, et s'essuya les yeux d'un revers de manche.

Ce dernier l'observa avec inquiétude.

— Te quitter a été une véritable épreuve, avoua-t-il. Je n'aurais jamais dû te laisser seule avec Walton.

— Je ne veux pas parler de lui. Pas maintenant. Plus jamais.

C'était la vérité. Elle avait affronté l'homme qui l'avait abandonnée et elle y avait survécu. Non seulement elle y avait survécu, mais elle en avait triomphé.

— Entendu.

— Les patients ? Tu as réussi à les faire sortir ?

— Ils sont en sécurité à bord, la rassura-t-il en enlevant sa redingote pour la poser sur ses épaules. Nous nous sommes arrêtés un peu plus bas en aval. C'était un ordre du capitaine. Il ne voulait pas mouiller dans un endroit aussi exposé. J'ai débarqué avec un des canots.

— Tu n'aurais pas dû abandonner les patients, lui reprocha-t-elle d'un ton un peu brusque qui se voulait détaché.

— Je n'aurais pas dû t'abandonner.

— Je ne risque pas de mourir d'un moment à l'autre, objecta-t-elle en rengainant son couteau. Il faut nous dépêcher.

— Katherine…

— Il faut nous dépêcher, répéta-t-elle.

Le moment était mal choisi pour se laisser aller à l'émotion ou discuter de sujets difficiles. Des vies étaient en jeu, le temps pressait.

— Je t'ai apporté ceci, dit-il.

Harland ramassa un sac qu'elle n'avait pas remarqué et en sortit la chemise et le pantalon qu'elle portait sur la grève d'Avondale.

— Oh, merci !

Elle lui rendit sa redingote qu'il enfila avant de se retourner pudiquement. Une attention un peu ridicule, compte tenu de ce qui s'était passé entre eux, et cependant touchante. La chemise de Katherine, humide et maculée de boue, rejoignit la robe bleue, et elle se rhabilla rapidement.

— Allons-y, lança-t-elle en récupérant ses vêtements.

Elle accepta la main que Harland lui tendait et se laissa guider à travers l'enchevêtrement de roseaux et de buissons, et au-delà de la maison en ruine, jusqu'à la berge. À demi cachée par les hautes herbes, elle devina la proue d'un canot et un homme penché sur les avirons.

— Il était temps ! grommela Patrick.

Il avait troqué son uniforme d'officier pour des vêtements de pêcheur. Il haussa à peine un sourcil devant la tenue de Katherine.

— Montez, ordonna-t-il. J'aime pas attendre, ça me rend nerveux.

Katherine grimpa dans l'embarcation, suivie de Harland. Gibbs n'attendit même pas qu'ils soient assis pour tirer sur les avirons.

18

Le plus jeune perdrait sa jambe.

Katherine n'avait pas eu besoin de voir la blessure pour déterminer l'étendue des dommages. L'odeur qui s'en dégageait l'avait renseignée sur l'unique solution envisageable bien avant qu'elle n'ait examiné le garçon étendu sur la table d'opération et qu'elle n'ait remonté le haillon qui lui servait de pantalon. Il s'appelait Bernard, lui avait-on dit, et quelque chose, il y avait déjà un certain temps, avait creusé une plaie profonde dans son mollet. La blessure s'était infectée, le pus suintait de la chair noircie et enflée. Brûlant de fièvre, il reprenait conscience par instants, avant de sombrer à nouveau dans une torpeur agitée. Pour le moment, on lui avait administré une décoction de quinquina, on avait posé des compresses froides sur la plaie, et on l'avait installé aussi confortablement que possible.

À peine plus âgé, le jeune René, lui aussi brûlant de fièvre à cause d'une blessure infectée, avait reçu le même traitement. Katherine pensait qu'il avait eu le pied droit écrasé, et qu'il faudrait lui enlever au moins trois orteils.

Les deux autres patients, Luc et Claude, étaient à des degrés variés en mauvaise santé. Luc, soupçonnait-elle, avait eu le bras cassé et mal consolidé. Claude, le plus âgé des quatre, souffrait de malnutrition, et de déshydratation. Ces deux derniers avaient été conduits dans la cambuse du navire – loin de l'infirmerie et de la tâche qui attendait Katherine et Harland – pour qu'on leur donne à manger.

— Docteur Wright, je suppose ?

Katherine leva les yeux de la jambe de Bernard. Le titre de docteur, dans la bouche d'un inconnu, la surprenait toujours.

— Vous supposez bien. Capitaine Black, je présume ?

Avec sa barbe et sa longue chevelure sombre, le capitaine Black ressemblait aux farouches pirates des romans d'aventures. Katherine l'avait vu brièvement aboyer ses ordres sur le pont lorsque Patrick avait amarré le canot au flanc du cotre à l'ancre au milieu du fleuve. À peine étaient-ils à bord que le bateau cinglait vers l'embouchure de la Tamise, tel un pur-sang lâché après un trop long confinement.

— Bienvenue, lança Black en s'inclinant cérémonieusement, un antique tricorne à la main. Ce n'est pas souvent qu'une belle femme nous honore de sa présence à bord. Une belle femme en pantalon, pas moins. Cette nouvelle mode me plaît beaucoup, je l'avoue.

— Je vous suis reconnaissante d'avoir retardé le départ pour nous attendre. Je ne sais pas si j'aurais fait la même chose à votre place, confessa-t-elle en alignant soigneusement ses instruments, tout en surveillant le capitaine du coin de l'œil.

— Pardon ?

— Le succès de cette entreprise dépend en grande partie d'une traversée rapide. Tout délai représente un danger supplémentaire.

— Le Dr Hayward semblait penser que votre présence était indispensable au succès de cette entreprise, rapide ou pas. Il ne m'a pas donné le choix. Il vous a dit qu'il a menacé de sauter par-dessus bord pour aller vous chercher si je refusais d'attendre ?

Les mains de Katherine s'immobilisèrent.

— Non, il ne me l'a pas dit.

— Cela nous aurait retardés encore plus, puisqu'il me faut au moins l'un de vous deux. J'ai vu Hayward nager, et je suis prêt à parier qu'il aurait coulé au fond de la Tamise avant d'atteindre la berge. Ce n'est certainement pas moi qui pourrais réparer ce gâchis, ajouta-t-il en désignant le garçon étendu sur la table d'opération. Et les Français morts ne rapportent rien.

— Dans ce cas, je vous suggère de remonter sur le pont, capitaine, parce que ce gâchis ne va pas s'améliorer dans les heures qui viennent.

— Seigneur, vous vous inquiétez pour ma sensibilité ? s'amusa Black.

— Je m'inquiète fort peu de votre sensibilité, capitaine, en revanche, penser à tous ceux qui ont peut-être commencé à chercher les prisonniers évadés le long du fleuve ou sur les navires qui ne sont pas tout à fait en règle avec la douane m'inquiète vraiment. S'ils devaient monter à bord, j'aimerais en être avertie rapidement.

Le sourire de Black disparut, remplacé par une expression pensive.

— Ce n'est pas votre première fois, devina-t-il.

— Non, malheureusement. Les amputations sont souvent le seul moyen de sauver...

— Je ne parle pas des amputations. Je parle d'une traversée sur un bateau dont les papiers ne sont pas tout à fait... en règle avec la douane.

— En effet.

— Hayward m'avait caché ça ! Je comprends maintenant pourquoi votre baron s'est entiché de vous.

— Ce n'est pas mon baron, répliqua Katherine en rougissant. Et il ne s'est pas entiché de moi.

— Dans ce cas, travailler avec moi ne vous intéresserait pas, une fois que nous aurons mené à bien cette petite entreprise ? J'ai besoin d'un médecin, et s'il a l'expérience de la contrebande, ce sera encore mieux. Vous êtes déjà allée aux Indes ?

— Elle ne cherche pas de travail, Black, ni avec vous ni avec personne, intervint Harland en entrant, un seau d'eau bouillante dans chaque main. Et ce n'est pas une contrebandière.

Katherine reporta son attention sur les instruments disposés devant elle, soudain envahie par une sensation bien plus puissante que le simple désir, tellement impérieuse qu'elle en eut le souffle coupé. Après l'avoir conduite à l'infirmerie, Harland s'était éclipsé pour aller chercher l'eau bouillante qu'il avait demandée. Elle l'en avait soulagé car les larmes qui lui étaient montées aux yeux quand il avait fait son apparition sur la berge semblaient prêtes à resurgir à tout moment.

Dans un moment comme celui-ci, par exemple. Or, la tâche qui l'attendait exigeait la plus grande concentration. Elle ne devait avoir qu'une seule chose à l'esprit, l'opération en cours, et non l'homme à ses côtés.

— Je pense que la dame aimerait peut-être s'exprimer elle-même, Hayward. L'or et les épices sont bien plus rentables que le cognac et les dentelles. Je peux vous faire une offre très intéressante, docteur Wright. Demandez donc à votre bar...

— Elle est médecin, pas contrebandière, insista Harland.

— Je vous remercie, capitaine, mais c'est non, intervint Katherine.

— J'aurais dû m'en douter, lâcha Black, dont le regard passa de Katherine à Harland. Enfin, réfléchissez-y tout de même, docteur Wright. Je vous ferai peut-être changer d'avis.

— Sûrement pas, répliqua Katherine avant de se tourner vers la table d'opération.

Avec des gestes doux, elle attacha le poignet du garçon à l'aide des lanières qui pendaient le long de la table. Elle ne pouvait prendre le risque qu'il tombe quand ils commenceraient à scier.

— Vous êtes prêt, docteur Hayward ?

Harland était occupé à attiser le feu d'un petit brasero où des fers à cautériser prenaient une teinte orangée sous l'effet de la chaleur.

— Oui, répondit-il.

— Je crois que je vais suivre le conseil du Dr Wright et retourner sur le pont, annonça Black. Je vous souhaiterais bien bonne chance, mais j'ai toujours trouvé ça redondant.

— Redondant ? répéta Katherine.

— Pour avoir de la chance, il faut déjà être très doué. Et vous ne seriez pas là si vous n'étiez pas très, très douée, docteur Wright, déclara-t-il avant de s'éclipser.

Katherine n'avait pas été très douée, elle avait été extraordinaire.

Si Harland avait pu travailler sur les champs de bataille avec un médecin possédant les mêmes compétences et le même calme olympien, il aurait sauvé davantage d'hommes. Comme Katherine, cependant, il s'était retrouvé seul et avait été submergé devant tant de morts, de souffrance et de désespoir. Il s'était efforcé de faire face de son mieux avec ce qu'il avait sous la main.

Il avait connu bien pire que cette intervention, et cependant il avait retrouvé des échos du même désespoir, de la même détermination. Leurs scies avaient fait le même bruit en entamant l'os, leurs patients avaient eu les mêmes spasmes, poussé les mêmes hurlements et enduré les mêmes souffrances. Pas une seule fois Katherine n'avait hésité. Sa main n'avait jamais tremblé, elle était restée calme, efficace et résolue tandis que les heures s'égrenaient. Résultat, Harland avait maintenant bon espoir que leurs quatre patients vivent et revoient leurs familles.

La nuit était tombée depuis longtemps, le cotre avait pris de la vitesse en atteignant la mer sans encombre. Soit Black était le capitaine le plus chanceux que Harland ait jamais rencontré, soit il était aussi habile qu'il le prétendait. Peu importait la réponse, du reste. Ils avaient quitté la Tamise et les rivages de l'Angleterre avec pour seule perspective une traversée paisible et un débarquement tranquille.

Le bruit d'un autre seau d'eau bouillante déposé sans douceur à ses pieds tira Harland de ses pensées. Déjà le cuisinier tournait les talons. Harland ramassa le seau et regagna l'infirmerie où Katherine l'attendait avec leurs quatre patients. À bout de force tous avaient sombré dans un pesant sommeil, et dormiraient sans doute jusqu'à ce qu'ils atteignent les côtes françaises, le lendemain. Il y aurait des sutures à surveiller, des pansements à changer, des potions à administrer, des compresses froides à renouveler, mais un long repos était le remède dont leurs malades avaient le plus besoin pour le moment.

Harland déposa le seau dans l'infirmerie, près du comptoir. Au-dessus de sa tête, la lanterne se balançait, et les ombres évoquaient des danseurs ivres.

— Deux des hommes de Black vont veiller nos patients, annonça-t-il en plongeant un récipient dans le seau d'eau. Ils ont déjà assisté le médecin du bord et seront là dans un instant. Ils ont ordre de venir nous chercher au cas où, mais tu as besoin de repos. Et moi aussi.

S'emparant d'un pain de savon noir, il entreprit de se laver les mains et les bras, et de gratter les dernières traces de sang incrustées sous ses ongles.

— Black pense que, si les vents restent favorables, nous arriverons demain en début d'après-midi. Nous les emmènerons à terre à la nuit tombée. Ceux qui nous attendent nous enverront un signal. Cinq marins nous aideront à débarquer.

Comme Katherine demeurait silencieuse, il se retourna. Elle était appuyée contre la cloison et les larmes roulaient sur ses joues.

— Katherine, que se passe-t-il ? s'écria-t-il, lâchant sa serviette pour la rejoindre.

Incapable de répondre, elle le regardait avec de grands yeux d'enfant terrifiée, le visage ruisselant de larmes. Alarmé, il jeta un coup d'œil aux patients endormis.

— Est-ce qu'un des…

— Ils vont bien. Ils dorment, sanglota-t-elle.

— Tu es malade ? s'inquiéta-t-il en la prenant dans ses bras.

— Non, souffla-t-elle.

— Qu'est-ce qu'il y a, alors ?

— Je ne sais pas. Je ne sais pas, hoqueta-t-elle. Rien. C'est juste que…

— Viens.

La prenant par la main, il l'entraîna vers la petite cabine attenante à l'infirmerie. Elle était minuscule, à peine assez grande pour une couchette et une table, mais ils pouvaient s'y isoler. Il ferma la porte derrière lui.

— Je suis désolée, articula-t-elle. Je ne sais pas ce qui m'a pris. C'est gênant. Comme si tu avais besoin de…

— Chut, murmura Harland en l'attirant à lui.

Elle se cramponna à lui comme une noyée.

— C'est ridicule. Je n'ai pas pleuré quand Jeffrey est parti. Je n'ai pas pleuré quand ses hommes sont morts, ni quand tous les autres sont morts. Je n'ai pas pleuré quand les soldats ont blessé mon frère, ni quand ils ont essayé de me tuer.

— Tu aurais peut-être dû, chuchota Harland en lui caressant les cheveux.

— Ça ne sert à rien. Cela n'arrange rien.

— Tu as été forte pour tellement de gens pendant si longtemps, tu as le droit de te conduire comme un être humain ordinaire pendant un moment. Tu peux laisser à d'autres le souci d'être fort à ta place de temps en temps.

Les larmes redoublèrent.

— Tu es revenu me chercher, bredouilla-t-elle. Je n'étais pas sûre que tu viendrais.

— Je te l'avais promis.

— C'était idiot, s'insurgea-t-elle. Tu aurais pu te faire arrêter. Nous aurions pu nous faire tous arrêter.

— Tu me cherches querelle ? demanda-t-il doucement. Cela ne prendra pas, je te préviens.

— Tu n'es pas censé discuter avec quelqu'un qui te cherche querelle, répliqua-t-elle en laissant échapper un rire rauque.

Il s'écarta pour plonger son regard dans celui de Katherine.

— Si tu savais le nombre de choses que je n'étais pas censé faire dans ma vie, soupira-t-il en cueillant ses larmes du pouce.

— Par exemple ?

— Je n'étais pas censé partir à la guerre, je n'étais certainement pas censé devenir médecin.

Et je n'étais pas censé tomber amoureux de toi.

Cette pensée avait surgi sans prévenir et il se figea, effaré, ne sachant que faire de cette découverte.

— C'est tout ?

Je n'étais pas censé tomber amoureux d'une femme qui a failli me tirer dessus dès notre première rencontre, d'une femme intelligente, courageuse, douée, qui a redonné courage à tant de gens pendant si longtemps, d'une femme qui m'a demandé de ne jamais changer. Elle aurait pu me dire ce qu'elle voulait, jamais je ne l'aurais abandonnée.

Il ne pouvait pas lui faire un tel aveu, alors qu'il n'était pas en mesure de lui offrir ce qu'elle désirait tant. Une famille, une maison avec un jardin et un chien. Une vie heureuse, normale, sans contrebandiers, sans soldats et sans empereur des bas-fonds le tenant à sa merci.

— Je n'étais pas non plus censé pénétrer dans une chaumière au beau milieu de la nuit et y découvrir la femme la plus courageuse que j'aie jamais rencontrée.

— J'ai été épouvantable avec toi ce soir-là, reconnut-elle en baissant la tête.

Ses larmes avaient cessé, et l'ombre d'un sourire dansait sur ses lèvres.

— Tu avais de bonnes raisons.

— Tu es l'homme le meilleur que j'aie jamais rencontré, déclara-t-elle gravement en levant vers lui ses grands yeux turquoise.

Si elle continuait à le regarder ainsi, Harland ne répondait pas de lui.

Je n'étais pas censé tomber amoureux.

Il avait beau se le répéter comme une antienne, cela ne changeait rien. Cela ne changeait rien à ses sentiments envers cette femme, ni au désir qu'il avait d'elle.

— Reste avec moi.

Le cœur de Harland fit un bond dans sa poitrine. Elle n'avait pas idée de ce qu'elle lui demandait. Le mieux qu'il avait à faire, c'était s'en aller, avant que les choses ne deviennent plus compliquées qu'elles ne l'étaient déjà. Avant qu'il ne tombe encore davantage amoureux d'elle. Parce que se séparer quand tout cela prendrait fin serait une véritable torture.

Mais il était incapable de reculer. Peut-être avait-il vu trop de morts et trop de souffrances pour ne pas savoir que la vie était brève et que le pire ennemi, c'étaient les regrets. Peut-être réalisait-il que tout ce que Katherine pourrait lui apporter durant le bref laps de temps dont ils disposeraient valait la blessure et les souffrances à venir.

Elle se hissa sur la pointe des pieds pour l'embrasser. C'était un baiser léger, quoique sans la moindre hésitation, comme si elle aussi avait compris qu'elle n'avait pas d'autre choix.

Il la prit par les épaules et la plaqua contre la porte de la cabine. Le temps n'était plus à l'incertitude. Il la gratifia d'un baiser ardent, farouche, s'efforçant de lui dire ce qu'il ne pouvait mettre en mots.

Il explora sa bouche de la langue, son corps plaqué contre le sien. Sans lui lâcher les lèvres, il tira sur le ruban qui retenait ses cheveux, libérant sa somptueuse chevelure d'or. Son sexe dur palpitait follement et il savait qu'elle le sentait contre son ventre.

Avec un gémissement, elle attrapa le bas de la chemise de Harland et la lui enleva d'un mouvement preste. Il promena les mains sur sa poitrine, fit rouler ses tétons dressés sous sa paume, savourant les petits cris haletants qu'il lui arrachait. Et puis, à son tour, il la débarrassa de sa chemise.

— Seigneur, Katherine, souffla-t-il en laissant ses mains courir sur ses épaules si douces.

Il descendit plus bas, jusqu'à sentir son cœur battre sous ses doigts, puis se pencha, sa bouche retraçant le chemin que venait de visiter sa main.

Katherine appuya la tête contre la porte de la cabine tandis qu'il baisait le creux de sa gorge, puis revenait à ses seins, les agaçant, les suçant, les mordillant tour à tour, se délectant de la voir se tortiller sous ses caresses. Chaque soupir, chaque plainte ne faisait qu'accroître son propre désir. Il se pressait de plus belle contre elle, et chaque contact suscitait une nouvelle vague de désir plus puissante que la précédente.

Il devrait se retenir, il en avait conscience, prolonger ces préliminaires pour elle, mais il n'était plus certain d'en avoir la force. L'impérieux besoin d'être en elle, de ne plus faire qu'un avec elle érodait rapidement sa bonne volonté. Il reprit sa bouche et, glissant les mains sur ses fesses, la serra étroitement contre lui.

— Ça ne suffit pas, chuchota-t-elle contre ses lèvres.

Harland n'avait pas eu le temps de comprendre le sens de ses paroles que Katherine s'attaquait aux boutons de son pantalon.

Il recula légèrement, le temps de se débarrasser de son pantalon. Il s'apprêtait à rendre la pareille à Katherine lorsque la main de la jeune femme s'enroula autour de son sexe dressé ; le choc fut tel qu'il en vit des étoiles. Il chancela, fou de désir, tandis qu'elle le caressait sur toute la longueur.

— Oui, l'encouragea-t-il d'une voix rauque.

Katherine continua ses caresses, flattant du pouce l'extrémité engorgée de son sexe, sa main libre dérivant du côté de ses fesses. Grondant, il creusa les reins et se sentit perdre pied.

— Dis-moi ce que tu veux, Harland.

Il se souvenait de lui avoir posé la même question, mais les images osées qui lui traversaient l'esprit dépassaient de beaucoup ce qu'elle lui avait demandé la veille.

— Toi, souffla-t-il.

— Comment me veux-tu ? Comme ceci ?

Lorsqu'elle le prit dans sa bouche, un frisson aussi long qu'irrépressible le secoua. Ses jambes menacèrent de se dérober sous lui et il dut s'appuyer à la porte de la cabine, luttant pour ne pas jouir sur-le-champ.

— Katherine, articula-t-il d'une voix qu'il ne reconnut pas.

Elle leva vers lui un regard ardent, sa chevelure d'or pâle cascadait contre ses cuisses à lui. Elle pressa ensuite la bouche sur son ventre, lécha le pourtour de son nombril sans que sa main cesse son divin va-et-vient.

— Je veux que tu prennes ce que tu désires, murmura-t-elle.

Là encore, il reconnut ses propres paroles.

— Tu ne sais pas ce que tu me demandes.

— Je sais très bien ce que je te demande.

Harland la força alors à se redresser, referma la main sur sa nuque et captura sa bouche avec une passion sauvage, avec une ardeur érotique qui ne connaissait pas de limites, et qui reflétait ce qu'il attendait d'elle.

— Prends-le, souffla-t-elle. Ou pas.

Cette dernière injonction eut raison de ses ultimes résistances. Il la fit pivoter, dos à lui, l'obligeant à s'appuyer sur la porte.

— Ne bouge pas, lui intima-t-il.

Repoussant la chevelure de soie, il caressa son dos si lisse jusqu'au creux des reins, la faible lueur de la lanterne en soulignant les reliefs délicats. L'empoignant aux hanches, il l'attira à lui, laissa ses mains courir sur les rondeurs de sa croupe avant de glisser sur le devant de ses cuisses.

Les mains de Katherine se crispèrent sur la porte.

Harland déboutonna lentement son pantalon, le regarda tomber sur ses chevilles. C'était la première fois qu'il déshabillait une femme en pantalon, et il trouvait l'expérience extraordinairement érotique. Il se baissa pour le lui enlever complètement et lui ôter ses chaussures. Elle était nue à présent, comme lui. Il lui caressa l'intérieur des cuisses, les écarta largement, se délectant de les sentir trembler légèrement.

Bientôt, ses lèvres empruntèrent le même chemin que ses doigts jusqu'à la chair délicate en haut de ses cuisses.

Frémissante, Katherine arqua davantage le dos. Harland n'avait pas besoin d'une autre invitation. Il glissa le doigt dans sa fente secrète, lui arrachant un gémissement. Son sexe était humide et chaud, et Harland s'agenouilla pour y goûter comme il en rêvait depuis trop longtemps.

Elle gémit, le front appuyé contre la porte, et s'offrit davantage. Elle tressaillit lorsqu'il se mit à sucer le petit bourgeon frémissant, cria presque comme la langue de Harland se faisait plus précise.

Quand il se releva, il tremblait d'un désir irrépressible. Cette fois, se promit-il, quand elle atteindrait l'extase, il l'accompagnerait. Il lui saisit les hanches, se positionna à l'entrée de son intimité, et s'introduisit lentement en elle, luttant pour ne pas perdre le contrôle.

Ses mains remontèrent jusqu'à ses seins qu'il prit en coupe.

— Dis-moi ce que tu veux, chuchota-t-il contre son cou.

— Toi, haleta-t-elle en se cambrant davantage.

— Comment ?

— Fort. Profond.

C'en était trop. Il entra en elle d'un seul coup de reins. Son cerveau se vida de toute pensée et le plaisir éclata en lui comme un éclair zèbre le ciel.

— Ne t'arrête pas..., implora Katherine.

Il se retira pour mieux revenir en elle. Elle ondula des hanches, le pressant de continuer, et il s'enfonça jusqu'à la garde.

— Seigneur, Katherine, tu es divine !

En réponse, elle arqua le dos.

— Je vais essayer de faire attention, dit-il d'une voix sourde.

— Je t'ai dit ce que je voulais, souffla-t-elle. Et ce n'est pas que tu fasses attention.

Le désir l'envahit, brutal, et des étoiles dansèrent devant ses yeux. Il plongea en elle de plus belle, et elle gémit de bonheur. Il s'efforçait de ralentir le rythme, mais le désir prenait le pas sur la raison. Il se consumait, il brûlait, il avait *besoin* de cette femme. C'était une union primitive, sauvage, où chacun se hâtait vers l'assouvissement, leurs halètements se mêlant au frottement de leurs corps humides de sueur. Tendu comme la corde d'un arc, il sentait la jouissance approcher.

— Jouis pour moi, Katherine, supplia-t-il tandis que sa main venait se nicher entre ses cuisses.

La tête renversée, elle tremblait et gémissait.

— Jouis pour moi, répéta-t-il.

Elle laissa échapper un cri et ses muscles intimes commencèrent à se contracter autour de lui. La saisissant aux hanches, Harland ralentit la cadence. Il voulait qu'elle prenne un peu d'avance et chevauche la vague de l'extase avant lui, mais déjà le plaisir montait, impossible à contenir. Après un dernier assaut, il se retira et jouit sur la croupe voluptueuse de Katherine, s'abandonnant au maelström de sensations qui l'emportait, anéanti par une extase comme il n'en avait encore jamais connu.

Lentement, le monde qui l'entourait reprit forme et substance, et il s'aperçut qu'il tenait toujours Katherine pressée contre la porte de la cabine. Il s'écarta, ramassa sa chemise sur le plancher et essuya avec précaution sa semence, avant de prendre la jeune femme dans ses bras et de la faire pivoter face à lui. Il l'embrassa avec une douceur infinie.

— Il faudra recommencer, murmura-t-elle.

Harland s'esclaffa. Le bonheur qu'il en éprouva le prit par surprise.

— Ça peut s'arranger.

— Tant mieux, dit-elle, le sourire aux lèvres.

— Moi qui voulais être doux…

— Quand je voudrai de la douceur, je te le dirai.

Le naturel avec lequel Katherine évoquait leur intimité était surprenant, et libérateur. Il impliquait une confiance mutuelle, ce qu'il n'avait jamais connu avec sa femme, et encore moins dans les quelques liaisons avec lesquelles il avait tenté de se distraire depuis sa mort.

— Dis-moi aussi quand tu aimes ce que je fais, et quand tu n'aimes pas.

— Cela paraît fascinant.

— J'ai quelques idées en ce qui te concerne.

— Moi aussi, j'en ai quelques-unes, rétorqua-t-elle, le regard brûlant.

Harland frissonna. S'il risquait de ne pas survivre à cette femme, il n'imaginait pas trépas plus délectable.

— Nous pourrions peut-être être amants tout en étant amis, suggéra-t-elle sans ciller.

Cette proposition l'aurait réjoui s'il ne s'était pas déjà rendu compte que cela ne lui suffirait pas. Il voulait plus, beaucoup plus. Il voulait être son amant et son ami, certes, mais il avait besoin de bien plus. Il voulait être tout pour elle. Et pour toujours.

Il l'embrassa tendrement. Ce qu'il voulait était impossible, il le savait.

— Prends ce que tu veux, Katherine, chuchota-t-il.

— Il ne s'agit pas tant de prendre ou de donner, il me semble, que de se sentir entier.

— Oui, souffla-t-il, ému.

C'était exactement cela. Auprès d'elle, il était entier.

Il enfouit les doigts dans sa chevelure tout emmêlée.

— Il faut que tu dormes, reprit-il. Viens au lit.

— D'un homme dans ta position, je m'attendais à une proposition plus élégante, murmura-t-elle avant de déposer un baiser sur son épaule nue.

De nouveau, le désir se déploya en lui.

— Cela aussi peut s'arranger, docteur Wright.

— Parfait, acquiesça-t-elle en cherchant ses lèvres.

19

Sous le ciel d'encre, les plages de Wissant étaient invisibles.

Seul le bruit du ressac indiquait à Katherine qu'ils approchaient de la côte. Quelques minutes plus tôt, une lanterne s'était allumée une, deux, trois fois avant de s'éteindre. Les marins du cotre avaient renvoyé le même signal avant de faire descendre les canots et leurs occupants.

Ils étaient attendus.

Katherine n'était pas allée à Wissant depuis longtemps. La dernière fois, elle était avec son père et son frère à bord d'un petit bateau de pêche plein de belle laine anglaise à échanger contre du cognac français. Elle ferma les yeux et aspira à pleins poumons. Si le parfum de la végétation dunaire que transportait la brise d'été était toujours le même, cette nuit, il s'y mêlait à une légère odeur d'antiseptique. Elle se souvenait de sa tension, ce dernier soir sur la côte française, lorsque, tous les sens en alerte, elle avait guetté une mauvaise rencontre qui n'avait pas eu lieu.

Elle était toujours aux aguets, mais l'inquiétude d'alors avait fait place à une détermination à toute épreuve.

— Nous y sommes presque, murmura Harland.

Katherine rouvrit les yeux. Un vague mouvement, un peu d'écume autour de la proue et une secousse l'avertirent qu'ils avaient touché le sable. Abandonnant leurs rames, quatre des marins sautèrent par-dessus bord pour tirer le petit esquif sur la plage. Katherine retint d'une main ferme Bernard allongé sur une civière tandis que, derrière elle, Harland en faisait autant avec René.

La barque s'immobilisa sur le sable dans un crissement, seul bruit qui vint se mêler à celui des vagues. Ni cri, ni appel, ni hennissements de chevaux. Même les mouettes gardaient le silence. Les marins aidèrent Claude et Luc à débarquer, il y eut un murmure de voix, puis le silence de nouveau. Quelques minutes plus tard, les marins étaient de retour. Ils soulevèrent les brancards où gisaient les deux plus jeunes patients.

— Attention, chuchota Harland. Ne les secouez pas.

Katherine se leva et enjamba le bastingage. Alors que ses bottes s'enfonçaient dans le sable mouillé, une main se posa au creux de ses reins.

— Ils sont chez eux, lui murmura Harland à l'oreille.

— Pas tout à fait.

Leurs patients étaient de retour dans leur pays, mais pas encore au sein de leurs familles.

À peine avait-elle formulé cette pensée qu'une lumière s'alluma brièvement dans les dunes.

— Ils savent que nous sommes ici, constata Katherine en se dirigeant vers le groupe d'hommes qui attendait au bord de l'eau.

— Il y a une lumière, s'écria Claude d'une voix étranglée et vibrante d'espoir.

Il y a une lumière.

— Suivez-moi, enjoignit Harland en prenant la tête de la petite troupe. Et faites attention où vous mettez les pieds.

Il disparut dans l'obscurité. Fermant la marche, Katherine emboîta le pas aux marins.

Le bruit des vagues s'éloignait à mesure qu'ils cheminaient dans les dunes, et à chaque pas, Katherine se détendait un peu plus. S'il y avait eu des soldats ou une patrouille de douaniers, ceux-ci les auraient attaqués sur la plage, à découvert, là où leurs chevaux et leurs fusils leur donnaient l'avantage. Aucun chasseur de contrebandier doté de deux sous de bon sens n'aurait laissé sa proie s'évanouir dans les dunes ou dans les marais.

— Halte !

L'ordre venait de Harland qui alluma une petite lanterne. Le cercle de lumière dévoila des chiendents et des oyats.

— Et maintenant, on fait quoi ? s'enquit l'un des marins.

— Maintenant, on attend. Vous pouvez les poser, indiqua Harland en désignant les civières. Doucement.

Les marins obéirent, puis se disposèrent en cercle autour des blessés, la main sur leurs armes, fouillant du regard les ténèbres au-delà de la petite tache de lumière.

— Bonjour, docteur !

Ces paroles, sorties de l'obscurité, firent sursauter Katherine. Harland, lui, n'eut pas un tressaillement.

— Bonjour, Martin. Belle nuit, non ?

Un mouvement sur le côté attira l'attention de Katherine. Deux hommes émergèrent d'entre les dunes, pistolet à la main, surveillant d'un regard méfiant le petit groupe de marins. Grands et minces, vêtus de toiles grossières tissées à la main, tous deux portaient des chapeaux qui avaient connu des jours meilleurs. Ils s'arrêtèrent devant Harland.

— Tu m'as l'air en forme, mon ami, lança le nouveau venu en souriant avant de ranger son pistolet dans l'étui en travers de sa poitrine.

— Toi aussi, Martin, répondit Harland. Bonjour, Léo, ajouta-il à l'adresse du deuxième homme. Ton frère te traite bien, j'espère ?

— Je m'en arrange, déclara Léo en se tapotant la cuisse avec le canon de son pistolet.

Martin ricana et indiqua le groupe de marins du menton.

— Ceux-là m'ont l'air nerveux, non ?

— Ils sont prudents. C'est indispensable, ces temps-ci. Pour nous tous.

— Oui, oui, c'est vrai.

Le dénommé Martin porta deux doigts à ses lèvres et émit un long sifflement bas.

— Ils tiennent encore debout, nota-t-il en désignant les deux patients épuisés au milieu des marins. Tant mieux.

Son regard s'arrêta sur les civières.

— Et ces deux-là, ils sont vivants, j'espère ?

— Oui. Et si on prend soin d'eux, ils le resteront.

Il se tourna vers Katherine et étrécit les yeux.

— Qui est-ce ?

— Une chirurgienne, répondit Harland avant qu'elle n'ait le temps d'ouvrir la bouche. Et c'est en partie grâce à elle qu'ils sont encore en vie.

— Une chirurgienne ? répéta Martin, dubitatif.

— Excusez mon frère, intervint Léo. Bienvenue en France ! Je m'appelle Léo, et le crétin à côté de moi, c'est Martin.

— Kate, rétorqua Katherine.

Dans ce genre d'activité, on ne donnait jamais son nom complet.

— Kate ? Et vous êtes docteur ?

Katherine acquiesça, tout en observant les deux frères avec attention. Incrédule, Léo aurait certainement posé une autre question, si un mouvement dans les dunes ne l'avait arrêté.

Katherine vit deux autres hommes approcher. Si eux aussi étaient habillés simplement, leurs vêtements de bonne qualité n'avaient rien de commun avec ceux des deux frères.

— Bon sang, Martin, tu n'as pas amené les clients, quand même ? siffla Harland.

— Ils ont insisté.

— Et si l'affaire tournait mal ?

— Je les ai avertis des risques. Ils s'en moquent. Ça fait un bail qu'ils n'ont pas vu leurs fils. Et ils ont payé un extra pour ne pas attendre et être là ce soir, ajouta-t-il en tapotant sa poche.

Les nouveaux venus, qui avaient ralenti le pas, se ruèrent soudain vers Luc et Claude, et les étreignirent. Des exclamations étouffées et des murmures chargés d'émotion se succédèrent avant que les deux nouveaux arrivants ne tombent à genoux à côté des brancards. De nouveau, des chuchotements, apaisants mais tout autant chargés d'émotion.

— Il vivra ? s'enquit l'un des deux hommes avec un fort accent français.

— Oui, répondit Katherine. Malheureusement, nous avons dû lui amputer une partie de la jambe. Je suis désolée...

— Tout ce qui compte, c'est qu'il soit de retour. Vous m'avez rendu ma famille. Merci.

La gorge nouée, Katherine remercia le ciel qu'il fasse aussi sombre. Pour la seconde fois en deux jours, elle éprouvait une irrésistible envie de pleurer. Cette fois, cependant, c'étaient des larmes de joie qui menaçaient.

— Vous avez de quoi transporter les brancards ? demanda Harland à Martin.

— Bien entendu, répliqua l'intéressé, vexé. On sait ce que valent vos prisons anglaises. J'ai vu trop souvent des gars comme eux. Mes hommes attendent au bord de la route, ajouta-t-il après avoir murmuré un ordre à son frère, qui disparut aussitôt dans la nuit. Léo va leur dire de venir chercher les clients et d'apporter les tableaux à votre bateau.

— Ils sont dans des caisses ?

— Bien sûr ! On y va, maintenant.

Ils laissèrent les patients avec leurs familles dans les dunes et, se fiant au bruit des vagues, regagnèrent la plage. Devant eux, une lanterne s'agita brièvement, révélant les contours de la barque qui les attendait. Harland devinait à peine les silhouettes des hommes de Martin et des marins de Black tandis qu'ils chargeaient le bateau. Le bruit sourd d'une caisse heurtant la coque résonnait de temps à autre.

— Les clients ont apporté onze tableaux pour votre patron, précisa Martin, qui précédait Harland. C'était la croix et la bannière pour les porter ! J'y connais rien en peinture. Tout ce tintouin pour de vieux tableaux, ça me dépasse. Moi, ce que je comprends, c'est les espèces sonnantes et trébuchantes. C'est simple, facile à dépenser pour se payer des choses agréables : de la bonne nourriture, des bons vins, des belles filles.

— Mmm, marmonna Harland.

Il ne se piquait pas d'être un expert en matière d'art, mais il savait que le cognac, les soieries et le tabac qui faisaient l'ordinaire de leurs cargaisons n'étaient que de la menue monnaie comparés aux chefs-d'œuvre qu'il introduisait en Angleterre pour le compte de King.

Il ralentit le pas, se laissant distancer par Martin. À la faible lueur de la petite lanterne qu'il tenait à la main, il distinguait à peine Katherine qui marchait à ses côtés.

— Tout va bien ? s'enquit-il à voix basse.

— Oui.

Impulsivement, il s'empara de sa main. Depuis qu'ils avaient quitté les dunes elle n'avait pas dit un mot, il avait toutefois perçu son émotion. Il comprenait ce que réunir ces familles signifiait pour elle. Elle lui pressa la main, comme si elle lisait dans ses pensées.

— Merci, souffla-t-elle.

— Pour quoi ?

— Pour m'avoir permis de ramener ces garçons chez eux.

— Je ne t'ai rien permis du tout. Nous sommes associés. Je… Nous avions tous besoin de ton aide.

— J'ai l'impression que… que ce que j'ai fait ce soir rééquilibre un peu la balance. Je sais que cela semble ridicule et risque de me faire paraître égoïste mais…

— Tu n'as rien d'égoïste. Mon Dieu, Katherine, tu as aidé tant de gens ! Et tu en aides encore. Ta bonté et ton désintéressement sont admirables.

— Je suis d'accord, dit une voix dans les ténèbres.

Harland bondit et vint se placer devant la jeune femme, comme pour la protéger d'une menace invisible.

— Je t'ai vue dans les dunes en train de parler avec Martin et Léo, poursuivit la voix. Je me suis dit que croire que la Kate que je rencontrais autrefois sur ces plages, la Kate que j'ai retrouvée un jour sur un champ de bataille des Flandres était de retour devait être… Comment dire ? Le fruit de mon imagination.

Katherine prit une brève inspiration.

— Guillaume ?

Un homme s'avança en boitant dans le cercle de lumière. Il était habillé simplement, ses vêtements aussi sombres que ses cheveux coupés à la diable. Il avait un visage avenant, de ceux qui incitent à la confidence. Harland n'était toutefois pas né d'hier, et s'il avait eu des doutes, la façon dont le nouveau venu l'observait et l'intelligence qui pétillait dans son regard auraient suffi à le mettre sur ses gardes.

— C'est bon de te revoir, Kate !

Avec un petit rire joyeux, Katherine se précipita dans ses bras. L'homme l'étreignit avant de l'embrasser sur les deux joues.

Un flot de jalousie comme Harland n'en avait jamais éprouvée le submergea, lui coupant le souffle. C'était mesquin et infantile, il s'en rendait compte, mais en cet instant, la raison n'avait pas prise sur lui. Il s'obligea à respirer calmement et à desserrer les poings. Cet homme était visiblement un ami, et non un rival, même si son identité et ce qu'il faisait sur cette plage étaient tout sauf clairs.

— Que fais-tu là ? murmura Katherine.

— J'allais te poser la même question, rétorqua le dénommé Guillaume. Avant que je ne quitte les Flandres, tu m'as dit que tes visites sur nos plages étaient terminées et que tu ne reprendrais pas ton ancienne vie. Que tu avais abandonné la contrebande.

— Je ne l'ai pas reprise. Pas exactement.

— Il n'empêche que tu es là.

— Ce n'est pas ce que tu crois. Ils avaient besoin d'un chirurgien. Je ne pouvais pas refuser.

— Les prisonniers français avaient besoin d'un chirurgien ?

— Oui. Et tu le sais très bien. Ce sont tes plages, après tout.

— Je ne le savais pas jusqu'à maintenant. Pas vraiment. Contrairement à ce que tu dis, d'autres utilisent ces plages, et même moi, je ne peux pas tout savoir. Cela étant, j'avais entendu des rumeurs qui m'intriguaient, alors je suis venu voir. Je me disais que Martin et Léo Ducharme avaient peut-être pris trop de risques en introduisant des prisonniers de guerre, mais je commence à penser que je me suis peut-être trompé. Il y a peut-être des opportunités pour moi aussi. Je vais y réfléchir, conclut-il avec la même insouciance que Martin.

— Il y a beaucoup de prisonniers français sur le sol anglais, dit Katherine.

— Ah ! Alors tu vas refaire le voyage régulièrement ? hasarda Guillaume, plein d'espoir. Tu vas revenir ?

— Je ne crois pas.

— Dommage. Enfin, je ne pensais pas te revoir un jour, alors je devrais m'estimer heureux, pas vrai ?

— Guillaume...

— Et ton père, comment va-t-il ?

— Il n'est plus comme autrefois. Il a été blessé par des soldats, et ses poumons n'ont pas guéri comme il aurait fallu.

— Je suis désolé, murmura Guillaume en lui prenant la main. Je l'ignorais.

— C'est arrivé alors que j'étais au loin.

— Je peux faire quelque chose ? Ton père a toujours été bon pour moi. Il m'a beaucoup appris, et je l'admire énormément.

— Lui aussi t'admire, assura Katherine avec un sourire mélancolique. Malheureusement, il n'y a rien que tu puisses faire. Merci tout de même.

— J'ai une dette envers toi, et je ne l'oublie pas. Je tiens à la payer.

— Tu ne me dois rien du tout.

— Je te dois la vie.

— Guillaume, je ne...

— Ne nous disputons pas cette nuit, tu veux ? Accordons-nous au moins sur notre désaccord.

— À ta guise.

Elle sourit, puis se tourna vers Harland.

— Je voudrais te présenter Guillaume Mercier, un vieil ami.

« Un vieil ami et un contrebandier », traduisit Harland, que cette conversation entre la jeune femme et le Français avait suffisamment éclairé. Un contrebandier français très séduisant avec qui elle avait visiblement un long passé commun. À grand-peine, il ravala sa jalousie.

— Guillaume, voici le Dr Harland Hayward. Il est chirurgien, et mon… associé.

Harland jeta un coup d'œil à Katherine et sa jalousie céda devant l'amour, la fierté, l'euphorie, ces sentiments si puissants qu'il ressentait à cet instant.

Guillaume le salua d'un signe de tête.

— Ah, vous avez beaucoup en commun ! commenta-t-il, et Harland sentit que l'homme le jaugeait encore. Je comprends pourquoi elle vous a choisi…

Un cri impatient en provenance de la barque les rappela à l'ordre.

— Il est temps d'y aller, dit Harland. Nous n'avons que trop tardé.

Katherine hésita.

— Il a raison, approuva Guillaume. Il vaut mieux partir. L'aube n'est pas si loin.

— Fais attention à toi, Guillaume, murmura-t-elle en lui touchant l'épaule.

— Toi aussi, ma petite Kate. Si tu as besoin de quoi que ce soit, tu sais où me trouver. Certaines choses ne changent pas.

20

L'aube n'était encore qu'une promesse à l'horizon lorsque Katherine émergea de la cabine. Harland dormait toujours, mais elle n'avait pas pu fermer l'œil, les événements de la nuit ne cessant de tourner dans sa tête encore et encore.

Une fois habillée, elle gagna le pont et s'accouda à la proue, offrant son visage au vent qui soulevait des risées à la surface de l'eau, malmenait ses cheveux et faisait larmoyer ses yeux. Jamais elle ne s'était sentie aussi… entière.

Un avenir nouveau venait de s'ouvrir devant elle. Tout à coup, les rêves devenaient possibles, et de multiples possibilités se déployaient telles les voiles qui claquaient au-dessus d'elle. Quand elle était rentrée en Angleterre, elle s'était crue brisée. De la jeune fille ingénieuse, capable, à force de ruse et d'habileté, de trouver sa place et de se protéger au milieu des contrebandiers et des voleurs, il ne restait qu'une coquille vide. Elle n'avait pas su protéger son cœur.

Si vous étouffez la haine qui est en vous, il ne vous reste plus rien.

C'était ce qu'elle avait dit à Harland, et à ce moment-là, elle le pensait sincèrement. Elle se trompait.

C'était la haine qui l'avait laissée sans rien.

Une ligne argentée pointa à l'est et les nuages se teintèrent de rose. Le froid traversait ses vêtements, pourtant elle ne bougea pas. Elle se contenta de regarder l'argent virer à l'or tandis que les premiers rayons du soleil éclairaient la mer, et de laisser l'espoir et la joie emplir le vide qu'elle avait trop longtemps porté en elle.

— Bonjour.

Elle fit volte-face. Le capitaine se tenait juste derrière elle. Il lui tendit une tasse fumante.

— Merci, dit-elle en s'en emparant gauchement.

— C'est du chocolat, pas du thé, dit-il. C'est ce que je préfère, même si je ne m'en vante pas.

— Avec moi, votre secret ne craint rien.

— Je m'en doutais. Vous êtes du genre matinale.

— Je trouve l'aube paisible, avoua-t-elle.

— Je venais voir si, par hasard, vous n'auriez pas reconsidéré ma proposition.

— Capitaine, je ne…

— Je ne sais pas combien Hayward vous paie, mais je vous offre le double. Le dernier médecin que j'ai eu à bord est parti avec une femme quelque part sur la côte du Siam, et je ne lui ai pas trouvé de remplaçant. C'était un très bon médecin, je pense toutefois que vous êtes meilleure.

Katherine porta la tasse à ses lèvres et savoura la chaleur de l'amer breuvage.

— Et je suis moins susceptible de m'enfuir avec une femme sur la côte du Siam ?

Black éclata d'un rire sonore.

— C'est à peu près ça.

— Encore une fois, je vous remercie, mais c'est non.

— Toutes mes cargaisons ne sont pas passées en contrebande, vous savez. Je présente mes bordereaux à la douane et je paie les taxes comme tout le monde.

— Vous présentez à la douane une version édulcorée de vos bordereaux, rectifia Katherine avec un demi-sourire. Je connais les ficelles, capitaine.

— Je sais. Je triple ce que Hayward vous paie, ajouta-t-il après un silence. Plus un pourcentage sur les bordereaux qui ne sont pas présentés à la douane.

— Vous êtes très généreux.

— Prudent, plutôt. À quoi me servirait de gagner beaucoup d'argent si je meurs parce que le médecin de bord est un incapable ?

— Votre proposition me flatte, ma réponse reste cependant la même.

Black eut un soupir théâtral.

— C'est probablement aussi bien. Votre baron amoureux me poursuivra jusqu'au bout de la terre si je vous enlève. Et je ne le lui reprocherais pas.

Katherine se sentit rougir, mais cette fois, elle s'en moquait.

Le capitaine s'accouda au bastingage et la considéra en souriant.

— Contrebandière, chirurgienne, intelligente et belle, existe-t-il femme plus parfaite ?

— Je ne suis pas parfaite et, encore une fois, je ne suis pas contrebandière. Et à peine chirurgienne.

— Le baron dit la même chose de lui-même. Vous êtes vraiment faits l'un pour l'autre. À vous deux, vous pourriez bâtir un empire qui rivaliserait avec celui de King, si l'envie vous en prenait ! Rien qu'avec le cognac, vous pourriez prendre un joli départ.

— Je vous demande pardon ?

— J'ai dit que vous étiez faits l'un pour l'autre.

— Parce que nous sommes tous deux contrebandiers et chirurgiens ? risqua-t-elle tandis qu'un froid glacial s'insinuait en elle.

— Oui.

Le souffle lui manquait, elle cherchait ses mots et ne les trouvait pas alors même que tout devenait clair.

Si Harland n'avait jamais posé de questions, c'était qu'il n'en avait pas besoin. Parce qu'il connaissait déjà les réponses. Les allées et venues des hommes dans la nuit, les causes et les effets de toutes les blessures faites à la faveur de l'obscurité, et ces blessés qu'on lui amenait avec de bien piètres explications, il savait à quoi s'en tenir. Harland était le maître d'œuvre dont son frère avait parlé. C'était lui qui tirait les ficelles de ce théâtre d'ombres, qui donnait les instructions, qui organisait les livraisons de chaque côté de la Manche et qui payait les contrebandiers.

Son instinct avait essayé de l'avertir. Grand Dieu, sa propre mère avait utilisé exactement de la même façon ces compétences médicales, qui lui offraient tous les prétextes nécessaires pour se trouver sur les routes, sur les plages, dans les ports ou à bord des navires à n'importe quelle heure du jour ou de la nuit. Peut-être qu'au fond, Katherine avait toujours su la vérité, et qu'elle avait préféré l'ignorer. Elle avait préféré ignorer l'évidence qui aurait dû lui sauter aux yeux maintes et maintes fois, elle avait préféré se laisser abuser par les belles paroles et les caresses du Dr Harland Hayward. Pas par naïveté, mais parce qu'elle était tombée sous son charme.

Et voilà qu'elle était amoureuse de lui.

— Enfer et damnation, jura Black en jetant pardessus bord le reste de son chocolat. Vous ne le saviez pas.

— Non, elle ne le savait pas, répondit Harland derrière eux.

Katherine ne se retourna pas.

Le regard du capitaine passa de l'un à l'autre.

— Je ne voulais pas... Vous n'aviez pas dit... Je vais vous laisser, décida-t-il. Vous avez besoin de parler, tous les deux.

Katherine ne fit pas un geste lorsque Harland la rejoignit. Elle ne lui accorda pas un regard.

— J'aurais dû te le dire.

Pour la seconde fois de sa vie, toutes ses certitudes, tout ce en quoi elle avait cru lui étaient enlevés. Perdus, engloutis, aussi sûrement que la cargaison d'un navire ayant fait naufrage.

— Cela fait combien de temps ? demanda-t-elle d'une petite voix qu'elle détesta. Depuis combien de temps fais-tu de la contrebande ?

— Depuis que mes parents sont morts en mer au cours d'une tempête et nous ont laissés au bord de la ruine, mes sœurs et moi.

— Quoi ?

Il ne lui en avait jamais parlé, il ne lui avait jamais fait suffisamment confiance pour le lui raconter. Elle avait la nausée tout à coup.

— Me permettras-tu au moins de m'expliquer ?

Katherine consentit enfin à le regarder. Accoudé au bastingage, il fixait les gerbes d'écume soulevées par l'étrave. Elle ne lui répondit pas parce qu'elle ne savait quoi dire. Comment mettre en mots la déception qui était la sienne en cet instant ? Elle n'était même pas sûre que la nausée qu'elle éprouvait n'était pas dirigée contre elle-même pour s'être ainsi laissé abuser.

— Je possède des bateaux comme celui-ci, reprit-il, prenant apparemment son silence pour un acquiescement. Plus exactement, notre famille possède la société de transport maritime Strathmore Shipping. Dix gabares, deux sloops et quatre clippers. Mais j'ai bien failli les perdre, de même que notre maison. Avant sa mort, mon père avait investi, sans nous en parler, à mes sœurs et à moi, de grosses sommes dans des produits de luxe en provenance d'Extrême-Orient.

De l'or, des pierres précieuses, des porcelaines, des épices, des soieries. Des cargaisons perdues encore et encore par incompétence, vols, malchance ou un mélange des trois, laissant un tel monceau de dettes que j'ai bien peur de ne jamais en voir le fond. Ce que j'ai trouvé, en revanche, c'est un investisseur qui m'a offert un prêt… discret. Une solution.

— King.

— Oui. Et pour sauver ma famille, j'ai conclu un pacte avec le diable. Nous faisons l'impossible pour sauver ceux que nous aimons, tu es bien placée pour le savoir. Ton frère l'a compris, et toi aussi.

Il avait raison. En plongeant du bateau de Hervey Baker, elle avait fait ce qu'elle s'était juré de ne plus jamais faire. Si elle avait accepté de revenir à son ancienne vie, c'était parce que son frère le lui avait demandé et parce que sa famille en avait absolument besoin.

Contrairement à Harland cependant, elle lui avait dit la vérité. Elle lui avait dévoilé ses secrets, elle s'était mise à nu, se rendant ainsi vulnérable. Il ne lui avait pas rendu la pareille.

— Et tes sœurs ? Elles savent ?

— Non. Et elles ne le sauront jamais.

— Tu espères les protéger de la vérité ?

— J'espère les protéger de King.

— Mais cette dette a dû être remboursée à l'heure qu'il…

— Avec King, il ne s'est jamais agi d'argent.

— De quoi, alors ? Qu'a-t-il exigé de toi ?

— Vingt ans de… bons et loyaux services. Vingt ans à être son représentant sur cette côte, vingt ans à gérer une affaire qui devient de plus en plus lucrative.

Katherine reconnut l'extrême habileté et la diabolique cruauté de ce marché. Pour protéger sa famille, Harland avait accepté ce qui ressemblait fort à une condamnation aux travaux forcés.

— Mets-y fin.
— C'est impossible.
— Pourquoi ?
— Parce que ce n'est pas aussi simple. Bon sang, Katherine, s'écria-t-il en frappant le bastingage du poing, tu crois que j'aime ce que je fais ? Tu crois que j'aime risquer des vies, la mienne et celle des autres, pour une foule d'égoïstes qui ont les moyens de satisfaire leur goût du luxe ? Pour des hommes comme King qui n'ont qu'un but dans la vie, le profit à tout prix ? Tu crois que cela me fait plaisir de mentir à mes sœurs ?
— Tu aurais dû me dire la vérité.
— J'ai cru bien faire en me taisant. J'essaie toujours d'agir au mieux, mais je ne sais plus où sont le bien et le mal. Tout ce que je sais, c'est que j'ai conclu un marché, Katherine, un marché avec un homme dangereux qui m'a tendu la main quand personne d'autre ne l'aurait fait. Je dois remplir mon contrat ou prendre le risque de tout perdre, à commencer par ma famille. On ne s'oppose pas à quelqu'un comme King.
Elle le savait. Dès qu'elle l'avait rencontré, elle avait su à qui elle avait affaire.
— Katherine, je… je n'avais jamais envisagé que… ceci arriverait entre nous. Entre toi et moi.
— Il ne peut pas y avoir de « nous », Harland. J'ai mené cette vie trop longtemps, je ne peux pas recommencer. Tu le sais, je te l'ai dit dès le début.
— En effet, reconnut-il.
— Tu m'as demandé d'être ton associée, Harland. Comment as-tu pu envisager une seconde que c'était possible ? Tu croyais vraiment pouvoir me laisser dans l'ignorance, comme tes sœurs ?
Elle frissonnait. Il y eut un mouvement et, un instant après, la redingote de Harland se posait sur ses épaules. Elle aurait dû s'en débarrasser, la lui rendre,

mais elle était incapable du moindre geste. Elle se sentait plus morte que vive, toutes ses pensées et ses émotions engourdies sous une chape de tristesse et de regrets.

— Je ne peux pas te perdre, articula-t-il d'une voix rauque.

Katherine fixa la mer devant elle sans répondre.

— Tu es en colère contre moi, et je le comprends. Je le mérite. J'aurais dû te dire la vérité, te...

— Je ne suis pas en colère, le coupa-t-elle, et c'était vrai – la colère lui paraissait anecdotique comparé au chagrin absolu qu'elle ressentait. Tu dois faire ce que tu as à faire pour protéger ta famille. Et pour les protéger, tu dois respecter la parole donnée à King. Je le comprends. Mais moi aussi, je dois faire ce que j'ai à faire. Quand je suis revenue en Angleterre, ce n'était pas pour recommencer à me demander chaque jour si ceux que j'aimais n'allaient pas mourir avant la fin de la...

— Je ne te quitterai pas, lâcha-t-il avec force.

— Moi, je vais te quitter. Je vais emmener mon père et mon frère loin de cette vie. Dans le Nord, pour trouver du travail, un travail où nous ne risquerons pas d'être blessés ou pendus.

— Ils le savent ?

— Oui. Je l'ai fait promettre à Matthew quand il a failli être tué.

— Et que vas-tu faire dans le Nord ?

— Je vais vivre. Je vais exercer la médecine là où je le pourrai. Je vais cesser de me demander chaque fois qu'on frappera à notre porte si c'est pour emmener mon frère ou mon père en prison ou à la potence. Je ne veux pas regarder quelqu'un mourir la prochaine fois que le capitaine Buhler tirera cinq pouces plus bas et causera une blessure que je ne pourrai pas soigner.

Elle avait la gorge nouée. Elle avait raison, elle le savait. Ce qu'elle lui expliquait, elle avait mis des années à se le promettre, et n'était pas décidée à se dédire. Elle ne reviendrait jamais en arrière, elle était allée trop loin.

— J'empêcherai que cela se produise.

— Tu n'as pas ce pouvoir-là, alors ne fais pas ce genre de promesse.

— Je trouverai un moyen, assura-t-il en venant se poster derrière elle.

Il la prit par la taille et l'attira contre lui.

— Reste avec moi, Katherine, lui chuchota-t-il à l'oreille.

Une fois déjà, elle avait commis l'erreur de suivre un homme. Elle n'était pas prête à recommencer. Elle était revenue des Flandres plus forte, plus sûre d'elle et déterminée à prendre seule ses décisions. Elle était bien décidée à sauver sa famille d'une vie qui ne leur avait que trop coûté. Et risquait de leur coûter encore plus, de cela, elle était certaine.

— Je t'en prie.

— Jusqu'à Douvres. Je resterai avec toi jusqu'à Douvres, concéda-t-elle, parce qu'elle n'avait pas la force de dire autre chose.

Quitter cet homme serait ce qu'elle ferait de plus difficile dans sa vie, mais les dés avaient été jetés depuis longtemps. Elle devait agir pour le bien de sa famille, et ne pouvait laisser ses désirs personnels mettre les siens en danger.

— Je t'ai promis que je ne te quitterai jamais, et j'étais sincère, Katherine.

Elle préféra garder le silence.

Doucement, Harland la fit pivoter et, encadrant son visage de ses mains, il l'embrassa.

Elle lui rendit son baiser, consciente du désespoir de ce geste. Tous les rêves qu'elle avait osé entretenir à propos de cet homme et de l'avenir qu'ils auraient pu avoir ensemble s'écroulaient, et elle ne pouvait rien faire pour l'empêcher.

Et tandis que les embruns se mêlaient à ses larmes, elle comprit que ce baiser sans désir ni promesse était un baiser d'adieu.

21

Les douaniers inspectèrent de fond en comble le navire de Black, mais les cales vides et les documents qu'il leur présenta suffirent à les convaincre que leur temps serait mieux employé ailleurs. Les tableaux furent chargés à l'arrière d'un long chariot passe-partout où ils n'attireraient pas l'attention au milieu d'un assortiment de barriques vides.

— Bon voyage, capitaine, lança Harland à Black en récupérant sa lourde sacoche de médecin.

— Encore une fois toutes mes excuses, Hayward. Je n'avais pas l'intention de...

— Je sais.

— Je me sens obligé de vous proposer une compensation.

Un capitaine de vaisseau n'avait aucun moyen de rattraper cela. Rien ne le pouvait.

— Ne vous inquiétez pas pour cela, Black, rétorqua Harland, en regardant Katherine qui chargeait sa sacoche à l'arrière du chariot.

Elle n'avait pas dit un mot depuis que les blanches falaises de Douvres étaient apparues. Tout au fond de lui, Harland savait qu'il l'avait déjà perdue.

— Vous partez directement pour Londres ? s'enquit Black, qui avait suivi la direction de son regard.

— Je vais ramener le Dr Wright chez elle et gagner Londres tout de suite après. King m'a demandé de livrer moi-même les tableaux.

— Je fais route vers l'Écosse, où une petite affaire m'appelle du côté d'Inverness. J'en ai pour une quinzaine de jours avant de revenir à Douvres. Si vous changez d'avis, faites-le-moi savoir.

— À quel sujet ?

— Si jamais vous avez quelque chose à me demander.

Trop las pour discuter, Harland acquiesça. Que le capitaine ait révélé le pot aux roses n'avait pas grande importance, finalement. Tout bien réfléchi, il se demandait à quoi il avait pensé. Comment avait-il pu croire que Katherine accepterait de partager la prison dans laquelle il s'était enfermé lui-même ? Comment avait-il pu croire qu'elle souhaiterait construire un avenir à ses côtés, sachant ce qu'il était devenu ? Quel métier il faisait ?

Katherine s'était toujours montrée très claire quant à sa volonté d'abandonner la contrebande et la vie qui allait avec. Il ne pouvait le lui reprocher, puisque lui aussi rêvait d'abandonner cette vie.

— Arrête-toi !

La voix de Katherine brisa le silence. Harland tira sur les rênes, et la jument s'arrêta en hennissant. La chaumière des Wright était juste de l'autre côté de la colline.

— Tu as entendu ? chuchota-t-elle.

Harland eut beau tendre l'oreille, il n'entendit rien d'inquiétant.

— Je n'entends rien.

— Justement.

Sans prévenir, Katherine sauta à bas du chariot et gravit la colline d'un pas rapide.

— Bon sang, qu'est-ce que tu fais ? s'écria Harland en remettant la jument en marche. Remonte dans le chariot.

— Il y a quelque chose d'anormal.

Harland regarda autour de lui. Le soleil brillait dans un ciel sans nuages et des fleurs des champs aux couleurs vibrantes s'épanouissaient le long du chemin de terre. Cependant, un silence étrange planait. Pas un chant d'oiseau, pas un bruissement de feuillage, pas un bourdonnement d'insecte.

Avant même d'avoir franchi la colline, il comprit ce qui n'allait pas.

L'âcre odeur de chaume et de bois brûlé lui parvint bien avant qu'il ne soit en vue de la demeure des Wright. Tout ce qu'il restait de la chaumière, littéralement rasée, c'étaient quelques minces colonnes de fumée et des poutres noircies dont les tristes moignons se dressaient vers le ciel. Le jardin et le potager autour de la maison avaient été piétinés par les chevaux, un drap mis à sécher dehors gisait en tas dans la boue. Des débris de meubles et de vaisselle jonchaient le sol boueux. De la grange, derrière le logis, il ne restait plus que le mur du fond, à moitié écroulé au-dessus des restes des trois autres.

Et nulle part on ne voyait trace de la présence de Paul Wright.

Katherine courait déjà vers les ruines fumantes.

Harland prit à peine le temps d'attacher la jument à ce qui restait de la barrière avant de se hâter à sa suite.

Une main pressée sur la bouche, Katherine faisait le tour des décombres. Harland la suivit et s'arrêta devant les restes de la grange. Tout était immobile et silencieux, comme si la nature entière retenait son souffle.

— Qu'est-ce qu'ils ont fait ? murmura Katherine d'une voix étranglée.

Harland n'avait pas besoin de demander à qui elle faisait référence. Ces ruines portaient la signature du capitaine Buhler.

— Où est mon père ?

Il l'entendit en même temps qu'elle. Un tapotement assourdi à l'autre bout de la grange, derrière le mur encore partiellement debout. Katherine se dirigeait déjà en direction du bruit lorsque Harland la retint par le bras.

— C'est peut-être un piège. Buhler ou un de ses hommes est peut-être là, en embuscade.

— C'est peut-être mon père ! objecta-t-elle en se dégageant.

— Je viens avec toi.

Enjambant des débris de barriques, Harland s'approcha du mur calciné. Un autre tapotement se fit entendre et il contourna le reste de mur.

Il eut tout juste le temps d'apercevoir un mouvement et l'éclat métallique d'un fusil avant de se jeter au sol. La détonation fut assourdissante, ce qui ne l'empêcha pas de bondir sur ses pieds en brandissant un morceau de bois à demi calciné.

Qu'il lâcha aussitôt.

— Nom de Dieu, Matthew !

Harland se jeta en avant en voyant le garçon trébucher sur une chaise renversée qui avait miraculeusement échappé au désastre. Il le rattrapa de justesse. Le jeune homme était livide, le regard affolé, ses cheveux étaient collés à son front par la sueur et, plus inquiétant, le dos de sa chemise était maculé de sang.

— Désolé, siffla-t-il en lâchant son fusil. Je ne savais pas que c'était vous.

— Matt !

Katherine les avait rejoints et, peu à peu, la crainte et l'effroi le cédèrent au calme de tout médecin militaire digne de ce nom. D'une main ferme, elle remit la chaise sur ses pieds et aida son frère à s'y asseoir pendant que Harland inspectait les alentours du regard.

— Je suis arrivé trop tard, haleta Matthew comme s'il était venu d'Avondale au pas de course.

À en juger par son apparence, c'était peut-être le cas, songea Harland.

— Que s'est-il passé, Matt ? s'enquit Katherine d'un ton posé en prenant le pouls de son frère.

— C'est eux qui ont fait ça. Et ils l'ont emmené. Pour m'avoir. Ils ont laissé ça pour moi cloué à la barrière, expliqua-t-il en lui tendant un papier froissé.

Harland vit Katherine vaciller légèrement avant de carrer les épaules et de s'emparer du papier. Elle blêmit en le lisant.

Harland s'approcha et lui prit le papier des mains avec douceur. Il s'agissait d'un avis de récompense, de ceux qui fleurissaient régulièrement sur les murs du Kent, offrant de l'argent pour toute information qui permettrait l'arrestation d'hommes suspectés de s'adonner à la contrebande. Celui-ci portait le nom de Matthew Wright. Ce qui donna cependant la chair de poule à Harland, ce fut le message griffonné dans la marge.

Si vous ne vous êtes pas présenté au capitaine de la garnison avant le coucher du soleil, le vieil homme sera exécuté.

— Quand sont-ils venus ?

— Je ne sais pas. C'est Julien, le fils cadet de Hervey Baker, qui est venu me prévenir à Avondale il y a environ une heure. Il a vu les soldats arriver et il est allé me chercher, mais il était trop tard. Nom de Dieu, je n'aurais jamais dû l'abandonner, souffla-t-il, les poings serrés.

Harland prit le reproche de plein fouet. Ces dernières années, c'était pour lui que Matthew travaillait. C'était pour lui que Matthew et son équipage avaient abordé dans cette anse où les attendaient Buhler et ses hommes. C'était lui qui avait entraîné Katherine loin de Douvres et de son père. Et c'était lui qui avait sous-estimé à quelles extrémités Buhler était prêt pour obtenir ce qu'il voulait.

— Où est le fils Baker ? demanda-t-il.

— Je lui ai dit de rentrer chez lui et d'oublier ce qu'il avait vu. Hervey est à la pêche cette semaine, et...

— Très bien.

Du moins Matthew Wright avait-il eu la présence d'esprit d'envoyer le gamin se mettre en sécurité.

— Je ne sais pas où ils ont emmené mon père, reprit Matthew.

— Ils ont dû l'emmener à la forteresse, devina Harland en ramassant le fusil que Matthew avait lâché. La vieille prison n'a pas été reconstruite depuis l'émeute de l'année dernière. Ils ont dû l'enfermer dans la salle de garde de Canon's Gate.

— Comment le sais-tu ? intervint Katherine.

Il ne le savait pas. Il espérait juste que c'était le cas.

— Je suis souvent allé au château de Douvres, je connais bien les lieux, expliqua-t-il, s'efforçant d'apparaître plus sûr de lui qu'il ne l'était réellement.

Il y avait dans les entrailles de la forteresse des endroits bien pires que la caserne pour enfermer un vieil homme malade.

— Ta sœur ne pourrait pas nous aider ? Elle est duchesse, après tout. C'est la personne la plus haut placée du comté, et...

— Elle est à Canterbury avec trois de ses étudiantes, la coupa son frère. Le duc est toujours à Londres, et le comte de Rivers et lady Rose passent deux jours à Ramsgate.

— Nous ne pouvons pas attendre.

— Je vais faire évader ton père, déclara Harland, convaincu que le capitaine savait que les maîtres d'Avondale seraient absents lorsqu'il avait pris la décision d'agir. Où que Buhler l'ait enfermé, je le ferai libérer.

— Tu crois qu'ils vont le libérer comme cela ?

— Pas de leur plein gré, non.

— Je viens avec vous, annonça Matthew en tendant la main vers le fusil que tenait Harland. Je ferai tout ce qu'il faudra.

Harland recula d'un pas.

— Pas question. Ils vous tueraient, pour faire un exemple. Et si vous en sortiez vivant, ils vous conduiraient à la potence.

Et Harland n'était pas disposé à laisser un père perdre son fils et à une sœur perdre son frère à cause de lui.

— Je ne peux pas rester les bras croisés à...

— Vous tenez à peine debout. Vous avez reçu une balle il y a quelques jours à peine, et en ce moment même, vous saignez comme un porc qu'on égorge. Je ne tiens pas à ce que vous tombiez raide mort aux pieds des soldats sans qu'ils aient seulement besoin de tirer un coup de feu.

— Pourquoi vous donneriez-vous tout ce mal ? voulut savoir Matthew.

Parce que c'est ma faute, et parce que je suis amoureux de votre sœur.

— Parce que je le peux.

C'était une piètre explication, mais il n'en avait pas d'autre.

— Je suis attendu au château, mentit-il. Comme médecin, j'ai l'occasion d'y aller pour soigner toutes sortes de maladies. Même si le capitaine ne m'aime pas, ma présence n'éveillera pas l'attention. Et ma tête n'est pas mise à prix. Les soldats ne me recevront pas le doigt sur la détente. Le temps qu'ils s'aperçoivent de notre absence, nous serons déjà loin.

— Vous ne pouvez pas agir seul, objecta Matthew.

— J'irai avec lui, intervint Katherine.

— Sûrement pas, protestèrent en chœur Harland et Matthew.

— Tu auras besoin d'un complice si...

Elle n'osa pas dire « si mon père est gravement blessé ».

— Tu auras besoin d'aide, reprit-elle d'une voix plus ferme. Il s'agit de mon père. Et j'ai une certaine expérience de ce genre d'action, au cas où tu l'aurais oublié.

Harland retint un juron. Elle avait raison, bien sûr.

— Kate, Hayward parle d'une évasion, pas d'une partie de campagne, intervint Matthew. Si vous êtes pris, son titre le protégera peut-être de la potence, toi, en revanche, rien ne te protégera. Je ne te laisserai pas faire, c'est trop dangereux.

— C'est trop dangereux ? Parce que tu crois que me demander de plonger à ta place pour récupérer des caisses de cognac, c'était une partie de campagne ?

— Ce n'est pas la même chose.

— C'est exactement la même chose. Tu m'as dit un jour que j'étais meilleure contrebandière que vous tous réunis, tu te souviens ?

— Il ne s'agit pas de quelques caisses de cognac, Kate ! Il s'agit d'aller se jeter dans la gueule du loup. Tu seras sur leur terrain, pas sur le nôtre.

— J'y vais, Matthew, que cela te plaise ou non. Il le faut.

— Vous ne pouvez pas la laisser faire, Hayward ! s'écria Matthew.

— Ce n'est pas au Dr Hayward de décider pour moi ! Et pas à toi non plus.

— Kate...

— Tu veux m'en empêcher ? Il va falloir m'attacher, dans ce cas.

— Nom de Dieu, soupira Matthew, découragé.

— Tout ira bien, Matt, ne t'inquiète pas.

Harland avait suivi leur échange en proie à un malaise grandissant. Ses choix et ses actions avaient peut-être déjà coûté la vie à Paul Wright. Son fils avait frôlé la mort pour servir ses intérêts, et maintenant, les conséquences de ses actes risquaient de mettre également sa fille en danger.

— Veillez sur elle, Hayward, implora Matthew. Je vous en prie.

— Je vous le jure, murmura Harland. Sur ma vie.

Katherine détourna les yeux, l'air malheureuse.

— Il faut y aller, dit-elle.

— Prends ta sacoche de médecin, lui conseilla Harland en se dirigeant vers le chariot. Et ta robe bleue.

22

Assise sur le siège du chariot à côté de Harland, Katherine regardait la masse imposante du château de Douvres se découper devant eux. Le corset qui allait avec la robe de soie bleue l'empêchait de respirer à son aise, mais il avait l'avantage de l'aider à se tenir droite. L'idée qu'ils risquaient d'arriver trop tard la terrifiait. Affaibli comme il l'était, son père aurait-il résisté aux mauvais traitements que Buhler et ses hommes réservaient aux contrebandiers potentiels ? Le but du capitaine, c'était attirer Matthew hors de sa cachette, la santé ou la vie de Paul Wright lui importait donc peu.

— Et si nous arrivions trop ta...

— Nous n'arriverons pas trop tard, la coupa Harland. Je te le promets.

Il s'avançait beaucoup en faisant une telle promesse, et tous deux le savaient, toutefois, discuter aurait été inutile, aussi Katherine y renonça-t-elle. Elle s'efforça de prendre une profonde inspiration pour contenir l'angoisse qui lui tordait les entrailles.

Le chariot était vide à présent, à part un tas de couvertures. Les tableaux avaient été cachés dans le grenier d'Avondale et ils avaient attaché un second cheval à l'arrière du chariot. Aussi tendu que lorsqu'ils avaient découvert la chaumière calcinée, Harland menait l'attelage en silence.

La honte le disputait à la peur et au sentiment de culpabilité. Katherine avait été tellement absorbée par ses propres remords qu'elle n'avait pas songé un seul instant à l'énormité de ce que Harland s'apprêtait à faire pour sa famille – et pour elle.

— Tu n'es pas obligé de prendre tous ces risques pour nous, murmura-t-elle. Tout est ma faute. Je devrais m'en charger seule.

Cette pensée la taraudait depuis qu'elle avait vu les ruines fumantes de sa maison, et elle devait le dire à l'homme assis à ses côtés avant qu'il ne fasse quelque chose qu'il regretterait.

— Ce n'est en rien ta faute, Katherine, protesta Harland. C'est moi qui suis à blâmer.

— Pardon ?

— C'est pour moi que travaillait ton frère quand il a été blessé. Si Buhler a arrêté ton père, c'est parce qu'il ne pouvait pas mettre la main sur Matthew. Ils n'auraient jamais pourchassé ton frère s'il n'avait pas servi mes intérêts.

— Matthew servait ses intérêts à lui quand il a été blessé, rectifia Katherine. Il gagnait sa vie comme il l'a toujours fait depuis l'enfance.

— Mais si je n'avais pas passé ce marché avec King...

— Il aurait travaillé pour quelqu'un d'autre ! Matthew aurait toujours été contrebandier, avec ou sans toi.

— Si je n'avais pas...

— Si ? Tu veux jouer au jeu des « si » ? Très bien, on va voir qui va gagner. Si j'étais restée, j'aurais pu emmener mon père loin d'ici, loin de cette vie, avant que...

— C'est moi qui t'ai demandé de m'accompagner en France. Pour servir mes intérêts, encore une fois.

— Tu ne m'as jamais forcée à faire quoi que ce soit. Si je n'avais pas accepté…

— Ce jeu est ridicule, Katherine !

— C'est toi qui as commencé. Je vais donc remonter un peu plus loin. Si je n'avais pas abandonné ma famille pour suivre Jeffrey à la guerre, mon père n'aurait pas été blessé…

— Arrête.

— Tu as fait ce que tu avais à faire. Comme nous tous.

Harland laissa échapper un rire sans joie.

— Tu crois ? Ma femme avait peut-être raison, après tout. Peut-être ne suis-je qu'un insupportable égoïste qui fait passer ses désirs et ses besoins personnels avant tout, quel que…

— Tu as pris la mauvaise direction dans ce cas.

— Quoi ?

— Tu devrais être en route pour Londres, avec une fortune en tableaux. Fais tout de suite demi-tour.

— Katherine…

— Fais demi-tour !

La colère de Katherine montait comme une véritable tempête, même si elle n'avait rien de rationnel. C'était juste un trop-plein d'émotions qu'elle avait jusqu'ici dissimulé derrière un calme imperturbable.

— Je ne…

— Fais demi-tour.

— Certainement pas ! Enfin, qu'est-ce qui te prend ?

— Que fais-tu ici, avec moi, en ce moment, à risquer ta vie pour un homme qui ne devrait pas avoir la moindre importance pour toi si tu étais aussi égoïste que tu le prétends ?

— Seigneur, Katherine, ce n'est pas… Je l'ai dit, je ne t'abandonnerai pas.

— Parce qu'une culpabilité mal placée t'en empêche ?

— Parce que je t'aime !

Katherine tourna vivement la tête pour le dévisager.

— Parce que je suis amoureux de toi, répéta-t-il posément, sans quitter le sentier des yeux.

Moi aussi, je t'aime. Sauf qu'elle ne pouvait pas, n'avait pas le droit de l'aimer. L'amour impliquait un avenir, et elle n'en avait aucun avec cet homme.

— Ne dis rien, reprit-il avant qu'elle n'ait le temps d'ouvrir la bouche. Je sais que c'est impossible, je sais que je ne peux pas te donner la vie que tu désires, que tu mérites. Tu as été très claire à ce sujet.

Katherine fixait le chemin devant eux et les arbres de chaque côté qui faisaient comme un tunnel.

Puis elle se tourna vers Harland et glissa la main sur sa joue avant de l'embrasser. Elle essaya de mettre dans ce baiser ce qu'elle ne pouvait mettre en mots parce que lui dire qu'elle l'aimait elle aussi rendrait leur séparation infiniment plus douloureuse.

Elle se radossa au banc, les yeux baissés.

Du coin de l'œil, elle vit Harland rassembler les rênes dans l'une de ses mains pour prendre la sienne de l'autre. En réponse, elle appuya la tête contre son épaule si solide.

Aucun d'eux ne dit un mot lorsque le chariot obliqua dans l'étroit passage qui menait à Canon's Gate.

— Soldat Melnick, salua Harland en s'arrêtant sur le seuil du poste de garde.

— Docteur Hayward.

Le jeune soldat au bras gauche en écharpe se leva de derrière son bureau juste sous la fenêtre et adressa un sourire chaleureux à Harland.

Ce dernier avait éprouvé un soulagement indescriptible en découvrant le soldat dans le poste de garde de Canon's Gate. Il ignorait qui serait en poste ce jour-là, que ce soit Melnick offrait cependant quelque espoir quant à la réussite du projet fou qu'il avait conçu.

— Comment va votre bras ? s'enquit-il.

— J'ai encore mal, mais je me plains pas. Sans vous, il me ferait pas mal, j'en aurais plus. Personne pensait que vous pourriez me soigner.

— Permettez-moi de ne pas être d'accord. Moi, je le pensais.

— Et je vous dois une fière chandelle ! Quand est-ce que je vais pouvoir enlever l'attelle, à votre avis ? Je m'ennuie comme un rat mort, toute la journée derrière ce bureau.

— Il vous faut attendre encore une semaine, après quoi, vous pourrez l'utiliser sans forcer pendant quelque temps. Pas question de se servir d'une arme à feu, ni de quoi que ce soit qui risque de le secouer.

— Compris ! Vous êtes venu voir le capitaine ?

— Non, c'est vous que j'espérais voir. J'ai un service à vous demander.

— Tout ce que vous voudrez !

Harland se retourna, et tendit la main à Katherine, qui attendait de l'autre côté de la porte.

Le jeune soldat se redressa instinctivement et arrondit les yeux, ce que Harland ne pouvait lui reprocher. Katherine avait rejeté sa chevelure en arrière, mais l'avait laissée cascader dans son dos tel un rideau d'or pâle. La soie bleue de sa robe était assortie à ses yeux, qui brillaient comme deux grands lacs d'azur. Elle avait l'air d'une princesse sortie d'un conte de fées. Une princesse fragile et délicate, visiblement au bord des larmes.

— Mademoiselle, permettez-moi de vous présenter le soldat Melnick, du 1er régiment de dragons légers. Soldat, voici Mlle Katherine Wright.

— Mlle Wright, vous avez dit ? balbutia Melnick.

— Oui. Mlle Wright est la fille de Paul Wright, l'homme que vous avez sous votre garde, expliqua Harland en veillant à garder un ton égal.

— Je vois pas de quoi vous parlez…

— Soldat, Douvres est une petite ville, et même la garnison ne peut pas garder tous ses secrets. Je sais que M. Wright est ici, et je sais qu'il doit être pendu ce soir, à la tombée de la nuit.

Le soldat se dandina d'un pied sur l'autre.

— J'ai pas entendu parler de pendaison...

— Toute la ville en a entendu parler, mentit effrontément Harland.

— C'est... C'est un contrebandier. Un criminel. Un traître à son pays et à son roi, objecta faiblement le soldat en évitant le regard de Katherine.

— Je ne suis pas venu plaider son innocence. Mon rôle n'est pas de rendre la justice, encore moins de l'entraver. Je suis juste venu vous demander que sa fille puisse le voir un instant. Qu'elle puisse lui dire au revoir en privé.

— J'ai pas le droit de...

— Je vous en prie, implora Katherine d'une voix tremblante. Je vous en supplie, soldat, juste une minute ! Pour lui dire au revoir.

Melnick hésitait visiblement.

— Je sais que vous êtes un homme honorable, insista Harland. Et ce serait là un geste honorable.

Une larme roula sur la joue de Katherine, qui l'essuya ostensiblement.

— C'est bon, déclara le soldat. Mais juste une minute ! Et elle toute seule, pas vous. Le capitaine me fera fouetter s'il apprend ce que j'ai fait.

— Je comprends.

— Merci, souffla Katherine.

23

Katherine emboîta le pas au soldat, qui avait à peine l'âge d'avoir de la barbe au menton.

Le poste de garde avait été construit lorsque le mur d'enceinte ouest du château avait été rénové et Canon's Gate édifiée. C'était une construction basse, prise dans les bâtiments massifs qui flanquaient Canon's Gate et dont la façade de brique était tournée vers l'intérieur du château. Et c'était dans cette forteresse impénétrable que son père avait disparu.

Le soldat déverrouilla la porte massive au fond de la petite pièce, qui s'ouvrit en grinçant sur ses gonds. Un corridor étroit, chichement éclairé par une lanterne, s'étendait de l'autre côté du seuil. Katherine suivit le soldat entre les murs de brique ponctués à intervalles réguliers de portes renforcées de barres métalliques. Il s'agissait des magasins où pouvaient être entreposées des provisions, des armes et des munitions, mais qui pouvaient également servir de cellules.

Le soldat décrocha la lanterne suspendue au mur et la tendit à Katherine.

— Il est là, dit-il.

Il sortit des clefs qui tintèrent bruyamment et ouvrit la porte, révélant une rangée de barreaux. L'obscurité était telle que Katherine ne distingua rien.

— Il est vivant ? demanda-t-elle avec une anxiété qu'elle n'avait pas besoin de feindre.

— Oui.

— Vous pouvez ouvrir la grille ?

— Non. Vous le verrez et lui parlerez entre les barreaux.

Une faible toux perça les profondeurs de l'obscurité.

— Mais...

— Je peux pas faire plus.

— Kate ? C'est toi ?

— Oui, papa, c'est moi !

— Je vous donne dix minutes, pas plus, l'avertit le soldat avant de tourner les talons.

Le bruit de son pas décrut dans le corridor.

— Papa, où es-tu ? demanda Katherine en pressant la lanterne contre les barreaux.

— Écarte cette fichue lumière ! Je suis comme une chauve-souris dans cette maudite caverne, et tu m'aveugles avec cette lanterne.

Katherine posa la lanterne derrière elle en s'efforçant d'ignorer la respiration difficile de son père.

Elle perçut un mouvement, puis son père s'approcha en traînant les pieds et en se protégeant les yeux d'une main tremblante. Il s'accrocha aux barreaux, et Katherine se mordit la lèvre pour ne pas laisser échapper un juron.

Il avait tout le côté gauche du visage tuméfié et un hématome noircissait autour de l'œil. Un mince filet de sang séché courait de sa tempe jusque dans son cou.

— Ils t'ont battu ! s'écria-t-elle.

Son père laissa échapper un rire rauque qui se termina en quinte de toux.

— Je n'allais tout de même pas faciliter la vie de ce foutu capitaine !

— Papa...

— Tu ne peux pas rester, Kate. Il faut que tu partes. Il faut que vous quittiez Douvres, Matty et toi !

— Je ne pars pas sans toi.

— Ne dis pas de sottises, mon petit. Ce n'est pas comme ça que je t'ai élevée.

— Tu vas mourir ici !

— Mais pas toi ni Matty ! J'ai eu une belle vie, Kate. Je ne regrette rien. Et je serais prêt à donner dix fois ma vie pour protéger les vôtres.

— C'est toi qui dis des sottises, maintenant. Regarde, enchaîna-t-elle en ouvrant son réticule.

Elle en sortit une poignée de feuilles.

— Qu'est-ce que c'est ?

— Tu sais très bien ce que c'est. Frotte-les partout sur ta peau, ordonna-t-elle en lui fourrant les feuilles dans la main. Tout de suite.

— Kate...

— Fais ce que je te dis ! Parce que je ne m'en irai pas, et le Dr Hayward non plus ! Alors si tu ne veux pas qu'on se balance au bout d'une corde à côté de toi...

— Seigneur, qu'est-ce que tu as fait ?

— Ce que tu aurais fait pour moi. Tu m'as bien élevée !

— Si jamais je réchappe à la potence, c'est toi qui me feras mourir, ma fille.

— C'est l'idée !

Harland regardait par la fenêtre pour s'empêcher de faire les cent pas. Cela aurait éveillé les soupçons. Bras croisés, il s'absorbait donc dans la contemplation du paysage tout en guettant le moindre mouvement du soldat Melnick derrière lui. Quand il l'entendit se lever, il se retourna.

— Donnez-lui encore un moment, je vous en prie, plaida-t-il.

Le soldat se rassit quelques minutes avant de se relever.

— Je peux pas faire plus, s'excusa-t-il en triturant son trousseau de clefs. Je regrette. Je lui ai déjà donné...

Un hurlement déchirant résonna dans le corridor. Melnick sursauta et lâcha les clefs.

— Qu'est-ce que...

— Il y a un problème ! s'écria Harland en se ruant vers la porte après avoir attrapé le trousseau de clefs.

Il se précipita vers la silhouette agenouillée qui se découpait à la lueur de la lanterne posée derrière elle.

— Il est en train de mourir, hoqueta Katherine.

Paul gisait sur le sol de pierre, comme s'il s'était effondré en essayant d'atteindre les barreaux qui le séparaient de sa fille. Il avait été battu, à en juger par son visage enflé et ensanglanté, mais le plus affreux, c'étaient les cloques rouges qui lui couvraient chaque pouce de peau.

— Éloignez-vous des barreaux, mademoiselle Wright, aboya Harland. Tout de suite. Melnick, restez où vous êtes, ordonna-t-il en se tournant vers le soldat qui l'avait suivi.

Katherine se releva et recula, tandis que Melnick, horrifié, ne pouvait détacher les yeux de l'homme allongé de l'autre côté des barreaux.

— Qu'est-ce qu'il a ? bégaya-t-il en s'écartant.

— Cela ressemble à la variole. Depuis combien de temps est-il dans cet état ?

— Je... J'en sais rien. Je l'ai pas vu quand il est arrivé. J'ai pas...

— Je ne le voyais pas, bafouilla Katherine. Et puis j'ai entendu un bruit, je l'ai vu... et il est tombé. Docteur, il est mort ?

— Je ne saurais dire, marmonna Harland en ouvrant la grille avec les clefs de Melnick.

— Vous croyez que vous avez raison d'entrer ?

— J'ai été vacciné contre la variole, mais tous ceux qui ne le sont pas courent un grave danger.

Melnick ne se le fit pas dire deux fois et recula de deux pas supplémentaires.

— Il faut l'emmener hors d'ici avant que toute la garnison ne tombe malade, déclara Harland en s'agenouillant à côté de Paul. Il faut le mettre en quarantaine.

Il respirait à peine, toutefois, sous les doigts de Harland, son cœur battait normalement.

— Mais... vous pouvez pas l'emmener comme ça ! s'exclama Melnick, qui suait à grosses gouttes.

— S'il reste ici ce sera un désastre, aboya Harland. Votre capitaine vous a fait courir un grave danger, à vous et à tous ses hommes, et ce, sans nécessité. Aucun officier doué de raison n'agirait ainsi. Pour ne rien vous cacher, soldat, j'en suis à douter de la santé mentale de votre capitaine et de sa capacité à prendre des décisions raisonnables. Ce genre de manifestations irrationnelles sont les premiers symptômes d'une maladie grave.

— Je suis sûr qu'il pensait pas...

— Je suis sûr qu'il ne pense pas du tout, acheva Harland à sa place. A-t-il récemment montré des signes de fanatisme ? Une obsession maladive pour ce qu'il croit être juste ?

— Peut-être... Je sais pas, moi, bégaya le soldat, affolé.

— Je crains qu'il ne soit plus capable de reconnaître la valeur d'une vie humaine lorsqu'une promotion ou une décoration pourrait lui être attribuée pour avoir pendu un vieil homme qui est peut-être ou peut-être pas un contrebandier. Une maladie brutale peut présenter ce genre de symptômes.

— Mais...

— Paul Wright sera mort avant d'être pendu. Votre capitaine le savait, pourtant cela ne l'a pas empêché de l'amener ici. À moins que Buhler n'ait pour habitude de pendre des cadavres ?

— Je ferais mieux d'aller le chercher pour qu'il vous explique lui-même.

— Si vous pensez que c'est votre devoir, allez-y, soldat. Quant à moi, je vais faire ce que j'ai à faire pour épargner une épidémie à cette garnison. Ce n'est plus votre bras que j'essaie de sauver, Melnick, c'est votre vie.

Le soldat ouvrit la bouche, la referma, puis partit en courant.

— Douter de la santé mentale du capitaine ? Signes de fanatisme ? Obsession maladive ? répéta Katherine. Est-ce que vous essayez de…

— J'essaie de remonter à la source, de donner à ces hommes une raison de douter et d'interroger les motifs derrière les ordres. Personne n'est prêt à suivre au combat un fou et un fanatique. C'est ce que m'a appris une femme extrêmement intelligente. Il est temps de partir, conclut-il en remettant Paul debout avant de glisser l'épaule sous son aisselle pour le soutenir.

— Bon Dieu, j'ai le corps en feu, marmonna ce dernier en leur coulant un regard entre ses paupières enflées.

— Tu es censé être à moitié mort, lui rappela Katherine en ramassant la lanterne avant de les précéder vers la sortie. Alors tais-toi.

— Votre fille m'a dit que vous réagissiez violemment aux piqûres d'orties, mais j'avais peut-être sous-estimé leur effet, avoua Harland.

— Depuis que je suis gamin, je ne peux pas approcher les orties, grogna Paul tandis qu'ils quittaient le poste de garde.

Il n'y avait personne en vue. Le chariot était là où ils l'avaient laissé, la jument broutait quelques maigres brins d'herbe, tandis que le cheval attaché à l'arrière s'impatientait.

— Hisse-le sur le cheval, dit Katherine en détachant l'animal.

— Le cheval est pour toi, répondit Harland.

— Non ! C'est mon père qui a besoin d'être mis en sécurité rapidement.

— Grimpe sur ce fichu cheval, Kate, ordonna Paul. Et galope le plus loin possible.

— Je ne peux pas te laisser…

— Tu peux, et tu vas le faire, intervint Harland. Buhler veut ton frère, mais ne va pas t'imaginer qu'il ne te pendra pas d'aussi bon cœur. Moi, je suis un simple médecin, titré de surcroît, qui transporte un malade hautement contagieux pour le mettre en quarantaine. Le capitaine n'a aucun motif sérieux de m'en empêcher.

S'il espérait ne pas se tromper, il n'était pas certain que Buhler se montrerait aussi raisonnable. Il s'attendait plutôt qu'il enrage.

— Pars, Katherine ! Tout de suite. Sinon, tout cela n'aura servi à rien.

— Tu n'as jamais eu l'intention de mettre mon père sur ce cheval, devina-t-elle.

— Non, en effet.

— Je ne l'aurais pas laissé faire, de toute façon, grommela Paul.

— Papa…

— Fais ce qu'on te dit, pour une fois, Kate ! Ton frère et toi, vous êtes tout pour moi.

À regret, Katherine acquiesça. Harland l'aida à grimper en selle.

— File droit à Avondale, et ne t'arrête pas. Ne reviens en arrière sous aucun prétexte.

— Je ne…

— Va, bon sang ! aboya Paul avant de se mettre à tousser.

— Je vais m'occuper de lui, assura Harland en la voyant hésiter. Fais-moi confiance.

À contrecœur, Katherine fit volter sa monture vers la grille du château. Elle éperonna sa monture et s'éloigna au galop.

Harland ne perdit pas de temps pour hisser Paul à l'arrière du chariot et l'installer le plus confortablement possible.

— S'il arrive quelque chose, faites le mort, lui conseilla-t-il.

— Ça ne devrait pas être trop difficile, j'ai l'impression d'être déjà à moitié mort, marmonna Paul. Où est mon fils ?

— En sécurité à Avondale. Je lui ai demandé de nous attendre là-bas.

Harland regarda autour de lui. Personne. Pas un soldat ne se précipitait pour leur interdire la sortie. Il ne savait toutefois pas de combien de temps ils disposaient.

— Et il vous a écouté ? s'étonna Paul.

— Il n'était pas en état de nous aider. Mes excuses anticipées, monsieur Wright, le voyage promet de n'être ni confortable ni agréable, prévint-il en prenant les rênes.

— J'y survivrai.

Les yeux sur la route, Harland pressa la jument autant qu'il le pouvait. Il bifurqua abruptement et s'engagea sur le chemin qui grimpait vers le haut de la falaise. Le chariot grinçait et bringuebalait sur la route caillouteuse.

Le vent les surprit en haut de la première crête, sifflant dans les feuillages des buissons à gauche de la route, tandis que du côté droit, les vagues s'écrasaient au pied de la falaise. Harland commençait à espérer qu'ils atteindraient Avondale avant d'être rattrapés. Il commençait à espérer qu'il aurait le temps de mettre Paul en sécurité avant de...

Une détonation déchira l'air. La jument fit un écart et le chariot oscilla dangereusement vers le bord de la falaise. Harland tira de toutes ses forces sur les rênes, puis jeta un coup d'œil par-dessus son épaule.

Deux hommes montés sur des chevaux rapides galopaient dans leur sillage, leurs tuniques rouges se détachant sur le bleu du ciel. Se sachant incapable de les distancer, Harland laissa la jument ralentir le pas. Il s'obligea au calme et se composa un visage de circonstance, s'apprêtant à jouer le rôle de sa vie.

Celle de Paul Wright en dépendait.

La jument se mit au pas avant de s'arrêter. Harland resta où il était. Le capitaine Buhler et un des hommes qu'il se souvenait d'avoir vu la première nuit chez les Wright arrêtèrent leurs montures devant le chariot.

— Bon Dieu, qu'est-ce que vous faites, docteur Hayward ? hurla Buhler, hors d'haleine, le visage écarlate.

— Comme je l'ai expliqué au soldat Melnick, soupira Harland, je vais…

— Le soldat Melnick n'avait pas l'autorisation de vous laisser partir. Son insubordination sera punie comme il se doit ! beugla Buhler. Quant à la vôtre…

— Le soldat Melnick vous a sauvé la vie, le coupa Harland. Ainsi que celle de l'homme qui vous accompagne, et de la garnison tout entière.

Le capitaine sortit son arme et mit Harland en joue.

— Vous allez me rendre mon prisonnier, et tout de suite !

— Vous ne m'avez pas écouté, rétorqua calmement Harland. Paul Wright a la variole. Quiconque entre en contact avec lui risque le même sort. Et laissez-moi vous dire, capitaine, que ce n'est pas une belle façon de mourir. Vous me paraissez un peu rouge, d'ailleurs. Vous ne vous sentez pas bien ?

Le soldat qui accompagnait Buhler s'agita sur sa selle, puis fit discrètement reculer sa monture.

— Je vais très bien ! glapit Buhler. Et mon prisonnier aussi.

— Votre prisonnier est loin d'aller bien, riposta Harland. Et maintenant, c'est pour votre santé que je m'inquiète, compte tenu de votre obstination et du mépris dont vous témoignez pour la santé de vos hommes.

De plus en plus mal à l'aise, le soldat, recula davantage, exactement comme Melnick l'avait fait.

— Pour tout dire, capitaine, dans votre intérêt et dans celui de vos hommes, je pense que vous devriez ordonner au soldat qui vous accompagne de rentrer à la caserne, et me laisser vous examiner.

— Je n'ai pas besoin d'être examiné, s'emporta Buhler. Je vais très bien, et mon prisonnier aussi. Rendez-le-moi tout de suite.

— Voyez vous-même, dans ce cas. Mais gardez vos distances. Je dois mettre ce malade en quarantaine.

Le capitaine mit pied à terre et s'approcha du chariot. Il rabattit la ridelle et tira la couverture qui recouvrait le corps inerte, la laissant tomber dans les hautes herbes.

Le soldat, qui était resté à cheval, poussa un cri d'effroi.

Harland suivit la direction de son regard. L'éruption de Paul avait empiré, et sous les cloques écarlates, les chairs avaient enflé. La tête du vieux contrebandier roulait sur le côté, le sang séché qui maculait son visage rendant cette vision encore plus macabre.

Buhler avait reculé loin du chariot.

— Je ne m'attends pas qu'il vive encore très longtemps, reprit Harland de cette voix neutre qu'il réservait aux champs de bataille. Il sera mort dans moins d'une heure, je pense. Je veillerai à ce qu'il soit enterré avec toutes les précautions d'usage.

— Non !

— Comment cela, non ?

— Je me moque qu'il soit mourant. C'est un contrebandier et un traître qui ne mérite pas un enterrement chrétien. Malade ou pas, je ferai mettre sa tête au bout d'une pique aux portes du château pour donner une leçon à tous ceux qui auraient la tentation de trahir leur souverain. À commencer par son fils !

— Ne soyez pas ridicule, répliqua Harland en sautant à bas du chariot. Vous ne pouvez pas mettre en danger la vie de toute une garnison. Je suis vacciné contre la variole. Est-ce que vos soldats le sont ? ajouta-t-il en jetant un coup d'œil à l'autre cavalier. Et vous ?

L'expression de Buhler était en soi une réponse.

— Je m'en doutais. Vous ne devez le toucher sous aucun prétexte, capitaine, vous risqueriez la vie de vos hommes.

— Je n'ai pas l'intention de le toucher, assura Buhler. Ross, enchaîna-t-il, montez sur ce chariot et reconduisez le prisonnier au château. Enfermez-le dans une casemate éloignée des casernements et restez là-bas. Vous surveillerez la porte.

L'intéressé ne fit pas un geste.

— C'est un ordre ! hurla le capitaine.

Un râle épouvantable s'éleva du chariot. Paul était secoué d'une quinte de toux, un filet de sang coulait de sa bouche sur sa chemise déjà ensanglantée.

— Je le touche pas, articula le soldat, blanc comme un linge. Et je vais nulle part avec lui.

— C'est un ordre ! rugit Buhler. Si vous ne m'obéissez pas, je vous ferai fouetter jusqu'au sang !

— Melnick avait raison, vous avez perdu l'esprit.

— Je vous ferai fouetter pour votre insolence, Ross ! N'allez pas croire que vous pouvez insulter votre officier et vous en tirer ainsi !

— Je veux pas mourir comme ça, croassa le jeune soldat.

Sur ce, il tourna bride et éperonna son cheval en direction du château.

— Votre homme a pris la bonne...

— C'est votre faute, siffla le capitaine en braquant son pistolet sur Harland. Wright allait très bien quand nous l'avons arrêté.

Une sueur glacée roula le long de l'échine de Harland. Pour l'avoir trop souvent croisé sur les champs de bataille, il reconnaissait le regard égaré de Buhler, cet air désespéré de l'homme à qui la situation échappe et qui est prêt à tout pour reprendre le dessus, pour se prouver que ses efforts n'ont pas été vains.

— M. Wright ne présentait pas encore les symptômes à ce moment-là, tout simplement, corrigea-t-il en s'éloignant du chariot et du corps qui y gisait.

Il ne manquerait plus que le capitaine décide de tuer Paul sur-le-champ.

— Ne me prenez pas de haut !

— Je ne fais rien de tel, capitaine. Je suis un simple médecin, je ne peux que soigner...

— Un médecin qui fricote avec tous les traîtres de la côte ! Un médecin qui les soigne alors qu'il sait pertinemment qu'ils ont trahi leur roi. Vous croyez que je suis aveugle ? Que je ne vois pas quel est votre parti ? Ne me prenez pas pour un imbécile, Hayward ! Vous êtes un des leurs.

— Mon devoir est de soigner ceux qui en ont besoin, rétorqua Harland en s'écartant davantage.

— Votre devoir est de servir votre roi ! cracha Buhler. Un devoir que vous avez oublié depuis longtemps. Si vous aviez fait votre devoir, vous les auriez tous laissés mourir. Vous les auriez remis à mes hommes qui servent leur pays, eux. Je me moque de votre titre, Hayward, vous n'êtes qu'un traître ! Peu importe qui était votre père, et peu importe la fortune de votre famille.

— Mesurez vos paroles, capitaine, rétorqua Harland d'un ton neutre, tout en calculant ses chances d'arracher son pistolet à Buhler avant qu'il n'ait le temps d'appuyer sur la détente.

Si les pistolets de ce type n'étaient pas d'une grande précision, pratiquement à bout portant il était difficile de manquer sa cible.

— Sinon quoi ? Vous comptez vous servir de votre titre pour me faire démettre et relever de mes fonctions ? Je me moque de vos menaces, Hayward, vous ne pouvez rien contre moi, et je vais faire justice. Je n'aurais peut-être pas débusqué Matthew Wright de l'endroit où il se terre, mais la mort de deux traîtres suffira à faire ma journée.

— Vous ne parlez pas sérieusement, répliqua Harland, prêt à bondir sur le capitaine.

S'il devait mourir, ce ne serait pas sans avoir résisté.

— J'aurais dû faire ça depuis longtemps…

— Posez votre pistolet, capitaine ! ordonna une voix derrière Harland, qui s'obligea à ne pas se retourner.

— Ah, mademoiselle Wright ! Comme c'est gentil de vous joindre à nous ! Je me demandais justement où vous étiez passée après avoir traîtreusement fait usage de vos charmes pour abuser un soldat trop crédule.

— Mlle Wright n'a rien à voir avec ma décision d'emmener son père. Je lui ai d'ailleurs demandé de se tenir à distance, elle aussi, pour ne pas s'exposer.

Du coin de l'œil, il vit Katherine se matérialiser à ses côtés. Le fusil qu'elle avait un jour pointé sur lui visait désormais le capitaine. Bien sûr. Il aurait dû trouver bizarre qu'elle accepte aussi facilement de les abandonner.

— Vous devriez partir, mademoiselle Wright, conseilla Harland d'une voix un peu trop forte.

Grand Dieu, elle était en danger, et il ne pouvait rien faire pour la protéger !

— Je crains que ce ne soit impossible, dit-elle. Je ne vous abandonnerai pas.

— Katherine !

— Trois traîtres, cela me fera un joli tableau de chasse, ricana Buhler.

— Vous avez quelques difficultés avec l'arithmétique, capitaine, remarqua la jeune femme sur le ton de la conversation.

— Pardon ?

— Mon père est mourant et n'en a plus pour longtemps, c'est une évidence, mais nous serons encore deux, et vous êtes seul. Quand vous aurez abattu l'un, comment ferez-vous pour abattre l'autre sans lui laisser le temps de vous tuer ? Tirez sur le Dr Hayward et je tirerai sur vous. Tuez-moi, et vous vous retrouverez face au docteur.

Buhler crispa les mâchoires.

— Personne ne va tuer qui que ce soit, intervint Harland. Tout ce que vous avez à faire, c'est de m'arrêter.

— Vous arrêter ?

— Arrêter une femme ne vous vaudra pas le même respect et la même renommée qu'arrêter un pair du royaume accusé de trahison. Vous allez devenir célèbre, Buhler.

— Pas question, je sais trop comment ça se passe. Si je vous arrête, vous serez tout de suite libéré. Leurs titres protègent les hommes comme vous. Le comte de Rivers et le duc de Holloway ont toujours été intouchables, et votre parenté avec eux vous met dans le même cas. Mais ici, vous n'êtes pas intouchable ! Et vous méritez de mourir, tous les deux, déclara-t-il en tirant son sabre. Je vais commencer par la femme et m'occuper de vous en…

Un gémissement à faire dresser les cheveux sur la tête s'éleva de l'arrière du chariot et Paul Wright, ses cheveux gris voletant dans le vent, le sang coulant sur son menton, ses yeux réduits à deux fentes, descendit du chariot avec des mouvements saccadés. Il tituba, ses mains couvertes d'ampoules tendues en avant comme s'il cherchait quelque chose, l'air plus mort que vif.

— Ils arrivent ! croassa-t-il. Les korrigans ! Je les vois !

Tandis que Buhler le fixait d'un regard horrifié, Harland plongea pour tenter de lui arracher son pistolet. Le capitaine fit un bond de côté, et les deux hommes roulèrent sur le sol. Le sabre vola sur les rochers, mais Buhler n'avait pas lâché son arme. Trop tard, Harland vit le canon s'élever.

Ce n'était pas sur lui qu'il était pointé cependant, c'était sur la femme derrière lui. Il se jeta en avant.

Et Buhler appuya sur la détente.

D'abord, il ne ressentit aucune douleur, juste la sensation d'avoir reçu comme un coup de poing qui lui coupa le souffle. Le vent agitait toujours ses vêtements, pourtant son mugissement s'était calmé, remplacé par une espèce de sifflement assourdi. Il sentit vaguement qu'on le poussait de côté tandis qu'une tunique rouge dansait devant ses yeux contre le bleu du ciel. Un bleu si profond que le regarder était presque douloureux.

Peut-être se trompait-il puisque le ciel passait à côté de lui et que tout ce brillant azur tournoyait dans le vent. Il voulut se relever, mais une douleur comme il n'en avait jamais éprouvé lui déchira la poitrine. Respirer demandait un effort surhumain.

Il retomba. La souffrance avait toutefois éclairci sa vision. C'était Katherine qui était à ses côtés, sa robe bleue claquant au vent, son fusil pointé vers le capitaine à la tunique rouge.

Paul était à ses côtés, lui aussi. Il disait quelque chose que Harland entendait à peine. Le contrebandier fit un pas en avant et le capitaine recula. Les voix gagnaient en volume. Paul vacillait un peu sur ses jambes, mais Harland n'avait pas la force de décider s'il le faisait exprès ou s'il était vraiment trop faible.

Paul fit encore un pas, et Buhler recula de nouveau. Quelque chose de brun rayé de blanc qui claquait au vent comme un grand oiseau voleta autour des pieds du capitaine. Ses bras battirent l'air, et il disparut. Il s'éclipsa comme s'il n'avait jamais existé…

Harland cligna des yeux, pourtant Buhler ne réapparut pas. Réfléchir était devenu une tâche trop pénible. Peut-être était-il le jouet de son imagination. Un homme ne pouvait pas s'évanouir dans les airs, après tout. La magie n'existait pas. Peut-être existait-elle, finalement, car maintenant c'était le bleu du ciel qui descendait et s'agenouillait à côté de lui, l'enveloppant d'une sensation de froid. Peut-être avait-il flotté au-dessus de tout, très haut vers les nuages où l'air était plus frais. Quelqu'un l'avait peut-être appelé par son nom, la voix semblait cependant si lointaine. Il voulut tourner la tête, mais il était si fatigué…

Il avait besoin de se reposer. Juste un instant.

Il soupira, ferma les yeux et accueillit les ténèbres avec soulagement.

24

Il saignait beaucoup trop.

Le chariot remontait l'allée menant à Avondale, son père à moitié couché sur Harland dans une tentative désespérée pour arrêter, avec les pans de sa chemise déjà trempée de sang, l'hémorragie qui s'échappait de la blessure de Harland. Il y avait eu un éclair et une explosion quand Buhler avait tiré, et Katherine avait espéré qu'il avait mal armé son pistolet et que la balle, qui avait ricoché sur les côtes les plus basses de Harland, n'avait causé que des dommages sans gravité. Elle voulait le croire de toutes ses forces, mais un vaisseau avait visiblement été touché, et l'hémorragie risquait de tuer Harland Hayward.

Le chariot s'arrêta en cahotant lorsque Katherine tira sur les rênes. Le nuage de poussière n'était pas encore retombé qu'un valet d'écurie appelait déjà à l'aide. Une poignée de secondes plus tard, ils étaient nombreux à extraire le baron de la charrette et à aider son père à en descendre.

Le blessé fut déposé sur la grande table de la cuisine, déjà débarrassée et nettoyée. Sans qu'on ait besoin de le demander, les deux sacoches, celle de Harland et celle de Katherine, furent apportées. La jeune femme s'efforça de ne pas regarder Harland allongé sur la table et de se concentrer sur ses instruments. Le personnel d'Avondale – pour qui ce genre d'événement n'avait rien d'extraordinaire, comme Harland le lui avait dit – s'affairait, rapide et efficace, mettant de l'eau à bouillir et disposant des linges propres à côté de ses instruments chirurgicaux.

— Bon sang, Kate, qu'est-ce qui s'est passé ?

Blême, de larges cernes sous les yeux, le bras en écharpe, Matthew observait la scène avec stupéfaction.

— Va chercher l'étudiante qui s'appelle Suzette, ordonna-t-elle, ignorant la question. Ensuite, va voir où est papa et assure-toi qu'on s'occupe de lui et qu'il va bien. Il a eu une crise d'allergie aux orties.

— Qu'est-ce qu'il est allé faire dans les orties ?

— Je t'expliquerai. Dépêche-toi, Matt !

Il lui fallait se concentrer sur ce qui l'attendait, et non pas sur ce qui était arrivé en haut de la falaise et sur le sacrifice de Harland.

Matthew hocha la tête et disparut. Katherine entreprit de découper la chemise trempée de sang du blessé. La blessure, d'où sortaient des éclats d'os, saignait toujours. La balle avait frappé les deux dernières côtes et en avait cassé au moins une, peut-être deux, avant de ressortir. La blessure était trop basse pour avoir touché le poumon et trop haute pour avoir atteint un rein, en revanche elle pouvait avoir affecté un autre organe. Un éclat d'os pouvait aussi avoir pénétré les tissus, risquant de causer une infection...

Elle cessa de penser à cela. Elle avait soigné ce genre de blessure des dizaines, peut-être des centaines de fois. Elle était parfaitement capable de soigner celle-ci, mais elle avait besoin d'aide, d'une aide qualifiée. Elle avait besoin de Harland, or Harland se vidait de son sang devant elle parce qu'il avait eu la sottise de se jeter devant la balle qui lui était destinée à elle.

— Espèce d'idiot.

Son visage avait pris une affreuse teinte grisâtre et il n'eut même pas un tressaillement lorsqu'elle sonda sa blessure.

— Tu m'as promis de ne pas m'abandonner, chuchota-t-elle en repoussant les cheveux collés de sueur sur son front. Tu me l'as promis.

Ces derniers mots se transformèrent en ce qui ressemblait de façon inquiétante à un sanglot. Elle se força à se ressaisir. L'heure n'était pas à l'émotion. L'émotion la paralyserait et l'empêcherait de faire correctement ce qu'elle avait à faire.

— Mademoiselle Wright ?

Katherine tourna la tête. Suzette était à ses côtés, pâle, mais le regard aussi calme que sa voix.

— Que dois-je faire ?

— Vous devez m'aider à le sauver.

25

— Comment va-t-il ?

Katherine sursauta et manqua de tomber de sa chaise. Elle se leva en se frottant les yeux, se demandant depuis combien de temps elle s'était assoupie.

— Il se repose, répondit-elle à son père qui se tenait sur le seuil, un bol de soupe fumante à la main.

C'était tout ce qu'elle était capable de lui dire tant la peur lui broyait le cœur depuis trois jours. Dévoré par la fièvre, Harland n'avait pas repris conscience depuis qu'il avait été blessé. Il délirait et balbutiait des mots sans suite pendant que Katherine recouvrait son corps brûlant de draps imbibés d'eau glacée et le forçait à avaler quelques cuillerées de bouillon. Il s'agitait et marmonnait quand elle changeait son pansement.

Ce matin cependant, il était moins chaud et plus calme. Et Katherine en avait pleuré de soulagement.

— Tant mieux, déclara Paul. Il faut que tu manges quelque chose, ajouta-t-il en s'approchant pour lui fourrer le bol de soupe entre les mains. Et que tu ailles dormir.

Katherine mit le bol de côté, sous le regard réprobateur de son père.

— La duchesse a reçu un message de la garnison, reprit-il. Ils remercient le Dr Hayward pour la quarantaine et les soins prodigués au capitaine Buhler, et acceptent les condoléances qu'Avondale leur a exprimées pour le décès du capitaine après un combat courageux mais bref contre la maladie qui l'a emporté.

— Et son corps…, commença Katherine, qui n'avait pas eu le temps de se demander comment ils allaient expliquer la soudaine disparition de l'officier.

— … a été récupéré par Baker et enterré comme il convient à un officier de Sa Majesté.

— Bon débarras.

— Je suis entièrement d'accord.

Katherine soupira.

— Tu ne devrais pas être debout, papa.

— J'en ai assez d'être couché !

Les ampoules avaient disparu, même si des traces d'irritation subsistaient sur sa figure et sur ses bras. Son visage avait désenflé, et Suzette avait suturé très proprement la plaie à sa tempe.

— Tu n'es pas bien. Tu es…

— Furieux.

— Pardon ?

— Tu as déjà fait un tas de choses dangereuses dans ta courte existence, mais venir me chercher au péril de ta vie est vraiment l'action la plus insensée que tu aies jamais tentée.

— Ne compte pas sur moi pour m'excuser.

— Je n'y compte pas, non. Les gens font des choses idiotes pour ceux qu'ils aiment, grommela-t-il en indiquant Harland.

Katherine se laissa retomber sur sa chaise, incapable tout à coup de tenir sur ses jambes.

— Que vas-tu faire ? reprit Paul.

— À quel sujet ?

Paul se rapprocha du lit.

— Tu l'aimes, dit-il.

— Oui, souffla-t-elle.

— C'est un homme bien, malheureusement, tu as toujours refusé de tomber amoureuse d'un contrebandier.

— Non. Je… Quoi ?

— Je sais que tu ne voulais plus de ce genre de vie quand tu es revenue à Douvres et, en vérité, je ne peux pas te blâmer. Je suppose que ton point de vue n'a pas changé, mais ses activités en dehors de la médecine compliquent la situation, non ?

— Je… Comment le sais-tu ?

— J'ai beau me faire vieux, je ne suis pas aveugle. Tu penses vraiment que j'ai cru une seconde que le brave docteur surgissait par hasard chaque fois qu'on avait besoin de lui ? Et que c'était par pure bonté d'âme qu'il protégeait nos identités et nos secrets ? C'est un contrebandier jusqu'au bout des ongles. Il est habile, quoique pas suffisamment pour faire prendre des vessies pour des lanternes à un vieux renard qui a été marié vingt ans à quelqu'un comme lui ! Ta mère l'aurait adoré.

— Oui, murmura Katherine.

— Et il t'aime. Ce n'est pas pour moi qu'il a fait ce qu'il a fait. C'est pour toi.

Katherine n'était pas disposée à discuter de cela, de cet amour impossible.

— Non, il se sentait simplement coupable…

— La culpabilité ne pousse pas un homme à tout risquer, sa vie et le reste.

— C'est vrai. Il faut aussi du courage, et le sens de l'honneur. Le baron possède les deux. Il aurait fait la même chose pour n'importe qui.

— Le courage et l'honneur ne tombent pas du ciel. Ils viennent de quelque chose de plus viscéral.

— Quoi, par exemple ?

— Le désespoir, quelquefois. La témérité, parfois. L'amour, la plupart du temps.

— Peu importent ses sentiments à mon endroit. Il a passé un marché. Il a accepté de faire de la contrebande pour sauver sa famille. Et il a passé ce marché avec un homme qu'on ne dupe pas sans risquer sa vie.

— Et ?

— Et quoi ? Il ne mettra jamais en danger sa famille. Même s'il déteste ce qu'il fait, il ne reviendra pas sur sa parole et ne dénoncera pas ce marché.

— Ce marché, répéta Paul en ricanant. Enfin, Kate, tu sais très bien qu'un marché est toujours négociable. Si tu veux Harland Hayward, trouve quelque chose qui a plus de valeur que lui aux yeux de cet homme.

Katherine se redressa comme si une mouche l'avait piquée et dévisagea son père.

Ce dernier lui rendit son regard.

— Il faut que je parte, dit-elle.

— Maintenant ?

— Oui. Je risque d'être absente quelque temps.

— Quelques heures ? Quelques jours ?

— Quelques semaines.

— Ah ! Dans ce cas, mange cette soupe avant de partir. J'ai découvert que les duchesses, les comtesses et leurs maris étaient particulièrement tatillons dès qu'il s'agissait du bien-être de leur famille.

— Je ne fais pas partie de…

— Leur famille ? Va donc le leur dire. Je reste auprès de lui, décréta-t-il en tirant un fauteuil près du lit. Toi, va faire ce que tu as à faire pour ton baron.

26

Les ogres déballèrent les tableaux avec bien plus de précautions que Katherine n'en attendait de leur part. Ce n'était visiblement pas la première fois qu'ils se livraient à ce genre d'exercice à en juger par la façon dont ils déposèrent avec délicatesse chaque peinture sur un chevalet de bois. Il y avait onze tableaux, dont les flamboyantes couleurs brillaient avec éclat. Tous étaient des portraits en buste d'empereurs ou de généraux romains armés de pied en cap. Celui qui les avait peints avait le sens du détail et de la profondeur et, pour un peu, Katherine n'aurait pas été surprise que ces soldats morts depuis si longtemps sortent de leurs cadres pour engager la conversation.

Les ogres posèrent le dernier tableau à côté des autres, firent disparaître toute trace d'emballage et disparurent à leur tour, la laissant seule avec les onze généraux. Katherine les délaissa pour la Judith qui, à l'autre bout de la pièce, décapitait toujours son amant d'une nuit. Elle se demanda quel courage il lui avait fallu pour aller au bout de ce meurtre. Peut-être n'avait-elle pas eu peur. Peut-être avait-elle agi moins par courage que par désespoir et par désir de protéger son peuple et ceux qu'elle aimait. Pour leur assurer un avenir à tous.

— Je commence à me demander si je n'ai pas commis une terrible erreur de jugement en vous laissant participer à cette... entreprise, docteur Wright.

Katherine pivota. Appuyé sur sa canne à pommeau d'argent, King l'observait de son froid regard clair.

— Vous n'avez commis aucune erreur de jugement, rétorqua-t-elle en reportant son attention sur la femme à l'épée.

— Cela fait près d'un mois que vous avez débarqué à Douvres avec ma cargaison. Le capitaine Black m'en avait averti.

— Il y a eu des complications.

— Complication est synonyme de prétexte.

Haussant les épaules, Katherine abandonna Judith pour s'approcher du premier des empereurs, un homme vigoureux habillé pour la bataille et couronné de laurier, qui brandissait une sorte de sceptre et semblait défier la terre entière de son regard hautain.

— Impressionnant, commenta-t-elle.

— Unique, corrigea King.

— Volé ?

— Je préférerais « sauvé ». Les autres œuvres qui accompagnaient jadis ces tableaux ne sont plus que cendres dispersées au vent d'Espagne. Où est Hayward ?

— À Douvres.

— Pourquoi ?

— Il a été blessé.

— Par vous ?

— Tss, tss, fit Katherine en croisant son regard. Nous avons déjà évoqué ce qui arriverait à ceux que je déciderais de tuer.

— Il s'en sortira ?

— Oui.

— Sa blessure est regrettable, mais elle n'explique pas pourquoi vous avez mis si longtemps à faire un voyage de deux jours.

— Je me suis arrêtée en route.

— Je n'aime pas l'insubordination. Et je ne tolère en aucun cas la duplicité.

— Et moi, je n'aime pas les insinuations désobligeantes.

— Les insinuations ?

— Je n'étais pas à la recherche d'un acheteur pour vos peintures. Mes connaissances en matière d'art étant ce qu'elles sont, je suis incapable d'en estimer la valeur.

— Je n'ai pas laissé entendre que telles étaient vos intentions.

— Ah bon ? Alors, vous vous imaginiez peut-être que j'étais allée prendre les eaux à Bath ? Ou l'air à Brighton ?

— Que faites-vous ici, mademoiselle Wright ?

— Je suis venue vous livrer vos tableaux. Et négocier avec vous.

— Négocier, vraiment ? Et que possédez-vous donc qui serait susceptible de m'intéresser ?

— Wissant.

Les doigts de King, qui tambourinaient sur le pommeau de sa canne, s'immobilisèrent.

— Audresselles, Escalles, Sangatte, Calais.

— Vous avez rencontré M. Mercier.

— Oui.

— Vous lui avez parlé.

— Longuement. Et, tout comme vous, c'est un homme raisonnable, soucieux d'agrandir son empire en collaborant avec des partenaires susceptibles de partager les mêmes intérêts.

King s'absorba dans l'examen de ses ongles soigneusement manucurés, puis :

— Et que demanderiez-vous en échange ?

— Le baron.

— Je vous demande pardon ?

— Vous libérerez le baron du reliquat de ses engagements envers vous, expliqua Katherine en retournant vers Judith. En échange, je vous donnerai accès à des marchés qui vous sont encore fermés et je vous offrirai des opportunités qui restent à explorer.

— Le baron vous a dit ce qu'il fait pour moi.

Il ne s'agissait pas d'une question. Katherine, pourtant peu impressionnable, frissonna sous le regard de King.

— Oui.

— Et il ignore que vous êtes ici, n'est-ce pas ?

— En effet.

— Pourquoi faites-vous cela ?

— La balle qui l'a atteint m'était destinée, répondit Katherine, qui avait anticipé cette question.

— Et donc, vous vous sentez coupable ?

— Oui.

La réponse fut facile parce qu'il ne s'agissait pas nécessairement d'un mensonge, même si c'était loin d'être toute la vérité. Son père avait raison, la culpabilité ne suffisait pas.

— Lord Strathmore sera difficile à remplacer.

— Guillaume Mercier encore plus, nous le savons tous les deux.

Le silence était si pesant que Katherine avait la sensation d'être sous l'eau, où tous les bruits sont étouffés et lointains. Le flotteur de verre qu'elle avait si souvent cherché sous la surface se trouvait tout près et cependant hors de portée. Et cette fois, il n'était pas relié à une caisse de cognac, mais à la liberté.

— Décidez-vous, King. Choisissez qui vous est le plus utile.

— Vous ne manquez pas d'audace, docteur Wright. Cela dit, c'est le moins qu'on puisse attendre d'une contrebandière, je suppose.

— Je préfère « chirurgienne ».

Les lèvres de King s'incurvèrent sur ce qui pouvait passer pour un sourire.

— Et si j'acceptais votre proposition, docteur Wright ?

— Si vous l'acceptiez, je vous indiquerais le nom et l'adresse de l'auberge où M. Mercier est descendu, répondit-elle, imperturbable, alors que son cœur frémissait d'espoir. Il se trouve qu'il avait justement des affaires à traiter à Londres et qu'il restera en ville jusqu'à la fin de la journée, au cas où quelqu'un souhaiterait lui faire... une proposition intéressante. Dans le cas contraire, il s'en retournera en France avec la marée. Il ne sera pas facile à retrouver.

— Et si jamais j'avais besoin d'un chirurgien discret à l'avenir, docteur Wright ?

— J'en connais un excellent. Deux, en fait.

— Je vois.

King posa sa canne et s'assit à son bureau. D'un tiroir, il sortit une feuille d'un épais papier qu'il lissa soigneusement.

— Ce n'est pas la culpabilité.

— Pardon ?

King s'empara d'une plume d'oie et entreprit de la tailler posément à l'aide d'un petit canif.

— Ce n'est pas la culpabilité qui vous pousse. Je m'en doutais, reprit-il comme Katherine gardait le silence.

Il posa le canif et lui tendit la plume.

Katherine la trempa dans l'encrier de la liberté.

27

Harland lâcha une bordée de jurons.

— Tous les médecins font-ils des patients aussi difficiles ? s'enquit Suzette, les sourcils froncés.

— Oui, si on les traite comme des enfants ! Je vais très bien et…

— Vous n'allez pas bien du tout. Vous avez été blessé par balle et vous avez eu une hémorragie et deux côtes cassées. Vous auriez pu mourir. Vous allez mieux, mais vous n'êtes pas encore guéri, croyez-moi, soupira la jeune fille en attachant avec soin le bandage qui ceignait le torse de Harland.

— Tous les futurs médecins font-ils toujours preuve d'un sentiment de supériorité aussi agaçant ? grommela ce dernier.

— Oui, quand ils ont raison, et quand ils ont été formés par les meilleurs praticiens. Avez-vous besoin de quelque chose ? Une tasse de thé ? Une couverture ? Un oreiller supplé…

— Je ne suis pas un vieillard, s'emporta Harland, avant de grimacer alors qu'un élancement douloureux lui poignardait le flanc. Je n'ai pas besoin de thé, ni d'oreiller ou de couverture, non plus d'un fichu cercueil ! J'ai besoin qu'on me laisse tranquille.

Suzette leva les yeux au ciel et récupéra les bandages qui restaient.

— Je reviendrai vous voir plus tard, docteur Hayward. Entre-temps, ne faites pas de choses stupides.

— Comme ? Aller me noyer dans la fontaine ? Que voulez-vous que je fasse quand une étudiante en médecine autoritaire me plante au beau milieu d'une roseraie et me traite comme une plante verte ?

— Les plantes vertes sont bien plus agréables, rétorqua Suzette avant de reprendre le chemin du manoir.

Harland lâcha un juron et s'efforça de trouver une position plus confortable. Il se montrait irritable et capricieux, il le savait, mais l'inactivité et l'incapacité à se déplacer librement lui pesaient. Chaque geste, chaque mouvement était parfois si douloureux qu'il en avait le souffle coupé.

Suzette avait raison, il était bien obligé de le reconnaître, même si cela lui coûtait. Il n'allait pas bien, et cela n'avait rien à voir avec sa blessure. Et il avait menti en disant qu'il voulait qu'on le laisse tranquille. Ce qu'il voulait en réalité, c'était partir à la recherche de celle qui lui avait volé son cœur et sauvé la vie avant de s'évanouir dans la nature.

Il faut que je parte.

C'était ce qu'elle avait dit, du moins le croyait-il. Il avait du mal à démêler le rêve de la réalité tant ses souvenirs étaient confus, brouillés par la fièvre et la douleur. Il savait que les tableaux cachés dans les greniers d'Avondale n'y étaient plus. Ils avaient sans doute été livrés à King, qui aurait sinon envoyé un de ses sbires pour le traîner jusqu'à la capitale. Et il savait qui les avait livrés.

Ce qu'il ignorait, en revanche, c'était où Katherine était allée ensuite. Son père n'en savait rien. Son frère et toute son équipe avaient juré n'en avoir aucune idée avant d'embarquer pour l'Extrême-Orient, à la demande de Harland, sur un navire du capitaine Black nommé *Les Açores*. Apparemment, personne ne savait où la jeune femme était. Elle n'avait laissé aucune indication, et n'avait pas écrit depuis son départ.

Il faut que je parte.

Peut-être était-elle partie pour de bon, après tout.

Chercher une position plus confortable ne soulagea pas la douleur que Harland ressentait dans sa poitrine, car elle n'avait rien à voir avec ses côtes cassées. Peu importait où Katherine était allée. Où qu'elle soit, dès qu'il serait rétabli, il partirait à sa recherche. Il irait jusqu'au bout du monde s'il le fallait. Il possédait des navires et, même s'il devait y consacrer le temps qu'il lui restait à vivre, il la retrouverait. Il n'avait pas le droit de lui demander de l'attendre, mais...

— Milord ?

— Qu'est-ce qu'il y a ? demanda-t-il avec autant d'affabilité qu'il le pouvait au valet qui attendait à bonne distance.

— Un message de Londres, milord, répondit celui-ci en s'approchant pour le lui remettre.

— Merci, dit Harland en s'emparant d'une lettre scellée.

Il attendit que le domestique ait battu en retraite pour l'ouvrir. Même ses sœurs l'évitaient, ces temps-ci...

Il se figea en remarquant la petite couronne sur la missive.

King.

Il brisa le cachet, déplia en hâte le vélin et parcourut le billet. Il le lut une fois, puis une deuxième, et encore une troisième en battant des paupières.

Strathmore,

À la lumière de récentes révélations, je considère les clauses de notre accord comme totalement remplies.

Vous vous voyez donc dégagé à compter de ce jour de toute obligation envers moi. J'ai toutefois eu l'assurance que, si besoin était, je pourrais faire appel à vos compétences médicales.

K.

Harland serra la lettre dans son poing, le souffle court. Ce n'était pas possible…

À la lumière de récentes révélations ?

Qu'avait fait Katherine ? Qu'avait-elle accepté ?

Il se leva en titubant, ignorant la douleur qui lui comprimait le torse. King n'était pas réputé pour sa bienveillance. L'altruisme et la générosité ne comptaient certes pas parmi ses qualités les plus remarquables, et s'il avait dégagé Harland de ses obligations, il y avait obligatoirement eu un prix à payer. Un prix élevé. Il devait aller à Londres sans attendre. Il devait découvrir ce que Katherine avait accepté de…

— Tu aurais dû écouter Suzette. Tu aurais été bien mieux avec un autre oreiller dans le dos, tu sais.

Harland se figea.

— Je comprends pourquoi ils t'ont installé ici, poursuivit Katherine en sortant de derrière un massif. Tu terrorises tous les domestiques, tu contraries tes sœurs et tu rends fou ton médecin. Les patients comme toi sont les plus pénibles.

Elle portait la fameuse robe de soie bleue. Sa chevelure avait été rassemblée en un chignon lâche dont quelques mèches s'échappaient, encadrant son visage. Ses joues étaient empourprées, son regard aussi fascinant que le soir où elle avait braqué un fusil sur lui.

— Katherine, croassa-t-il en se tournant vers elle sans se soucier de la douleur.

Que lui importait ? Il était tout disposé à prendre une autre balle si cela signifiait que la femme qui se tenait devant lui n'était pas un mirage.

Elle était trop loin pour qu'il puisse la toucher, trop loin pour qu'il puisse la prendre dans ses bras. Un instant, il se demanda, le cœur chaviré, si elle n'était pas revenue simplement pour s'informer de l'état de son patient. Si elle n'était pas revenue pour lui faire ses adieux.

— Laisse-moi voir, dit-elle en indiquant son flanc.

Harland releva sa chemise et elle déroula avec dextérité son bandage. Elle se pencha pour examiner les chairs meurtries autour de la plaie.

— Vous êtes un imbécile, lord Strathmore.

— Ne m'appelle pas…

— Je n'ai pas fini, le coupa-t-elle en tâtant la peau. Cela te fait toujours mal quand tu respires ?

— Quand je respire profondément, oui.

— Tu ne tousses pas ?

— Pas si je peux m'en empêcher.

— Un début de pleurésie ?

— Non.

— Tu as de la chance.

— Non, j'ai eu un excellent médecin. Où étais-tu passée ?

Ce n'était pas la question qu'il voulait lui poser. Pas tout de suite, en tout cas. Qu'est-ce qui n'allait pas chez lui ? Pourquoi était-il incapable d'aligner deux pensées cohérentes ?

L'ignorant, elle remit le bandage en place avec dextérité. Il ferma les yeux pour mieux savourer la délicieuse torture que constituaient ses soins, un délice dont il n'avait pas encore fait l'expérience.

— Tu es sur la bonne voie pour un homme qui s'est jeté sur une arme à feu.

— Ce n'était qu'un pistolet.

— Il a tout de même tiré une balle qui a endommagé plusieurs vaisseaux sanguins, et n'a manqué tes intestins que parce qu'elle a ricoché sur deux côtes.

Elle recula comme si elle voulait mettre de la distance entre eux.

— C'est toujours mieux que la variole, j'imagine. Toute la garnison du château a l'air de penser que c'est ce dont je souffre. Ils m'ont envoyé une émouvante lettre de remerciements pour mon sacrifice et mes héroïques efforts pour préserver leur santé, et pour avoir pris soin du capitaine Buhler avant que le même mal ne l'emporte.

— Pas possible ! répliqua Katherine, qui n'avait même pas l'air surprise, ce qui n'étonna pas non plus Harland.

— Où étais-tu ? répéta-t-il.

— Ici et là.

— Tu as apporté les tableaux à King.

— Oui.

— Et puis ?

— Et puis quoi ?

— Katherine, qu'est-ce que tu as fait ?

Harland avait perdu du poids.

Il suffisait de regarder son visage creusé et les tendons saillants de ses avant-bras. Et pourtant, jamais il n'avait été plus séduisant. Plus vivant. Elle s'était préparée mentalement à cette rencontre. Elle avait préparé avec soin un petit discours, et maintenant qu'elle était devant lui, elle avait tout oublié, semblait-il.

Katherine, qu'est-ce que tu as fait ?

Elle le regarda en face. C'était là qu'un contrebandier aurait parlé d'habiles négociations et de bonnes affaires. Ou qu'un médecin militaire serait demeuré imperturbable et aurait évoqué un risque assumé et une récompense attendue. Sauf que les mots s'étaient envolés, remplacés par une émotion si puissante qu'elle la rendait muette.

— Ce que tu as fait... Tu aurais pu mourir, murmura-t-elle enfin.

— Mais je ne suis pas mort.

— Tu as pris cette balle à ma place. Tu n'aurais jamais dû...

— Je le referai. Si c'était à refaire, je ferais exactement la même chose.

Il fit un pas vers elle, lui prit la main, ses doigts chauds s'enroulant autour des siens pour l'empêcher de se libérer.

— Je donnerais ma vie pour toi, Katherine, parce que je t'aime. Je t'ai aimée à l'instant où je t'ai vue.

— Je crois pourtant me rappeler que je t'ai mis en joue avec un fusil, articula-t-elle, la gorge nouée, les yeux humides de larmes, le cœur gonflé de joie et d'espoir.

— Que veux-tu que je te dise ? Tu m'as fait une forte impression.

Du bout du doigt, il suivit la ligne de ses lèvres, avant de capturer sa bouche avec une douceur désespérée. Elle lui rendit son baiser, les doigts refermés sur sa chemise.

— Je te veux dans mes lendemains, Katherine. Je te veux dans chacune des journées qui me restent à vivre sur cette terre.

Il la lâcha, ramassa prudemment un papier froissé resté sur le banc, sur lequel des éclats de cire rouge faisaient comme des gouttes de sang, et le lui mit dans les mains.

Elle défroissa le vélin et déchiffra le billet.

— Qu'est-ce que tu as fait ?

Il avait répété sa question si doucement qu'elle l'entendit à peine.

— Je suis tombée amoureuse de toi.

Ce n'était pas la réponse qu'il attendait, mais c'était la réponse qu'il avait besoin d'entendre.

Il ferma brièvement les yeux.

— Bien que tu sois la femme la plus forte que je connaisse, je ne peux pas te laisser livrer mes batailles à ma place. Je ne peux pas te laisser offrir à King…

— Je lui ai offert la France, murmura-t-elle avant de lui frôler les lèvres des siennes.

— Quoi ?

— Je t'ai échangé contre la France.

— Je ne comprends pas.

— Enfin, une partie de la France seulement, ne va pas te monter la tête ! Wissant, Calais, Audresselles, Escalles, Sangatte. Toutes les plages, les ports et les réseaux contrôlés par Guillaume Mercier. Et tout cela vaut apparemment plus qu'un simple médecin de la côte du Kent, même baron. C'est trop ? s'enquit-elle comme il la considérait, bouche bée. Tu préférerais que j'aille renégocier ?

Harland s'esclaffa, puis retint un grognement de douleur en portant la main à son flanc.

— Seigneur, Katherine, siffla-t-il.

— Assieds-toi avant de te casser une autre côte, lui conseilla-t-elle.

— Non.

Il lui reprit la main et, gauchement, mit un genou en terre.

— J'ai une proposition à te faire.

Retenant son souffle, Katherine s'agenouilla à son tour, pour être au même niveau que lui.

— Vraiment ?

— C'est moi qui suis censé être à tes pieds, protesta-t-il.

— Je préfère de beaucoup que nous soyons égaux.

Il se pencha prudemment pour l'embrasser, mais son baiser n'avait rien de prudent. C'était un baiser torride, qui contenait des promesses d'éternité. Quand il s'écarta, elle était hors d'haleine.

— Épouse-moi, docteur Wright. Sois mon associée, mon amie, mon amante, ma femme.

— J'aimerais beaucoup être ta partenaire, ton amie, ton amante et ta femme, répondit-elle en retenant ses larmes. Il n'y a rien que je désire plus au monde. J'accepte ta proposition, docteur Hayward.

Remerciements

Une fois de plus, merci du fond du cœur à mon agent, Stefanie Lieberman. À Alex Logan, mon directeur de collection, et à tous ceux qui, chez Forever, travaillent pour moi avec tant d'ardeur. Tous les livres procèdent d'un effort collectif, le mien comme les autres.

Un merci tout particulier à mes lectrices et à toute la communauté des romantiques. Vous avez fait une joie de cette entreprise.

AVENTURES & PASSIONS

6 janvier

Amy Jarecki

Les seigneurs - La pestiférée

Inédit

Attaqué par des pirates, le capitaine Kennan Cameron est jeté à la mer et échoue, moribond, sur une île déserte des Hébrides. Seule habitante de cet endroit depuis la mort de sa famille, Divana Campbell le recueille et le soigne. Lorsque les secours arrivent enfin, Kennan décide d'emmener dans son château la jeune fille, bien qu'elle appartienne au clan qu'il combat. Mais, de retour dans sa famille, il réalise qu'il va devoir faire un choix douloureux : assouvir sa soif de vengeance ou se vouer à celle à qui il doit la vie et qui a conquis son cœur.

✦

Beverly Jenkins

Destiny - Le corsaire en jupons

Inédit

Aventurier des mers et sans attache, Noah, dernier des fils Yates, ne vit que pour naviguer sous toutes les latitudes. Lorsque Pilar Banderas, une audacieuse pirate cubaine qui n'a peur de rien ni de personne, lui vole son navire après un combat acharné, Noah n'aura de cesse de retrouver cette femme sans égale. Car il compte bien remettre la main sur son navire et soumettre l'indomptable Pilar !

Kate C. Bateman

Les célibataires de Bow Street - Les mariés du secret

Inédit

Pour mettre sa fortune hors d'atteinte de la convoitise de son cousin, Georgiana Caversteed se marie avec Benedict Wylde, criminel notoire, condamné à la prison de Newgate. Persuadée de ne jamais revoir son mari, elle est stupéfaite de le reconnaître lors d'une soirée mondaine ! Si Benedict ne s'attendait pas à se retrouver marié, cette union inespérée garantit sa couverture d'agent de Bow Street. De plus, sa jeune épouse est diablement attirante... Mais que peut attendre une riche héritière comme Georgiana d'un vaurien sans le sou tel que lui ?

✦

Eva Leigh

Les mystères de Londres - Le courage d'aimer

Thomas Powell, nouveau duc de Northfield, ne veut pas renoncer à ses nuits de plaisirs à l'Orchidée, club privé où les fantasmes les plus fous se réalisent. Lucia dirige cet établissement afin de financer son rêve sans s'encombrer d'un époux. D'ailleurs, si les prétendants sont nombreux, personne n'a pu la conquérir. Jusqu'à sa rencontre avec ce duc masqué, dont les regards de braise ont incendié son cœur... Elle qui ignorait tout du feu de la passion résistera-t-elle à la tentation ?

Meagan McKinney

L'enchanteresse perverse

Pour échapper à son cousin qui convoite sa fortune, Kathleen se cache à La Nouvelle-Orléans et vit de petits larcins. Un jour, elle détrousse le duc Ferringer St Bride qui la prend sur le fait. La jeune femme parvient à s'enfuir, mais le duc la rattrape et lui propose de devenir sa servante personnelle. Lorsqu'il découvre que cette petite voleuse des rues sait monter à cheval, lire et parler français, il est très intrigué. D'autant que le regard indigo de la mystérieuse Kathleen le trouble jusqu'à l'âme...

✦

Kathleen E. Woodiwiss

Une rose en hiver

Pour éponger ses dettes de jeu, Fleming, le maire de Mawbry, met sa fille Erienne aux enchères. C'est lord Saxton qui l'emporte. On le croyait mort et le voilà qui réapparaît, corps difforme, visage masqué. Malgré sa répulsion, la jeune fille est bientôt touchée par la tendresse de cet hommei, puis, dans l'ombre de l'alcôve, plus intimement troublée. D'étranges souvenirs l'assaillent, et une question la tourmente : quel est le secret de son mari ?

13081

Composition
FACOMPO

Achevé d'imprimer en Italie
par GRAFICA VENETA
le 2 novembre 2020

Dépôt légal : décembre 2020
EAN 9782290227671
OTP L21EPSN002239N001

ÉDITIONS J'AI LU
87, quai Panhard-et-Levassor, 75013 Paris

Diffusion France et étranger : Flammarion